曹洪欣

同舟共济　阻击疫情

——微医华佗云中医药抗疫平台在线驰援——

曹洪欣　身先士卒

携数百中医药专家，实时救助！

十余中医药方有效防控避疫
7x24小时在线免费咨询

2020 年 1 月末带领团体通过微医华佗云抗疫平台为新冠病人义诊 100 天

2020 年 4 月 26 日　新华网

大醫之路

毕国昌 著

中国文史出版社

目　　录

引　言

有一件事确凿无疑，国人从来没有像现在这样重视健康与生命长短问题，特别是在中国社会全民脱贫步入小康社会的今天，健康与长寿的话题成为人们高度关注的热点。不言而喻，人们都渴望自己有一个健康长寿的未来，因而更加珍惜生命与健康，更加期望远离疾病的损害。

盛世佳话多，长寿想大医。在寻求健康与长寿的道路上，有相当部分的人走了弯路，以致付出沉重的代价，选择上的错误让他们失去关键的治疗机会，丧失了健康，失去可以起死回生的可能，甚至失去宝贵的生命。

在失治、误治等教训面前，许多患者和家属回顾诊疗经历，思考寻医问药的细节，总结和分析、对比后，这样表示："如果找对了医生，采取科学合理的治疗路径，不应该是这么悲惨的结局。"当他们发现身边亲朋好友同样的疾病被治愈，生命的长度向后延伸，会意识到，选对医院不如找对医生，找到大医。

谁是大医，他们在哪里？

从大江南北到长城内外，几十年来有无数患者和他们的家属从心底认可一个人，他就是本书的主人公——曹洪欣教授。

曹洪欣教授的名字之所以被无数患者铭记于心，是因为他的高超医术与高尚医德，是因为他用药精当且简便验廉的行医风范，是因为他出神入化般地"修复"病患的身体，令他们恢复健康生活的本事，是因为他常常在诸多常见病、多发病、疑难病面前，将一个个濒临死亡的病人从泥潭中拽出的强大能力，是因为他常常在罹患绝症的患者面前表现出的那种极高的社会责任感和菩萨心肠，还有他永远将患者放在第一位的理念和态度，以及从不以大医自居，平等对待病人的作风……这一切都使他在人们的心目中树立了中国大医的高尚形象。

曹教授是一位大医，这是诸多患者于心底自然而然形成的共识。中医药在他这里传承并创新，若干教科书般的经典医案展示出极具说服力与影响力的中医药科学与文化，这些经典医案必将载入中国中医药史册，成为几千年来中医药文化传承发展史上一个重要代表。

中医药的神奇之处常常可见，但不是那么容易说清楚，然而有一点可以讲得明白，那就是它始终与我们中华民族的生死存亡联系在一起。

从西周至民国，近3000年的中国历史，有记载的瘟疫流行有555次，中华民族饱受瘟疫的困扰和折磨，每次都是中医药挽救我们中华民族，使我们免于遭受灭顶之灾。在数千年的历史长河中，中医药不断发展壮大，护佑着中华民族的生命与健康，成为中华文明宝库的重要组成部分。

从维护生命与健康的角度看，中医药的优势尤其明显。岁月演进，朝代更迭，中医始终悬壶济世，为百姓祛病疗疾、防瘟抗疫，涌现出诸多被世人铭记的大医，他们的传奇故事与慈心仁术代代传颂，不断丰富完善着我们中华民族浩瀚的医学理论与人文精神。春秋战国以来流芳百世的名医无以计数，最负盛名的有扁鹊、华佗、张仲景、皇甫谧、葛洪、孙思邈、李时珍、李东垣、张景岳、朱丹溪、叶天士、薛生白等。

不论你是否相信，我们每个中国人都与中医药理论与文化有着千丝万缕的联系，所以我们要记住这些大医的名字，铭记他们的丰功伟绩。

随着西学东渐，西医与中医碰撞、交流，人们十分关注中医药的传承发展，更加关注当代中医药人的作为与担当。

维护健康、防治疾病是人生必须面对的问题，没有谁敢讲自己一辈子不去医院、不求医生。当你生了病，哪怕是一次感冒引起的高烧，都会有一个处置得当与否的问题，其中某一个细节选择不准确就可能危及生命。病好病坏，生死去留，最终关键在于你是否找对医生。

今天，我们将循着曹洪欣教授的大医之路，了解当代中国这位中医专家学者的故事。或许在未来某个生死攸关的时刻会有助于你的选择，从而有利于你维护健康、防病治病、延年益寿。

一、特别时期的特殊奉献

2020 年是人类历史上一个特殊的年份，也是当代人永生难忘的一段历史记忆。新型冠状病毒在 2019 年底悄然降临到了我们身边。

人们并没有将它同历史上的各种瘟疫联系到一起，甚至都没有与 2003 年的 SARS 相联系。可它已兵临城下，对准长江中段的武汉三镇。

疫情发展得异常迅猛，瞬间形成严峻态势。这个"不速之客"从天外飞来，人类显得十分迷茫。

一个潜在的无比巨大的危险犹如 10 级海啸正在迅速生成，不断聚集的破坏力，以几何级的增长速度向我们袭来，其危害是显而易见的。它最可怕之处在于，一秒钟前你无法看见它血齿獠牙的狰狞面目，而下一秒钟便中招被置于死地。

这场瘟疫被世界卫生组织定名为"新冠肺炎（COVID-19）"，患者受到的痛苦折磨无以复加，死亡速度之快难以想象。而康复之后又留下一定的后遗症，肺、肝、肾与心脏损伤等，严重影响着罹病患者的生活质量。

幅员 960 万平方公里之内，14 亿人无一例外地参与了这场生与死的搏斗。在党中央的正确领导下，泱泱大国展开了一场人民至上、

1

生命至上、举国同心、同仇敌忾、舍生忘死、命运与共的战斗。

1 主动作为 使命担当

曹洪欣教授没有直接赴武汉抗击疫情，然而同样承担着防治疫病的重要任务，有效地发挥着中医人的作用。在这里我们有必要了解一下曹教授近 40 年的从医履历，否则就无法理解或者说无法相信这次疫情防控中他所做的事情。

百度百科这样记录：曹洪欣，1958 年 2 月生，医学博士，二级教授，博士生导师。1999 年至 2003 年任黑龙江中医药大学校长；2003 年至 2010 年任中国中医科学院院长。国务院参事室特约研究员，国务院学位委员会学科发展战略咨询委员，第十一届、十二届全国政协委员，《中华医学百科全书》中医药类总主编，中国非物质文化保护协会副会长兼中医药委员会会长。国家有突出贡献中青年专家，享受国务院特殊津贴；国家百千万人才培养工程一、二层次人选；国家非物质文化遗产项目（中医生命与疾病认知方法）代表性传承人。获何梁何利科学与技术进步奖，被俄罗斯授予国际合作发展奖，俄罗斯自然疗法学会授予盖伦奖章。获国家科技进步二等奖 2 项，国家技术发明二等奖 1 项，国家教学成果二等奖 1 项，中国专利优秀奖 1 项；发表学术论文 500 余篇，主编出版著作 60 余部；培养博士后、博士研究生近百人。

面对这场疫情，曹教授主动作为，积极发挥作用，表现出的胸襟有目共睹。我们之所以这么说，是因为他做的三件事。首先，他第一时间将自己对这次疫情的判断公之于众，阐明中医对疫病的认识与防治方法，2020 年 1 月 23 日通过中国法学会组织的专家座谈会，发表"依法保障中医药防控新冠肺炎疫情的作用"的建议。其次，1月27日通过人民政协报（网）、中国志愿医生新媒体平台，发布基于透邪解毒法研究的新冠肺炎中药防治方——"金柴饮"。新华社为赴疫区一线记者提供金柴饮；教育部支持湖北高校3.5万人将金柴饮作为预防中药；中央电视台办公厅发文推荐金柴饮用于员工预防；康力电梯股份有限公司等企业员工服用金柴饮预防；世界中医药学会联合会真实世界研究专业委员会由本草方源药业支持，为北京地区新冠肺炎易感人群开展中医药预防公益活动，免费为800人提供金柴饮预防用药，据统计，服用金柴饮中药预防人员零感染，得到新华社、教育部等部门和相关企业的表扬。最后，1月30日通过"微医华佗云"构建我国首个线上中医药抗疫平台，2月6日该平台向海外开放，成为全球第一个线上中医药国际抗疫平台。作为首席专家，曹教授带领团队15名博士为海内外疫区病人每天诊治12小时，义诊100天。同时参加"共渡难关，抗击疫情"中国志愿医生团队，开展防治新冠肺炎网上义诊活动，为湖北新冠肺炎康复的医护人员义诊100余人次，取得满意疗效。通过微信平台指导德宏中医院等诊治新冠肺炎20余例，其中重型病人13例、普通型与轻症8例，疗程7~30天，全部治愈。成功救治100余名新冠肺炎患者，体现出中医药在防治疫病方面的优势作用。

2 敏锐视角下的研判

曹教授在这次疫情出现的第一时间做的三件事，不仅是他近40年中医学理论与实践厚积薄发的结果，更是他几十年中医职业操守和始终遵循原则的践行，是大医精诚的具体体现，是悬壶济世、无私情怀的真实写照。

大多数人一开始并不知道病毒正在逼近自己，包括专家之间也存在不同见解。当央视著名主持人白岩松通过《新闻1+1》节目采访钟南山院士，钟南山院士明确指出新冠病毒是人传人的，具有相当大的传染性和危险性时，人们才意识到事态的严重。

新冠肺炎是本世纪以来流行范围最广的传染性疾病，构成了重大公共卫生安全问题，是每一位医药卫生工作者需要直面的。曹教授认为，中医与西医是两个不同的医学体系，对于生命和疾病的认识有很大差异。从本质上讲，新冠疫情与历史上发生的一些瘟疫没有太多不同，而历史上中医先贤给我们留下诸多成功的抗疫经验，那些针对疫病形成的理论、治法和方药，都曾是挽救民众于危难中的奇招妙法，经过几百年甚至上千年的检验并不断丰富完善，是老祖宗留给我们的宝贵文化遗产。让中医理论和方法惠及百姓，使中医在第一时间介入疫病防治能够维护生命、减少损失，是对国家和民族负责、对社会负责、对人民负责的必然选择，是医务工作者落实党中央"人民至上、生命至上"的具体行动，是我们中医人义不容辞的责任。曹教授认为，按中医理论与实践深入分析新冠病毒感染的发病特点，发掘有效防治方法，有利于为中医药介入防治奠定基础，是提高中医临床疗效的需要，是维护人民生命健康的需要。

曹教授结合防治SARS、甲流等的临床与研究经验，通过多个国家主流媒体提出："此次新型冠状病毒感染的肺炎疫情暴发于武汉，且发生于冬季。武汉冬季阴冷潮湿，结合患者的舌象、脉象、症状分析，其病因属性以'寒''湿'为主，属于寒湿疫。寒邪伤阳气，所以患者恶寒、乏力；寒湿毒邪伤肺，出现咳嗽、气促；寒湿毒侵犯脾胃，就会出现脘腹不适、恶心、不欲食、大便不成形或腹泻等症状。"曹教授还表示："随着病毒的不断变异，寒湿疫的病变机理也不断变化。然而必须注意的是疫病的流行性、传染性是'毒邪内侵'，结合'毒邪'的不同性质，有效'解毒'是控制疫病发展的关键。"（2020年2月5日环球网）2月4日，曹教授在另一家国家主流媒体发表了同样的观点。曹教授是这次疫情出现后，率先以中医身份发表独到见解的专家学者。

他的这个观点对于业内，特别是中医行业是非常重要的。这个定性推断，不仅符合《内经》"天人合一"的整体观，也契合冬季武汉这一地域的气候和环境，尽管新冠肺炎病情复杂，却没有偏离几千年来中医先贤关于瘟疫形成的基本理论体系，透邪解毒、散寒化湿是基本治则。那么，我们的治疗方法，既有医圣的经方，也有先贤的验方，可资借鉴。这对于规避疫情之初中医诊疗走弯路，缩短探索时间，提高治疗效果，彰显中医防治瘟疫的优势，发挥中医药防治突发疫病的作用十分必要。基于中医对生命与疾病的认知，曹教授把对新冠肺炎的认知大胆且无私地公布出来，对现实抗疫具有极强的针对性、指导性和可操作性，也是在重要的历史关口实实在在传承中医药文化、推进中医药防治疫病的具体行动。作为国家非物质文化遗产项目（中医生命与疾病认知方法）代表性传承人，曹教授的这个观点能够起到的作用是不言而喻的。

运用中医药为人民生命健康服务始终是他的初心。当武汉抗疫取得重大胜利后，当前线不断传出的捷报总是要带出中医药的贡献时，曹教授就打心里高兴。他愿意在这个关键时刻奉献自己的智慧和力量，他只想着让更多的人免遭新冠病毒的侵害，使疫情防控做得更好、更有效，真正落实党中央提出的"人民至上、生命至上"的要求。曹教授的观点抓住了新冠肺炎病变的本质，把握了正确的学术导向。运用中医药有效防治新冠肺炎，不仅有利于维护民众生命与健康，更有利于中医药高质量发展。正如习近平总书记指出的："中西医结合、中西药并用是这次疫情防控的一大特点，也是中医药传承精华、守正创新的生动实践。"疫情得到有效防控后，党中央、国务院为发展中国中医药事业出台的一系列政策措施，对促进中医药维护人民生命与健康意义重大。

外行看到这件事，自然会想到另一个问题，曹教授在第一时间就对这个疫情做出判断，他不怕出现偏差吗？

曹教授之所以做出这样的研判，而且第一时间通过互联网公开自己的观点，除了上面提到的"天人合一"整体观，还基于对我国自西周至民国3000多年来所发生的555次瘟疫的深入研究，以及参与抗击SARS病毒的研究经历。2002年底至2003年初，SARS病毒在这个岁尾年首的寒冷冬天袭击了中华大地。那个时候，曹教授迎着SARS病毒，从黑龙江中医药大学校长岗位履新中国中医研究院院长职务。

2003年初，潮湿雨季笼罩着珠江三角洲的时候，广东开始悄悄蔓延着一种病毒——SARS病毒。当时多数人并不知情，年味日渐浓厚，老百姓购年货，走亲戚访朋友，准备犒劳忙碌一年的自己。那个旧历羊年过得很热闹，然而危险正一步步逼近。

2003年3月曹教授上任后，在北京参加的第一个重要会议，就是有关如何应对非典型肺炎的高层会议。那次会议上，曹教授作为中国中医研究院院长，发现大家的目光和注意力都集中在各个大医院的大专家和先进的现代化医学技术检验、检测等装备上，对中医药防治疫病的作用似乎不太了解，甚至将中医药排除在外。会上，他围绕着"中医药防治疫病的作用"做了专题发言，为中医药介入

SARS 防治建言献策。

时至今日，当年的与会者还都记忆犹新，一个年轻的新面孔运用大量古老的、不需辩驳的历史事实，揭示了一个具有强大说服力的道理：中医药对抗击瘟疫等突发流行传染性疾病是有理论、有实践的，这也是中医药应对突发流行性疾病的优势所在。在疫情防控中，不能将中医药排除在外，中医药方面的专家学者要主动冲上去，作为战士参加抗疫战斗。

那次会议上，许多卫生界顶级专家、行业带头人认识了 45 岁的曹院长。曹院长的参会与发言，为中医药参与 SARS 病毒防治争得了一席之地，为中西医结合共同抗疫奠定了基础、打开了局面，为 17 年后中医药参与抗击新冠病毒疫情做了坚实的铺垫。

作为国家级中医药科研机构的负责人，集中医医疗、科研、教育与管理于一身的曹院长清醒地意识到，使中医药在防控 SARS 中发挥作用，是他上任后的重要任务，他觉得自己责任重大、使命空前。怎样用先贤留给我们的抗疫经验造福当代，为防控 SARS 贡献力量？为此，他最早组织召开中医药防治 SARS 专家论证会，最早在海峡两岸中医药防治 SARS 座谈会上做主题演讲，最早派出进入一线的中医临床科研队伍，最早组建 SARS 中医临床研究课题组……这些举措为中医药有效介入 SARS 防治发挥了积极作用，凸显了中国中医研究院的综合实力，有两项中医药治疗 SARS 研究成果获国家科技进步二等奖。他主持研究的"中医学关于 SARS 发病、症候演变规律与治疗方案研究"，获 2005 年中华中医药学会科学技术一等奖；"中医瘟疫研究及其方法体系构建"，获 2006 年国家科学技术进步二等奖。正是因为经历过这场 SARS 防治战役，他很快融入中医研究院这个大家庭，对中医研究院的地位和作用有了深刻的体会和认识，得到广大干部职工的拥护和赞誉。

SARS 疫情后，曹教授带领团队继续深入研究中医药治疗呼吸道病毒性疾病，用"透邪解毒法"治疗呼吸道病毒性感染性疾病，研发新药"金柴抗病毒胶囊"，证实该药对多种呼吸道病毒具有抑制作用。新药成果获 2014 年中国专利优秀奖。曹教授的学生钟菊迎博士是中国中医科学院研究员，主要从事中医药治疗呼吸道流行疾病研究。2017 年 5 月，钟博士在与笔者谈到金柴抗病毒胶囊时，有这样一段表述："现在的流行性上呼吸道感染或一般感冒的特点不像过去那样典型，或寒或热，属风寒或风热，常常是寒热错杂致病，如流清涕、吐黄痰、恶寒甚、咽喉痛等。所以曹老师根据流感等病情复杂变化的特点，提出治疗上呼吸道病毒感染的方法——透邪解毒法。透邪解毒法是针对呼吸道病毒感染性疾病确立的治法，金柴抗病毒胶囊不仅仅是针对 SARS 病毒、甲型流感病毒等呼吸道流行性疾病，而且是针对现在流行的多种呼吸道病毒感染性疾病的特点研究出的中药复方制剂，临床与实验研究证实疗效确切。"

我们祖先经历过 500 多次大疫流行，成功防治案例数不胜数，中医药防治疫病的理论与实践，是在一次又一次抗疫中不断丰富和完善的。结合防治疫病需求，多年来曹教授组织专家学者，带领研究团队深入发掘中医药防治疫病的理论与实践精华，主编出版了《SARS 瘟疫研究》《中国疫病史鉴》《温病大成》等。

SARS 病毒与新冠病毒相距 17 年，一个不长不短的时间跨度。如果说它们有什么共同点，那就是发生的季节相同，地域、气候相近。曹教授对这次新冠病毒的认识正是基于这样一个判断，而这一判断源于他对疫病发生发展演变规律的认知和把握。

一种突发的流行性传染性疾病，很难令整个社会在短时间内认识和了解。即便在极为专业的领域内，也有一些人跟着某些传言摇摆不定。此时，曹教授的学术观点，对促进专家学者在防治新冠病毒感染中形成共识，从而充分利用中医药防控疫情，发挥了重要作用。

特别是在最初阶段，由于认识的局限、观点的差异，中医界尚存一些模糊认识的情况下，通过学术交流与争鸣，统一认识，有利于中医临床准确诊治与有效处方，从思想导向上为中国方案、中医力量展现作用献出一点智慧，也为后来的中国方案、中医疗效在理论上起到答疑解惑的作用。曹教授凭借在中国中医界的地位及影响，为人类生命健康承担着重要责任与使命，此为大医之风范、品德与智慧。曹教授将对突发疫病的认知告诉这个世界，把自己的智慧迅速化为一种抗疫的力量，挽救那些遭受无妄之灾的民众，这是他的悲悯之心使然，也是他无私无畏的思想境界的体现。

曹教授有着坚实的理论基础和临床实力，因此在新冠肺炎发作初期就对突发疫病有着相当清楚的认知，他完全是以整个民族的安危为使命，以国家利益为重，以国家非物质文化遗产项目（中医生命与疾病认知方法）代表性传承人的身份，在疫情暴发的第一时间，也是最需要他的时刻发布了自己从中医视角对这种突发疫病的认识，彰显出他的境界、格局和力量。

曹教授之所以敢于发表自己的认知与判断，是基于他对中医瘟疫古籍文献的深入研究和准确把握，并将研究成果消化吸收，提升中医诊疗的能力和水平，即中医生命与疾病认知方法。在 2021 年 2 月的一次公开讲座中，他强调指出，人类发展的历史就是不断与瘟疫斗争的历史，有几千年中医防治疫病理论与实践的基础，运用中医思维与诊疗模式，结合现代医学知识，对中医药应对新冠病毒应满怀信心。

两个多月后，我国防控疫情取得阶段性胜利，中国方案独树一帜，令世界瞩目，这自然引发了一个问题，为什么中医药能有效治疗新冠肺炎呢？这时，曹教授最初公布的判断似乎被人想起，被更多的人重视。于是，新华社、《人民日报》等国家主流媒体找到曹教授，请他讲授中医药防治新冠肺炎的作用，一些国际学术团体包括美国、英国等国外学术组织也邀请曹教授就中医药防治新冠肺炎做报告。曹教授认为：当人类面临突发疫病束手无策时，中医药人有责任为维护人类生命健康贡献力量。这就是他的初衷和情怀。他认为：几千年中医防治瘟疫形成的理论、实践、方法与技术，是中医能够应对突发流行性传染性疾病的基础，"因时、因地、因人、因病"制宜的诊疗理念，群防群治经验积累与辨证论治个体化的诊疗模式，六经辨证、表里九传、卫气营血、三焦辨证方法，扶正祛邪的治疗原则，丰富多彩、行之有效的防治方法，如药物、非药物疗法，内服、外用治法等，这些基础能够指导应对突发疫病。而中医对疫病的认知模式是有效发挥作用的关键，中医对病毒、细菌等引起的疾病，是通过望、闻、问、切四种诊法，结合因时、因地、因人与病毒细菌侵犯人体、机体综合反应所表现的外在征象进行诊断，针对病邪导致脏腑经络功能异常、气血津液失调的病变机理而综合治疗，特别是病毒变异、细菌耐药后，人体就会出现相应的临床表现，中医结合病人的异常感觉与舌象、脉象变化，能及时有效诊治，这正是中医诊疗不明原因疾病、细菌耐药与病毒变异的优势所在。

人类生存发展于自然中，瘟疫的发生也是自然中人类生存、演变的一个结果。中医源于自然，帮助人们在自然演变中寻找解决方法。从事物变化规律来说，生于自然、适应自然、利用自然、亡于自然，有生之起，则有灭亡的结局，这是事物相对存在的规律，也是中医天人合一、阴阳平衡、生长壮老已的动态平衡理念。

3 "金柴饮"的智慧与大爱

曹教授通过人民政协报（网）、中国志愿医生新媒体平台，把"金柴饮"药方向全国发布，这一举动表明了他崇高的境界和无私的胸怀。他只想像先祖圣贤那样在民族危难之时挺身而上，像张仲景、叶天士那样挑起挽救民族危难的重担。

"金柴饮"处方，是在经方"小柴胡汤"的基础上加减化裁而成，其中就有医圣张仲景无与伦比的智慧。"小柴胡汤"出自张仲景《伤寒论》，后世称为"和剂祖方"，具有辛开苦降、补虚泻实之功效。新冠疫情暴发，曹教授依据对呼吸道病毒感染性疾病的认识，根据新冠病毒致病因素与发病特点，优化"小柴胡汤"处方，形成"金柴饮"。

2022 年 3 月以来，奥密克戎病毒变异株在部分省市传播，应国家

教育部司局函件

感谢信

尊敬的曹洪欣教授：

在党中央、国务院坚强领导和各方面大力支持下，在湖北人民特别是武汉人民积极参与配合下，经过艰苦卓绝的努力，湖北保卫战、武汉保卫战取得决定性成果，全国疫情防控阻击战取得重大胜利，教育系统在疫情大考中也交出了合格的教育答卷。

在这场没有硝烟的战斗中，教育部直属单位国家开放大学、中国教育出版传媒集团和教育部考试中心，共同出资向国药集团北京华邈药业有限公司购置了 3 万份由您研制的防疫中药，全力驰援武汉抗"疫"工作。据悉，该药剂在 2003 年预防 SARS 病毒时发挥了很好的抗病毒及预防效果，对防治新冠肺炎疫情也有较好功效。在此，谨向您对疾病救治、疫情防控工作做出的卓越贡献表示衷心的感谢，并致以崇高的敬意！

当前，全国教育系统实现了安全、正常、全面开学。常态化疫情防控下维护正常教育教学秩序，还需要您继续给予关心指导。再次向您致以诚挚的谢意！

教育部应对新冠肺炎疫情工作领导小组办公室
（教育部体育卫生与艺术教育司代章）
2020 年 10 月 13 日

教育部感谢信

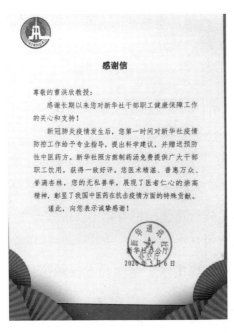

感谢信

尊敬的曹洪欣教授：

感谢长期以来您对新华社干部职工健康保障工作的关心和支持！

新冠肺炎疫情发生后，您第一时间对新华社疫情防控工作给予专业指导，提出科学建议，并赠送预防性中医药方。新华社照方熬制药汤免费提供广大干部职工饮用，获得一致好评。您医术精湛、普惠万众、誉满杏林，您的无私善举，展现了医者仁心的崇高精神，彰显了我国中医药在抗击疫情方面的特殊贡献。

谨此，向您表示诚挚感谢！

新华社办公厅

2020年3月6日

新华社感谢信

教育部要求，曹教授结合疫病流行特点调整金柴饮处方，无偿贡献金柴颗粒，支持教育系统抗击疫病。吉林、上海、河北、天津等地 30 余万学生用金柴颗粒预防新冠病毒，为教育系统科学防治新冠病毒、有效阻断疫情传播、保障师生生命健康和校园安全做出积极贡献。为此，教育部专门致信感谢。

四海之内，究竟有多少人服用了这个金柴饮？这是对国人的一次无私奉献。而这个无私奉献直接或间接挽救了多少人，无从考证。曹教授原本就不曾想获取什么，他无私且彻底地敞开胸怀，像历史上那些中医先祖圣贤，悬壶济世而不图个人名利，这种奉献是对中医精神的最好传承与弘扬。药方是无形资产，其价值难以评估。曹教授毫无保留地将自己的研究成果奉献给国人，这一行动印证了老一辈革命家陶铸同志那句名言："心底无私天地宽。"

4　这一切看到了吗

看到了，历史不会忽视曹教授在这次疫情到来时，第一时间做出的这些努力。互联网时代，对于任何一个历史事件，都会留有记载，这是任何力量都难以抹除的，这是时代的记忆。

曹教授在疫情防控期间做的第三件事，是他作为中医专家，通过互联网完成了和疫区前线医生同样的事情，救治了100多位新冠患者。像17年前那样，解救患者于生命垂危之中，他用另一种方式参加了这次新冠肺炎患者的救治。

这场战斗是从互联网上的一次求救开始的。

2020年1月26日，庚子年春节正月初二。当时相当多的武汉人还不太了解新冠病毒肺炎的破坏力，甚至一些新冠病毒肺炎患者也不清楚自己得的究竟是不是新冠肺炎。这时，曹教授的一个在读博士陈志威晚上9点35分给老师发去一则微信。

小陈向曹教授转达了一个求救信号。他是这样写的："老师春节好，我在北京，刚跟武汉某医院一位老师通话，他们医院被征用，现在都在全力以赴抢救病人。有件事还请老师帮忙，我大学时带教老师的妻子，某医院的一位护士，不幸感染新型冠状病毒，已确诊为新冠肺炎。他们希望曹老师帮助诊治开方，谢谢老师！"

当天夜半，曹教授与陈志威通电话，了解患者发病的基本情况，得知约10天前，这位38岁的女患者感觉发热，5天前体温38℃，特别怕冷，伴有肌肉酸痛。到医院查血氧饱和度为93%。采取过吸氧，甲泼尼龙琥珀酸钠40mg加入0.9%氯化钠100ml静脉滴注，日2次；静脉滴注50ml（10g）人血白蛋白注射液治疗，日1次，不见明显好转。1月24日新型冠状病毒核酸检测为阳性。1月26日第二次肺部CT，结果显示：肺部炎症明显，肺部磨玻璃样改变。近两日夜半1时左右高热，体温达39.5℃，伴随寒战、恶寒、气喘、咳嗽等症状逐日加重，周身乏力，甚至难以下床走动，活动则头晕目眩。

曹教授告诉小陈，让病人照张舌象照片。这里顺便说一句，中医诊治判断患者的症候，望舌象是至关重要的一环。自从手机微信普遍使用以来，曹教授常通过微信给一些患者诊病处方，免去患者和家属许多求医奔波的环节，减少了许多麻烦，节省了时间与费用。

患者很快把舌象照片发给曹教授。

患者的舌质淡稍暗、苔白微腻。曹教授认为，患者作为一线护士，被感染的概率很高，观其舌象，证属寒袭肺卫，病入少阳，应以和解少阳，散寒解毒，宣肺益气。用小柴胡合桂枝汤加味。

1月27日早，曹教授开了处方，工整地写在处方笺上。处方里包括北柴胡、黄芩、法半夏、党参、茯苓、桂枝、白芍、川芎、浙贝母、金银花、连翘、蝉蜕、甘草、生姜等。

曹教授用手机将药方拍下来，立即传给博士生小陈。外行人是看不懂的，好奇的人或许数一数会发现，这药方，包括生姜，才14味中药，能好使吗？

"高热退了，真的没再发热！"患者的丈夫真有些不太相信，虽然他知道曹教授是难得的大医，医术了得，可怎么也不能这么快就退热吧？

患者的丈夫清楚，退热是治好新冠肺炎的第一步，也是截断毒邪的关键。曹教授仅靠小陈传递病情，只有那几幅舌头照片作为参考资料，居然就做到了，唯一的解释是曹教授对于新冠肺炎病变的认知以及治疗的辨证思路可靠。那一刻，患者丈夫的心里充满激动，兴奋得不得了。于是，他请求医院的护士费点神，多测几次体温。医院的医生和护士们也好生奇怪，再加上家属的请求，她们夜间每隔30分钟测一次体温，共计量6次，体温一直在正常范围内，这几日令人惊恐不安的"夜来烧"真的没有再发作，十几天来积聚在心头的忧虑和恐慌终于得到些许释放。

1月28日下午，小陈再给曹老师发微信："老师，昨天找您帮忙开方治疗的新冠肺炎患者已经开始喝中药，今天反馈昨晚没有发热，唯起床活动后咳嗽、气喘。已嘱咐患者继续服中药治疗。谢谢老师!"

看到这则信息，曹教授非常高兴，这一剂药起了作用，说明诊疗思路符合患者的病情。

1月29日上午10点半，小陈再次报告："老师好，前天找您帮忙开方治疗的患者刚反馈好消息，热退后，病毒核酸检测已经转阴，唯时咳嗽、气喘。患者和家属更是喜出望外，直呼曹老师救命了!"

十几分钟后，曹教授通过微信告诉小陈，原方加苏子、杏仁，又追问一句："现在体温多少?"

1月29日下午1点57分，小陈回复："老师，现在患者体温是36℃多，一直都没再发热。"

曹教授十分高兴。这个病例的治疗验证了此前的认知，而这种认知和临床结果一定会产生一种社会效果。他期望更多患者尽快摆脱新冠肺炎的折磨，不管自己能帮上多大的忙，都要尽心尽力。

太多的人只是在敬佩和欣赏中感叹，我国多一些曹教授这样的中医大夫该有多好!护士的丈夫或许因为是业内人士，所以思考得更深入一层。他想，仅仅1剂汤药，妻子就退热了（此后再没发热），3剂汤药都没喝完，核酸检测结果就由阳转阴，这个最具标志性的逆转，是对中医药疗效最好的证明、最有力的诠释。他想起历史上诸多此类瘟病。宋哲宗元祐五年（1090年），苏东坡知杭州，适逢时疫大作。东坡创建安乐坊，以"圣散子"治之，"得此药全活者，不可胜数"。又如明末大医喻嘉言用人参败毒散加减治疫，自述："嘉靖己未，五六七月间，江南淮北，在处患时行瘟热病，沿门阖境，传染相似，用本方倍人参，去前胡、独活，服者尽效，全无

15

过失。万历戊子己丑年，时疫盛行，凡服本方发表者，无不全活。"晚清大医易巨荪在《集思医案》里对广东鼠疫流行有所记载："甲午岁，吾粤疫症流行，始于老城，以次传染，渐至西关，复至海边而止。起于二月，终于六月。"用升麻鳖甲汤，救人无数。

躺在病榻上的护士挣脱了新冠病毒的纠缠，从痛不欲生的折磨中逐渐感觉到了从未有过的轻松，一种重生的感觉，一种从未有过的生命体验。周围的病友或还躺在那张病床上，或被送去太平间，可自己却坚强地活了下来，只是因为自己喝了中药汤剂吗？

丈夫明确地告诉妻子："毫无疑问，是因为你喝了中药，是中医药把你从鬼门关拉了回来，中医药真的神奇！"

博士生小陈更是兴奋不已，他将这则消息发到他的微信群里："武汉某医院护士，不幸感染新型冠状病毒肺炎，病毒核酸检测阳性。曹老师辨证属寒袭肺卫，病入少阳，治以和解少阳，散寒解毒，宣肺益气，用小柴胡合桂枝汤加味。用药 1 剂，高烧热退；用药 2 剂后，核酸检测由阳转阴。"他的想法与曹老师一样，如果更多的新冠肺炎患者能尽快得到中医药的有效治疗，那该有多好！

1 月 31 日，护士再次接受病毒核酸检测，结果仍然是阴性，一家人彻底放下心来。

那段时间的武汉，确实有许多人、许多家庭都相当绝望和无奈，可她找到了曹教授，得到曹教授的救治。尽管此时她的身体还很虚弱，可她再清楚不过，这是根本性的逆转，曹教授开的中药方，一定会使自己的身体一天比一天好起来。这从天而降的灾难，本要砸得她整个家庭支离破碎，是曹教授用力给她顶住了，她是多么幸运！

2 月 15 日，小陈按照曹老师的吩咐，电话随访护士和她的家属。对方反馈的情况更是令人振奋。气喘、头晕等症状消失，体力及精神转佳，偶有胃脘不适。曹教授叮嘱："继续服用中药调理，巩固疗效。"

这一切有如梦幻，望着医院一位老医生的背影，女护士蓦然想到了曹教授。是呀，怎么他没有来？她在心里想，如果曹教授亲临武汉，那该有多少位像我这样的幸运儿再次扬起生命的风帆？！

没有使用现代科学提供的各式各样的检测设备，甚至也没有让曹教授亲自诊脉，仅仅通过博士生小陈中间介绍病情，通过微信传递舌象照片，曹教授就如此精准地找准病变关键，在极短的时间，如同医治一次感冒那样，疗效神奇啊！

女护士多年临床护理的经验告诉她，当一个生命走向颓势时是很难扳回局面的，想要重归正常状态，没有几个月甚至是一两年时间的努力是不可能的。

2020 年 2 月中旬，武汉抗疫正处于胶着状态。

2 月 18 日，女护士出现在湖北某中医院，因为医院有自己的岗位，自己的病已经痊愈，理应归队，主动参与疫病防治。她说，既然曹教授只接受一句"谢谢"的回报，那我只能将这份感激转给更多像我这样的患者。

医院的医护人员惊呆了："你怎么回来了？你好了吗？怎么好得这么快？究竟发生了什么事情？"她没有回答，而是献出了自己的血浆，因为康复后患者的血浆有抗体，可以帮助其他病人。

大家都不相信她是真的痊愈了，继而不相信她原来得的是新冠肺炎。女护士操着浓重的湖北口音，讲起曹教授给自己治病的过程。情急之下，她还将自己的住院资料拿给大家看。本院的一位老中医看过，点了点头："我相信你患的是新冠肺炎，更相信曹教授力挽狂澜的功力。这两份核酸检测对比这样清楚，我们不能因为人家治得好、治得快就否认她所患的病啊！在医疗方面，我们更要坚持实事求是的原则。"老中医将资料还给护士，"真遗憾，请他来武汉多好啊！"

没有一丁点的仪式感，没有轰轰烈烈的场面，也没有"动刀动枪"的惊险，曹教授将所有的中医学问与深刻的科学思考集中在那个药方的方寸之中。如果你能看得懂，你一定会发现那语言的凝练、思想的深邃，药材的配伍是再高超不过的艺术，那是一个不能多也一个不能少的最佳组合。这是极其了不起的一个亮点，这个亮点的价值无疑应该被放大。

作为在读博士生，湖北人小陈懂得这经典案例至少在学术上应该留下一笔，让更多的人受益。在曹老师指导下，《中医杂志》（2020 年 9 期）发表了这篇中医药治疗新冠肺炎的论文。小陈是这样理解曹老师诊疗思路的："本病以非时之气为诱发因素，以正气不足为内因，以时行疫毒为外因，其病机特点是时行疫毒侵袭肺卫，肺气怫郁，表里闭阻，邪毒内郁。本案患者临床特征较典型，以反复高热且夜间明显、咳嗽、呼吸困难为主要临床症状，肺部 CT 影像学检查显示炎性改变。治以透邪解毒法，方选小柴胡汤合桂枝汤加味治疗。方中重用味苦微寒之柴胡，柴胡、黄芩合用能透半里之邪，清半里之热，具有升发阳气、透表泄热、开解气机的功用；考虑疫毒的特性，重用金银花、连翘，佐以蝉蜕，凉而能透，清宣发散以透邪解毒；然寒战与恶寒较重，舌淡稍暗，苔白微腻，为寒疫致病之象，用桂枝汤解表散寒、温通经脉，浙贝母化痰止咳，川芎活血行气，党参、茯苓益气健脾扶正，并有健脾渗湿之效。诸药合用，共奏毒邪外达、寒祛热清、宣肺化痰、顾护正气之效，起到追逐荡伐疫疠毒邪之功。二诊时患者新型冠状病毒核酸两次检测均为阴性，热退身凉，恶寒不显，咳嗽、气喘、头晕目眩减轻，然舌苔由白变黄，乃疫邪化热之象，用小柴胡汤加半枝莲透邪解毒，加北沙参、桔梗、瓜蒌、苦杏仁、浙贝母养阴清肺化痰，党参、茯苓、炒白术健脾益肺，固护正气。三诊时患者 CT 显示肺部炎症好转，诸症明显减轻，偶有咳嗽。方用升陷汤调理善后，升陷汤益气养阴，升提大气。方中紫菀、款冬花、苦杏仁、浙贝母化痰止咳，蒲公英、鱼腥草解毒清肺化痰，消散炎症。诸药合用，扶正祛邪，宣肺化痰，有利于病后调理康复。"

看到《中医杂志》这篇论文后，我联系小陈："读过这篇论文，我的体会是，你的专业术语很讲究呀，把曹老师运用中医思维辨证论治，抓住病势、病理、病态用药的依据和为什么这样下药的学问讲得明白清楚，这等于把学术观点公之于众，曹老师有什么意见呢？"小陈讲："论文的思路都是曹老师提出的，尤其是这几篇文章倾注了曹老师大量心血，反复多次修改。曹老师乐见他人使用经典名方，不仅在我们学生面前没有一丝一毫的保留，而且对社会所有人都不封闭，目的就是治病救人。在病人与生命面前不应该分你和我，这样才能不断促进中医药学术进步。新冠病毒蔓延以来，曹老师十分注重守正创新，处处都想着通过各种渠道推广中医诊疗思路，尽最大可能服务于病患，期望中医药有效干预，疫情尽快结束，企盼更多的病人脱离险境，恢复健康。"

听罢，我陷入思考，心怀敬仰。

5　序幕拉开　精彩继续

中医有点像老黄牛，不声不响地劳作，在悄无声息中呈现奇迹，在不经意间创造出经典案例。2020年1月29日晚8点，博士生小陈再次发微信给曹老师："老师：上一个新冠肺炎患者吃了您的药，疗效特别好。我把这个消息分享到武汉高中和大学同学群里，又有个新冠肺炎患者想请您诊治，不知可否？谢谢老师！"

这里必须要多写上一笔，小陈知道，曹老师不仅是自己的导师，不仅是著名的中医专家，他还有其他身份，有大量的医疗保健与社会工作要做。所以，即便是这样人命关天的事情，不是万不得已，也不好直接打电话给老师。用微信与老师沟通比较合适，微信好比一个缓冲带，放在那儿，不会丢失，可以在适当时间处理问题。

8点09分，曹老师看到小陈的短信，立即回复："可以。"

没错，这两个字，是曹教授的态度，也是他的自信，更是一种情怀和境界。他渴望在这个重大的公共卫生事件中尽自己最大力量发挥中医药作用，即使身处武汉疫区之外，也要倾其智慧和能力，能多救治一人就多救治一人。

小陈用微信向曹教授描述了这位患者的病情：男，45岁，湖北省鄂州市人，发病前曾旅居武汉市。典型的恶寒，浑身上下冷得厉害。已发热10日，体温38℃以上。口服布洛芬片，每次300mg，日2次，服药后，发热曾一度降低，但随即复热，继续高热不退。

1月25日患者被收住于鄂州市某医院治疗，用甲泼尼龙琥珀酸钠40mg，加入0.9%的氯化钠100ml静脉滴注，日2次；静脉滴注人免疫球蛋白，每次25g（50ml），日3次，治疗结果并不理想。1月23日肺部CT检测显示：右肺上叶后段及左肺下叶见絮状及磨玻璃状高密度影，边界不清，典型的新冠肺炎反应。1月28日肺部CT检测结果显示：双肺感染性病变，间质性病变居多。1月29日新型冠状病毒核酸检测为阳性。

这是一位被确诊的新冠肺炎患者。患者体温38℃～39.5℃，因为高热，全身无力，难以行走和做其他活动，咽痒，咳嗽，痰多，色黄或暗黄。语声低微，气促，呼吸困难，舌淡紫胖，苔黄微腻。

曹教授认为证属毒邪郁伏肺卫、太阳少阳同病，治以透邪解毒法，给予小柴胡汤合大青龙汤加减。曹教授将写好的处方拍照后发给对方，但当时武汉乃至整个湖北很难买到中草药饮片，只能用颗粒剂，这是没办法的办法。尽管如此，服药当晚，即30日晚上，患者开始退热，31日再也没有出现发热。

尽管患者已烧得嘴角干裂，声音嘶哑，可他还是情不自禁地从心底喊出对中医药的感激。患者放低嗓音和家人说："中医药这么神奇，赶快请这位曹大夫来武汉呀！不发烧了，按照西医的说法就是炎症退了呗？"说罢，闭上眼睛，他的身体实在无法让他再说下去，十几天的折磨，他已再无力气说话了。

2月5日二诊：患者咳嗽减轻，但仍感觉乏力，站立活动则咽痒、咳嗽、痰白、胸闷、气短、少气懒言。平卧则无明显症状，舌淡胖，苔黄腻剥。曹教授建议，停用甲泼尼龙琥珀酸钠等西药，用升陷汤加减化裁，每日1剂，水煎，分早晚服。

患者服用第二服汤药后，咽痒、咳嗽、胸闷、气短等症状明显减轻。这是一个相当明显的疗效。

2月10日三诊：诸症明显好转，舌淡胖，苔白黄腻。以麦门冬汤加减，水煎，分早晚服。

进入2月中旬，病危、病重患者随着确诊人数上升不断累加，这位患者却感觉越来越好。在他的请求下，2月11日、13日连续两次核酸检测，均为阴性。患者和家人异常高兴。这个意想不到的结果，简直就像做梦一样，可却是真真切切发生的事，患者懂得了几千年中医药的经验积累有着极其深厚的文化底蕴。

此后，患者按方服药，迅速摆脱了新冠肺炎的纠缠。这位患者的医案不是他一个人的胜利，至少他可以告诉其他新冠肺炎病人中医药的神奇疗效。

经曹教授治疗，只用药 12 天，3 次处方，患者就被治愈。患者留院观察两天后，出院隔离观察，继续服用曹教授的中药调理，巩固疗效。

还有一位男性患者，22 岁，武汉人，我们在这里称他为武汉小伙。小伙子是个聪明人，他看到了鄂州人和江夏中医院女护士的治疗结果，反应极快，想办法找到小陈。

小陈给曹教授的微信上是这样介绍的：患者 4 天前出现咳嗽，痰少色白而黏稠，咽中不适，纳呆，发热，周身乏力明显，舌暗红，苔黄干。1 月 27 日肺部 CT 显示：右肺尖多发肺大泡。2 月 2 日新型冠状病毒核酸检测阳性；肺部 CT 显示：双肺尖肺大泡，双下肺少许纤维灶。西医诊断：新冠肺炎。服用阿比多尔片、清热解毒中成药等，未见明显好转。

曹教授认为证属毒入少阳、化燥伤肺，用小柴胡汤合桑杏汤加减。小柴胡汤和解少阳、透邪解毒治本，桑杏汤清宣润肺止咳治标，标本同治。

收到药方后，家人想尽办法抓药，2 月 6 日把药凑齐，刻不容缓，将煎好的汤药送进医院。患者服药后，当天热退，咳嗽、咳痰、咽喉不适等症状逐渐消失，饮食好转。

2 月 9 日肺部 CT 显示：双肺尖肺大泡，双下肺少许纤维灶。2 月 12 日核酸检测阴性。全家喜不自禁，药还没服完，便提前请求曹教授再开药方，这么确切的疗效，可不能因为抓药而贻误吃药啊！

一家人骤然释放了此前那种紧张和惶恐，这种惊喜和兴奋是旁人无法体会和理解的。

2月12日，武汉小伙通过小陈再次找到曹教授，经过缜密思考，曹教授嘱咐其继续服用上方5剂，巩固疗效。2月16日，武汉小伙再做核酸检测，结果为阴性；CT检查，无明显炎症。

武汉小伙的父母赞叹不已："中医药太神奇了，曹教授治疗新冠肺炎如此得心应手，真了不起啊！"

武汉小伙跳下床，一把搂住妈妈，泣不成声："妈妈，我是不是遇上神医了？！"

妈妈使劲地冲儿子点点头："感谢曹教授，感谢中医药！"妈妈说这番话时，把儿子搂得更紧，她潜意识里还是怕把儿子的命弄丢了。泪水如注，这是一位母亲感激和欣喜情绪的宣泄。

北京有一位曹洪欣教授，治疗新冠肺炎，疗效显著，互联网时代，消息不胫而走。最初找曹教授诊治新冠肺炎的患者都是通过这位小陈博士联系的，小陈来自湖北，原本计划春节回家探亲，是新型冠状病毒阻断了他的回家路。对家乡的牵挂是一种情愫，作为博士生，他牢记老师的教诲，怜悯与同情是做一名好医生的基本素养。好多湖北患者得到意外的救治，或许是上天的特别安排。

这是曹教授乐见的结果。每每得知又有患者康复，他的心里便增添一丝丝的慰藉，他的心里始终牵挂着武汉民众，通过手机互联网不断传递过来的信息使曹教授能够随时了解新冠疫情的走势和变化。

作为曹教授的学生，小蔡博士等在一本医学杂志上发表了这样的观点："本例患者主要症状为干咳，痰少色白而黏，不欲食，舌暗红，苔黄稍干，属疫毒化燥伤阴之象。疫毒化燥伤肺，肺失宣降则干咳、少痰或无痰，故以小柴胡汤合桑杏汤加减，小柴胡汤合连翘、蒲公英和解少阳、透邪解毒，桑杏汤清宣润肺止咳，瓜蒌、前胡降气化痰。诸药合用，药证相应，疗效显著。"将这段专业性很强的叙述照搬在这里，主要是考虑到一些中医专业人士的阅读需要。

6 唱响生命主旋律

下面依然是依靠互联网联络的信息。在1200多公里之外，武汉一位68岁的老太，2020年1月26日找到曹教授。与其他新冠病毒肺炎患者大同小异，这位患者从咳嗽和发热开始，一周左右，体温38℃~39.3℃，夜间发热更甚。1月23日因发热、咳嗽、胸闷3天，以新型冠状病毒感染疑似病例被收住武汉某定点医院。1月24日核酸检测阳性，CT检查显示肺部炎症改变，确诊为新冠肺炎。医院给予口服阿比多尔片0.2g，日2次；布洛芬缓释胶囊300mg，日3次。服药3天，效果不明显。

1月26日，通过互联网找到曹教授看病时，患者恶寒甚，四肢冷得如同掉入冰窖里，体温38.5℃，无汗，胸闷，气促，咳嗽，咳吐白色黏痰，难以咳出，口干，那种生不如死的感觉让她终生难忘。她还特别交代，食欲很差，恶心干呕，胁胀痛，头昏沉，倦怠乏力，嗜睡，腹胀满，大便如水状，日4次，舌淡暗胖，苔白黄腻。

曹教授认为属于疫毒袭肺、挟湿化痰、太阳少阳同病，属于风寒之邪侵袭，同样用透邪解毒法，用小柴胡汤合小青龙汤化裁。

服第一剂药后，患者体温开始下降，渐恢复正常。继续服药，酷冷寒凉、咳嗽、乏力等症状明显改善，食欲不振、恶心、干呕、胁痛等症状减轻，精神状态好转。

1月29日二诊。"曹大夫也太厉害了，吃药后，当天体温降到正常，现体温36.5℃。"老人家也会概括，"这不用说，是中药起了作用，药方很对症，好像从鬼门关转了一圈，我又回来啦！曹教授就是我的救命恩人！"简单问诊后，曹教授观察她的舌象是淡胖稍暗、苔白黄，这是新冠病毒肺炎毒邪被截断，未向严重发展呈现的状态，遂开了二诊处方，嘱咐老人家继续服用。

1月31日三诊：患者体温36.2℃～36.7℃，恶寒、肢冷不显，乏力、口干、恶心、干呕、腹胀、胁痛等症状均缓解，食欲好转，精力转佳。偶有干咳，咳吐少量痰，大便正常。舌淡红稍暗，苔薄黄。

曹教授嘱咐继服二诊处方2剂。

2月4日四诊：患者病情持续好转，2月2日新冠病毒核酸检测阴性，恶寒、发热未作，乏力、口干欲呕不显，精神状态转佳，偶干咳，少量白痰，饮食尚可，大便正常。舌淡红稍暗，苔薄黄。曹教授对处方稍做调整，让患者接着服用。

2月7日新冠病毒核酸检测阴性，老太太表示："我的新冠病毒肺炎已治好，是曹教授给治好的，他是我的救命恩人。现在每天偶尔还有几次干咳，其他症状都没了。肺炎已基本吸收，无明显不适。"老太太出院，回家隔离观察。

曹教授得知信息，也相当欣慰，毕竟通过他的努力，又挽救了一位老人的生命。后来，小陈在解读老师诊疗思路时说，曹老师认为病人年纪较大，转阴后能回家就万事大吉，继续以六君子汤合小陷胸汤化裁，六君子汤健脾益气，小陷胸汤清热化痰、宽胸散结，合方有助于顾护正气，防范余邪，继服7剂调理，巩固疗效。

那天，老太太被家人接回家隔离观察。其孙仔细看了曹教授的处方，不禁感叹："曹教授这些方子，真像天书，看不懂其中的奥妙，我愿意把他调度的每味中药看作音符，它们在配伍组合之后，和弦奏出的是闪烁生命欢唱的旋律。"

曹教授认为中医治疗新冠病毒感染要注重祛邪与扶正并举，使邪有出路，正气得复，调动体内抗病能力与抗病毒相结合，既能明显缩短发热时间，改善临床症状与肺部炎症，也有助于核酸检测转阴，减少糖皮质激素用量及西药毒副作用，减少后遗症与并发症，缩短病程等。防控疫情，应进一步发挥中医药的作用，推广中医药防治方法，全面提高防治新冠肺炎的能力和水平，为有效控制疫情贡献力量。

曹教授运用透邪解毒法治疗新冠肺炎，疗效确切，从1月27日起由学生小陈介绍的几位病人的治疗效果可见一斑。基本是服药1~2剂，体温下降，症状改善，炎症开始消退。接下来，坚持服药，如干咳、咽痒、腰酸背痛、呕吐、腹泻、周身无力和特别怕冷等感觉减轻或消失。最重要的改变是，3~7天左右，患者的核酸检测都由阳转阴；8~10天，安然无恙。而且没有病情反复，没有后遗症，是真正的根除病源、祛除疾病。这是何等了不起的治疗！

有一位痊愈的患者很形象地比喻道，得到曹教授救治，就好比黑夜里漂泊在汪洋大海，极度危险和恐惧时，突然发现眼前闪现一艘船，这艘船就是患者的"挪亚方舟"，搭乘上它，就会抵达生命的彼岸，逢凶化吉，安然无恙。

曹教授在这场病毒向武汉扑来的第一时间，便通过互联网迅速拉近了武汉与自己的距离，以崇高的情怀，最大限度地把武汉等地的新冠患者拽入健康人群中来。

7　互联网抗疫平台

2020 年 1 月 31 日，许多人依然无法判断自己是否感染新冠，无法用常规办法找到医院诊治。在这种情况下，曹教授沉稳地走进国家互联网试点平台，通过"微医华佗云"上线我国首个中医药抗疫平台，2 月 5 日上线国际中医药抗疫平台，作为首席专家，他带领张华敏、蔡秋杰、张玉辉、赵凯维、王乐、钟菊迎、代金刚、杜松、申力、赵静、刘寨华、范逸品、刘先利、李冬梅、李同达等 15 位医生（均为博士或博士后，在中国中医科学院或北京某医院工作），通过互联网技术平台，每天线上诊疗 12 小时，义诊 100 天。曹教授指出："疫情防控特殊时期，通过构建防控疫情新机制，能更有效地发挥中医药作用，同时，通过互联网技术，探索中医药服务健康新模式，走出一条中医+互联网+健康有效融合的新路。"从疫情发展的具体情况出发，锻炼一批敢于直面疫病的中医药人才，为防控疫情定向培养中坚力量。曹教授一直认为在疫情暴发时最需要中医药帮助，这不仅是源自中医药人的自信，而且因为在漫长的岁月里中华儿女不断与各种瘟疫抗争，积累了丰富的经验，中医防治瘟疫是有效途径。曹教授对中医药的自信建立在对几千年不断丰富发展的中医理论与实践的深入研究和认知，也源于临床上的切身体验与感悟。

曹教授的博士生、中国中医科学院研究员蔡秋杰博士收到老同学的一条微信，她在微信中惊恐地求助："小蔡，我弟弟刘某在武汉工作，这两天好像感染病毒了，1 月 27 日开始流鼻涕，腹泻，突然发烧，现已高烧了。"

蔡博士立即意识到同学咨询的真实意图，她认真回复了对方的

27

微信，关注治疗情况。

同学回复说："吃了罗红霉素，昨天还用了头孢。现在武汉这个情况，怕是得了新冠肺炎。他的丈母娘还有其他几位家人都跟着咳嗽，好像不太好呀。"最终还是把新冠肺炎这个概念说了出来，可见那时，人们是多么不想与"新冠"这两个字沾边啊！

从微信的字里行间，蔡博士已经感受到对方的恐惧，她告诉对方："这样吧，我导师组织我们开通网上抗疫平台义诊，明早曹老师第一个出诊，你早点抢个号，他看得好，确诊的新冠病人已有治愈的病例。"常言道，来得早不如来得巧，蔡博士的同学找得正是时候。

刘某一家人听从了蔡博士的建议，在这个网上平台第一个挂上曹教授的义诊号。

刘某，男，39岁，武汉居民，2月5日早在"微医华佗云"中医药抗疫平台求诊曹教授，他并不知道自己面对的是我国著名中医专家，彼时经几天低热与高烧交替折磨，他已无力讲述自己的痛苦和难过，他静静地躺在病床上，用苦涩的微笑向曹教授致意。仅仅几天，原本年轻的面孔被病魔折磨得失去了本貌。同时不停地咳嗽，难以咳出的黏痰，将自己的上呼吸道部位弄得难受无比，平时轻松自由的呼吸，成为可望而不可即的奢侈。

1月25日，刘某洗澡后开始流鼻涕，像是感冒，接着低热3天，体温37.4℃，那一刻他有点慌神，一种莫名的担心笼罩了他。再往后，喉咙发痒，咽喉疼痛，不停咳嗽，大便开始不成形，连续7天夜间高热，体温达39.3℃。开始他和家人都不相信这是新冠肺炎，于是吃了大量治疗感冒的中西药物，当时在武汉可以购买到的感冒药都买了些，消炎药如罗红霉素、头孢等，中成药如藿香正气丸、防风通圣丸，准备轮番试试，总能找到对症的吧，然而没有一点好转的迹象，家里人都跟着紧张起来。当体温达到39℃以上时，他出现呼吸困难，不断咳嗽，痰难以咳出，即使咳出也多半是白色泡沫痰，伴有少许血丝，咽喉疼痛，大便稀溏，日2~3次。每当这时，一家人都会紧张地陪伴着刘某，难以入睡。岳母跟着流泪，叫苦不迭："这是什么病呀，以前从来都没听说过，怎么就叫咱们摊上了?"

刘某家属称，虽然现在还没做核酸检测，但前一天（2月4日）做CT显示：双肺部多发磨玻璃样改变，其中可见"空气支气管征"。武汉某定点医院诊断为病毒性肺炎。

曹教授听过刘某及其家人的叙述后，请刘某将手机屏幕对准舌头，观察舌象。这个舌诊，对于辨证论治至关重要。后来，曹教授指导博士生在论文《互联网+中医药诊疗防治新冠肺炎的实践与思考》里对舌诊的意义做了专门论述。

舌质淡而稍暗，苔黄腻。曹教授略加思索便开了处方。

刘某服药后，当晚热退，再未发热，直到痊愈。那晚一家人比较放心地睡了一个安稳觉。一家四口人被刘某病情折磨得筋疲力尽，尤其是刘某的夫人，自从刘某出现这些症状，就没有睡过一个安稳觉。

神奇的疗效让刘某和家人一度产生错觉，或许就是感冒，而不是新冠，不然怎么不像外界议论的那么可怕、那么难缠？现在刘某的呼吸不再那么困难，咽喉疼痛明显好转，痰中带血次数有所减少，只是咳嗽频作，咳痰，舌淡稍暗，苔白黄腻。仅仅是两服药，如此神速的药效更像治疗感冒，其实感冒有时也不会这么快就奏效。

2月7日二诊时，刘某已被武汉某定点医院收入治疗，核酸检测尚未出结果。曹教授通过刘某和家人的叙述，调整了二诊处方，让患者水煎后，分早晚服。

2月11日三诊：9日医院通知，7日核酸检测阳性，已确诊新冠肺炎。全家人心情非常沉重，特别是7日前家人都一直一起生活，极有可能全家人感染。然而令人欣慰的是，服用7日的3剂药后，咳嗽明显好转，痰中带血消失，痰量也明显减少，其他症状不明显。9日医院CT显示双肺炎症略有吸收。

听完患者家属的陈述后，曹教授仔细询问了刘某的饮食和大便等方面情况，通过视频仔细观察舌象，用蒿芩清胆汤加味，让患者继续服用。

2月18日四诊：刘某家人有些无奈地说，特殊时期，武汉对中药的管理很严，中药很难买，只能继服7日方3剂、11日方4剂。尽管这样，作用还是很明显，偶有干咳，其他症状不明显。令人高兴的是，11日、15日两次核酸检测都是阴性（结果报告日期为2月13日、17日），15日CT显示双肺炎症基本吸收。17日已出院隔离观察，家人希望继服中药调理身体。舌淡、苔白腻，以柴胡陷胸汤加减，巩固疗效。以后3次随访，无明显不适而痊愈。

曹教授与患者家属一样高兴，又成功治愈新冠病毒肺炎一例，作为医生，在疫病流行之际，能够救人于危难之中，这比什么褒奖都重要。

这里值得一提的是刘某的四位家人，当时与刘某吃住在一起，属于密切接触人群，都有不同程度的咽痛、咳嗽、乏力等症状。当时，他们欲就近去医院检测核酸却未能如愿，在照料和担心着患病的刘某的同时，也有自身难保的焦虑。在曹教授的指导下，蔡博士按照老师的思路，分别对他们对症下药。蔡博士跟随老师从医20余年，深谙老师的行医之道，对老师提出的透邪解毒法理解透彻。2月

5日，在帮助刘某看病的同时，四位家人也通过"微医华佗云"线上中医药抗疫平台在蔡博士名下就诊。蔡博士嘱其隔离治疗，密切观察，分别予以金柴饮加味组方，并根据四人不同的体质和症状辨证加减。寒邪较重者加桂枝、荆芥增加温阳之力；咳嗽明显者加苦杏仁，降气止咳；咽痛者加牛蒡子，宣肺利咽；兼见伤阴者加麦冬；不欲食者加内金；睡眠不佳者加夜交藤等。每人每日1剂，分早晚服。2月10日二诊时，四位家人相关症状基本消失，为求善后与预防，守方加味，继服10剂，期间核酸检测均为阴性。经及时中药干预，与刘某密切接触的四位家人平安无事。

蔡博士按照老师的要求，作为抗疫平台义诊专家，全程跟踪刘某及其家人的防治与巩固疗效，直至2020年3月10日，刘某核酸检测及肺部CT均未出现反复，已无明显不适，才算画上圆满句号。

在曹教授的指导下，蔡博士就刘某的医案在《中医杂志》上发表论文。她在论文里有这样一段描述："患者长期在海上工作，素体湿气较重，感染新冠病毒后，寒毒与湿邪相挟发病，患者初用大量抗生素及苦寒中成药，损伤机体阳气，助寒疫邪毒进一步入里化热，灼伤肺叶，出现午后及夜间高热反复、咳嗽、咳白泡沫痰、痰中带血等疫毒邪伤肺之症。故以金柴饮化裁，用小柴胡汤，重用柴胡，以辛开苦降，寒热并用，和解表里，祛邪外出并截断邪气进一步入里伤及其他脏腑；针对寒邪病邪及致病伤阳的特性，加桂枝辛温解表助阳、葛根辛甘升阳；针对毒邪，重用连翘，佐以浙贝母，既解毒又能化痰；因毒邪犯肺灼伤肺络，故用生石膏、藕节清肺热止血，兼用浙贝母与苦杏仁止咳化痰，党参、茯苓、生甘草等扶正化湿祛邪、调和诸药；全方寒热并用，解毒化痰，宣肺益气，共奏截断病势、扭转病机、扶正助阳、透邪外出之功效。"

现在可以说，曹教授通过"微医华佗云"构建中医药抗疫平台，率领团队对海内外新冠肺炎患者进行义诊，从某种意义上讲，是个划时代的事件。互联网+中医药诊疗，是一次行医方式的改变，而这种改变是古老的中医药文化与新世纪最具想象力的互联网科技结合，派生出的一种新的诊疗模式，让几千年古老中医药实现诸多重大突破，焕发青春活力。

这一举措不仅有效地规避了医患接触的感染风险，节省了前线医院短缺的防护服、防毒面罩等资源，同时也省略了患者和家属太多烦琐的检查，规避了无数困难，将感染风险降至最低，将救治时间缩到最短，将求医问药程序压缩到最简，成本降到最低，疗效上升到最佳。2020 年 2 月 6 日，国家卫生健康委办公厅印发《关于在疫情防控中做好互联网诊疗服务工作的通知》，倡导支持这种诊疗模式，这是将所有的不可能转化成可能，使几千年来先贤留下的宝贵财富插上展翅高飞的翅膀。这次创举，是曹教授带领团队的积极探索，也是中医药防控疫病、传承创新的生动实践。

这期间，曹教授像一位战场上的统帅，率领团队 15 位博士专家冲锋在抗疫第一线。每天早晨，大都是他先接待第一位患者，这个诊疗过程和处方内容通过互联网全口径开放，15 位博士如同平时跟老师出诊，每个场景、每一处细节都能够看到，老师的望闻问切，患者的神情状态，包括家属反馈的问题，可以说一目了然。同时将诊疗思路与处方公开到群里，放在网上。他们都是跟随老师多年的博士，长者 20 多年，短者 5 年以上，对老师的医德医风以及思维与诊疗特点，都非常熟悉。

其实这就是曹教授在互联网上开办的一次公开课。15 位入围作战的弟子作为后续力量，在老师的带领与指导下，以透邪解毒法为基础，接待每一位新冠肺炎确诊或疑似病例。大家根据患者病情，多从寒疫入手，以金柴饮为基础方，诊治病人。然后，大家随时把发现的问题及病人的病势、病位与基础病等一并考虑，将据此形成的治疗思路和理由，还有自己的预判和药方等都分享到早已建立的师生群研讨。因为情况特别，曹老师会对每位学生的方子做出点评，或是肯定表扬，或是提出看法和改进意见。这些学术上的探讨研究，不仅仅是针对这十几位博士医生，同时也包括原本就在群里的近百名历届研究生，他们也从不同侧面了解到老师这个公开课的具体内容，学习到具体的应对方法，对于防治新冠肺炎大有帮助。这种战时状态下的公开课无疑增强了操作性、指导性，提高了临床实战价值。在曹教授的指导下，十几位博士在义诊那段时间里都通过了大考，成功救治许多新冠患者。通过参与这次疫情临床实践，他们切实积累了诊治新冠病毒感染的临床经验，提高了临床诊疗能力。没有参加这次信息网络平台义诊的其他学生，也都跟着老师在互联网上看着师兄师姐或师弟师妹的诊疗过程，有的也在自己所在地对新冠病人进行临床治疗，大家都有收获。曹教授利用互联网技术，使中医做到了稳坐京城不动，却能"决胜于千里之外"。

曹教授带出了一个坚强的团队。他们毕业后分配在中国中医科学院和北京的各个医院，已是医院的临床骨干和学术研究的主力。平时，不管多忙，他们都时常跟老师出诊，借以巩固和随时跟上老师的学术和临床实践进度，这种以临床实践带教的方法一直延续了近30年，即曹教授出诊时，不论研究生毕业多少年，都想方设法定期跟老师出诊，向老师学习治疗疑难病的思路与经验，这是他们的共识，也是曹教授的师德和师生关系密切的体现。现在曹教授一声令下，大家便集合在这个互联网的旗帜下，直接参与新冠肺炎防治。

曹教授和他的团队

义诊 100 天时间里，曹教授团队诊治新冠肺炎 100 余例、治疗排除疑似病例 400 余例、治疗各科疑难疾病 600 余例，包括对海内外新冠肺炎确诊病例与核酸转阴后遗症患者进行诊疗，为大家答疑解惑，提供有效咨询，在实践中培养了一批可以在突发性流行性疾病面前冲锋陷阵的有生力量，实实在在地体现了疫病流行期间中医药人的奉献、责任与担当。他们的实践，还对互联网+中医药服务模式的应用进行了有益的尝试探索，以期未来中医药在维护健康，治疗慢性疾病、疑难病与防治突发流行性传染性疾病方面的作用得到更好的发挥。

　　新冠病毒感染属于中医"疫病"，其发病初期的主症之一就是恶寒，分辨恶寒程度与特点，对于明辨疫病病因、病机、病性、病位与病势，动态把握疫病变化，准确用药截断病势，控制疫病发展，提高诊治疗效，具有积极意义。曹教授总结归纳新冠肺炎患者恶寒特征主要有但寒不热、恶寒发热、寒热往来等不同表现，提出恶寒从温解论治、寒热往来或高热反复从透邪解毒论治、病后畏寒肢冷从益气温阳论治的诊疗思路，在疫病防治中重视对恶寒程度深入分析，发掘中医疫病诊治精华，有利于提高中医防治疫病的能力和水平。

应该讲，曹教授对于新冠病毒肺炎防治，不仅在临床实践上抓准了这个突发疫病的病机特点、症候特征，找到合理用药、截断病势、控制疫病发展而提高诊治疗效的办法，而且能及时地总结这些临床实践，将其上升到学术高度，以期促进交流，提高中医药防治水平，这是对中医药实实在在的传承和发扬。

8 传承创新 魅力无限

武汉 49 岁的赵女士，是一位新冠肺炎患者。2020 年 2 月 9 日，她幸运地踏入曹教授这艘"挪亚方舟"。2 月 8 日，赵女士核酸检测呈阳性，被确诊为新冠肺炎。在互联网的另一端，赵女士的家属向曹教授介绍：她怕冷特别突出，甚至经常寒战，加盖几床棉被也难以缓解。周身乏力，时干咳，甚则喘促，发病 20 多日。她不仅是一位病程较长的患者，而且有慢性阻塞性肺病、萎缩性胃炎、胆结石等多种慢性病，与新冠病毒感染一起折磨着她，十分痛苦。

1 月 21 日，赵女士出现发热症状，午后 4 时左右体温 37.5℃ ~ 38℃，夜晚升到 38.5℃ ~ 39℃，伴腹泻，周身酸痛。1 月 26 日以新冠肺炎疑似病例收入到武汉某定点医院，肺部 CT 显示：双肺散在片状及斑片状稍高密度影，呈双肺感染性病变。这是一种典型的新冠肺炎症状。经过抗生素及人血白蛋白等治疗，发热渐退。然而恶寒依旧，干咳，甚则喘促，腹泻，入睡难，睡眠不实，乏力，舌淡红稍暗，苔白黄干。

曹教授认为恶寒明显，甚则寒战，提示疫毒寒邪袭表，宜辛温解肌、透邪解毒，从温解论治，以柴胡陷胸汤加减。曹教授工整地写下处方，通过互联网传给对方。

处方笺上书写下的是曹教授诊疗的思考与智慧，还有责任、期待和信心。这是他对自己敬仰的张仲景、叶天士等圣贤大医对历代瘟疫特别是对寒疫理论的诠释经过消化理解的结果，是对先祖圣贤留下的中医药文化与智慧的传承。曹教授坚信"有一分恶寒便有一分表证"的观点，恶寒在外感病中是外邪侵袭肌表与肺卫病机的反应，不同程度的恶寒与发热状况反映了病邪的性质、病位及病机，是外感病与疫病辨证论治的重要依据之一，这些都有先祖圣贤的理论支撑，中医典籍里可以找到出处，是传承有序的。

2月19日二诊，赵女士和家人在视频镜头前绽开了由衷的笑容，发自肺腑的感激之情溢于言表。他们的喜悦也感染了曹教授，曹教授不禁也兴奋起来。

赵女士服药后，咳嗽明显减轻，喘促不显，肺部CT结果较前几日检查大有改变，说明曹教授开的药方不仅对症，而且疗效突出。

2月14日和17日分别做两次核酸检测，结果均为阴性。拿到这样的检测结果，赵女士和家人第一反应是，这个病让曹教授给治好啦！恶寒也明显缓解，然而还有些畏寒怕冷，晨起有时腹泻、乏力。他们说，留下的这点轻微症状，是再合理不过的事情，这样一个大瘟疫，怎么可能所有的症状一下子都不见了？

曹教授轻轻地点了点头，他的原则是做中医的事，开中医的方，关注中医疗效。不过，曹教授确实也按捺不住内心的喜悦，能不高兴吗？这毕竟是患者和患者家属的肯定，有如40年成长路上一直伴随左右的"路基石"，从医近 40 年来，自己就是顺着患者铺就的路基走来，走到现在，义无反顾，一往无前。

赵女士的舌象是舌暗稍紫、苔黄白干。曹教授以金柴饮加减处方，让赵女士继续服用。

有心的人或是中医内行会发现，尽管曹教授处方依据的是透邪解毒法，可是每一位患者的处方都不尽相同，同一患者的每一次处方也不尽相同。这就是中医用药的高深之处，也是处方的点睛之处，是曹教授对中医药理论的谙熟和用药精当的具体体现。

3 月 2 日三诊，赵女士首先向曹教授报告，2 月 20、23 日两次核酸检测皆为阴性，这是第三次与第四次核酸检测，一颗悬到嗓子眼的心终于放了下来。

鉴于赵女士的检验结果，定点医院决定让其出院隔离观察。赵女士的精神状态明显好转，腹泻未作，咳嗽减轻，已停辅助吸氧等西医治疗手段。偶有畏寒的感觉，背部遇冷则轻微咳嗽，无痰，夜间咽干，盗汗，入睡难，睡眠不实，舌淡红稍暗，苔白黄。曹教授对二诊处方做了调整，让赵女士继续服用 7 剂。

3 月 13 日通过互联网，赵女士第四次找到曹教授。她和家人叙述病况：畏寒不明显，咳嗽和盗汗明显减轻，只是遇上阴雨天稍有咳嗽。仍夜半咽干，入睡难，凌晨 1~2 时才能入睡，睡眠 3~4 小时。时常有胃脘胀满的感觉，不欲饮食，饮食乏味，口中有异味感。3 月 10 日核酸检测阴性，也就是连续 5 次检测都是阴性。CT 检查显示：与 1 月 16 日胸片比较，炎症明显吸收，肝内胆管结石或钙化。后来，赵女士继续守法治疗服药 60 余剂，诸症消失而痊愈，既往的慢性阻塞性肺病等也得到缓解。

世上所有的因缘都有一定的巧合。云南瑞丽与北京相隔 3300 多公里，乘飞机也要四五个小时，"微医华佗云"平台的这一端是曹洪欣教授，另一端是陈某。

陈某是瑞丽的工作人员，怎么会在这个"微医华佗云"平台出现，而且找到了曹教授呢？因为曹教授多年深入老少边穷地区义诊，在瑞丽留下了太多的经典医案，享有很高的声望，那里的医院将陈某介绍给了曹教授。

陈某是武汉人，是一位新冠肺炎确诊病例的家属、密切接触者，他的出现使整个瑞丽也跟着紧张起来。当陈某发现自己染上了新冠肺炎，刚踏入医院，瑞丽市某定点医院就收治了他。

2月3日，陈某通过互联网告诉曹教授：发热1天，核酸检测阳性，胸部CT提示肺下叶背段胸膜下见片状影，边界模糊，双肺的肺纹理增多，病情来势汹汹。2月1日住进云南省瑞丽市某定点医院。开始服用阿比多尔片0.2g，每日2次；布洛芬缓释胶囊300mg，每日口服3次。经常规治疗，症状未见好转，仍然发热，体温在37.9℃~38.5℃波动，流清鼻涕，量多不止，胸闷，呼吸急促，咳嗽，痰白量多，恶心呕吐，咽干，脘腹胀满，便溏，舌质淡红，苔薄白。

结合陈某的临床表现，曹教授认为应属感受疠疫毒邪，邪入少阳，治以透邪解毒、和解少阳、扶正祛邪。故用小柴胡汤加减化裁，截断病势，透邪外出，以辛开苦降，寒热并用，和解表里，而驱邪气外出，并截断邪气入里伤及脏腑。针对寒邪病邪及致病伤阳的特性，加桂枝、荆芥辛温解表助阳，葛根辛甘升阳；针对疫毒，重用金银花、连翘佐以浙贝母解毒化痰，蝉蜕疏散助透邪之力；因毒邪累及胃肠，故用藿香、厚朴化湿和胃；兼用党参、茯苓、生甘草等益气化湿祛邪、调和诸药；全方寒热并用，解毒化痰，宣肺益气，

曹教授的处方本

共奏截断病势、扭转病机、扶正助阳、透邪外出之功效。

　　2月5日陈某与曹教授第二次于互联网见面，不同的是，陈某的精神状态很好。他告诉曹教授，服一次药，发热就退了，咽干、鼻涕量多不止等症状大有好转，饮食和睡眠都有明显改善，因此精神状态很不错。陈某讲："这两服药确实让我感觉到希望啦！这种病症迅速得到改变的事实，让我从身心都体会到了您医术医道的超群是怎么形容都不为过的。我这不是故意奉承您啊。"他还告诉曹教授，2月3日停用了布洛芬缓释胶囊，2月5日停用阿比多尔片。曹教授嘱咐他继续服用上方2剂，水煎服，每日分3次口服。

　　2月6日，陈某自诉症状已完全消失，曹教授叮嘱他将已有中药服完。2月7日、9日核酸复查均为阴性。2月8日肺CT复查，对比2月1日右下肺感染灶吸收消失。半年后随访，无明显不适。

只是一方三剂药，就使这个威胁人类生命和健康的病毒"缴械投降"，只用一剂药，高烧就撤退，可见治疗的靶点之精准、效力之强大，患者本人和家属甚至还没有反应过来，就被请出医院隔离观察。

曹教授在不断地创造奇迹。

9　奉献与责任

持续近 3 年的疫情，给我们整个世界带来了巨大的冲击，尽快恢复之前的社会运行状态，我们每个人都要付出努力。而在这其中，医生是尤其要冲锋在前的。

曹教授冲在第一线。

照理，他可以不这样做，因为凭他的地位、资历和影响力，完全不必像普通医生那样冲锋陷阵于一线。可他却冲在第一线，与 3 年前疫情暴发初始一样。原因只有一个，他企盼通过自己的努力，多救治一些病人，他非常清楚，通过努力，运用中医药，可以减少这个特别时期病人与家庭的损失。这不仅仅是医生的一种职业操守，更是一种强烈的社会责任与担当，是精诚大医的风范。

2022 年 12 月 8 日早晨 7 时许，当曹教授出现在中国中医科学院门诊部时，有患者带头报以掌声，他们知道曹教授妙手回春的能力，知道他对救治这个疫病有自己的"拿手武器"，患者的掌声是由衷的情感流露。

曹教授刚刚坐下，一位两鬓花白的 80 多岁长者推门而入，他激动地向曹教授深鞠了一躬，说道："曹教授，您的药真是与众不同！10 天前，我用了您开的汤药，39 度以上的发热，当晚退烧，第二天咳嗽和肌肉酸痛明显减轻，第三天难以忍受的嗓子疼痛就消失，第五天核酸检测转阴。"老人家地道的京腔京调颇有感染力，旁边跟诊的几位博士生都全神贯注地倾听。

"这个新冠病毒感染就这么好啦，我是怎么也没有想到啊！"老人家越说越激动，"这几天大家都有些恐慌，找对了医生就是找到了生路，我认为您就是最好的医生。"

"曹教授您坐下，您怎么也站起来了？"老人家发现曹教授出于礼貌站了起来，忙上前阻止，"您是我的救命恩人！我以为这次我肯定要挂了，可现在我仍然活着，这是死里逃生，我清楚，清楚得很。"老人眼里蓄满了泪水，"这把如果走错门，肯定是要丢掉这条命了。"

曹教授冲着老人家微笑："不会，要相信中医药啊！"

"相信中医药，相信曹教授。这不，我把儿子也拽来了，他也中招了，救救他吧。"

老人的儿子接上话茬："曹教授能治新冠病毒感染而且疗效这么好，出乎我们的想象。我在网上看到，2020 年年初那会儿，曹教授就率领 15 位高徒在网上义诊 100 天，成功救治 150 多名患者，成功率 95%，有效率 100%……"父子俩想表达对曹教授高超医术的赞美，表达自己的感激，以求得到进一步的救助。

这是患者对曹教授医术赞誉的一个镜头。2020 年 1 月下旬，曹教授对新冠疫情率先定性：寒湿疫。接着向全国献方"金柴饮"，从未停下过救死扶伤的脚步，作为国家顶级中医专家，踏着古圣先贤悬壶济世的足迹，继续他对中医药精神的传承与发扬，为防病治病、维护民众健康服务。在中国中医科学院、广安门医院和鼓楼中医院门诊部，他顶到最危险、最需要他的地方，像先贤古圣那样面对人世间的病苦,通过中医药治疗恢复患者的健康。他还行走于京城的一些家庭之间,在奥密克戎病毒形成的巨大风险面前,在重症与危重患者骤然增加致使各大医院濒临饱和的境况下,曹教授放弃一切休息时间,将自己的时间转化成关爱,送给一些老年患者。

2022 年 12 月以来,不到 20 天的时间里,曹教授成功地救治奥密克戎感染病人 300 多人,其中 90 岁以上老人 10 多位,很快就帮助病人恢复了健康。一位 95 岁的老者,患病后反应剧烈,体温快速上升达 38.9℃,一家人都慌了。服用了曹教授一服中药汤剂,3 小时后高烧开始下降,第二天体温恢复正常,周身疼痛消失,第三天抗原转阴。子孙们先是惊奇得不敢相信,然后就是喜出望外:"我国的中医药太厉害了!"还有几位九十开外的老者在曹教授这里,通过微信诊疗,望脸色,看舌象,服用汤药后,5 天左右基本恢复正常。

一位孕妇,全家人千方百计地保护着她,可还是没有逃脱病毒的侵扰,中招后体温就升至 38.5℃,抗原阳性两天。一家人急得团团转,还有十几天就要分娩了,却染上这个病毒,怎么去医院,去了又会怎么治,最后会是什么结果?顾虑和担心,愁坏了一家人。找到曹教授后,一家人稍微放下了一点心理负担。曹教授以保胎透邪解毒的思路给孕妇下了处方。1 剂药服下不到两小时,孕妇就开始慢慢退热,5 剂药后抗原转阴,再过一周顺产一女婴,母女平安。丈夫喜极而泣,说:"曹教授医术真的高啊,这是救我家两口人哪。"

毋庸置疑,曹教授的中医药针对性强,疗效确切,堪称奇效。每位得以解脱的患者,心中定会有千般万般的感激想要表达。可是,没有几个人知道,曹教授的论治新冠病毒感染的基础方就是 2020 年 2 月 9 日向全国免费献出的金柴饮。这是预防和治愈率都相当高的一剂良方,能有效干预呼吸道病毒感染。

42

笔者也认为金柴饮是防治新冠病毒感染的有效药。2022年11月中旬，我老伴儿摔伤居家养病，一旦染上病毒，将有许多难以预见的麻烦。11月20日，我私信曹教授，求得金柴饮药方。当天就近抓药、泡药、煮药、用药，一种时不我待的紧迫感，让我一刻都不敢耽搁。因为我了解到，3年来这个药方在许多地区发挥了积极有效的作用。首先是在武汉大学，许多师生服用了这个金柴饮。后来，苏州高新技术园区几家使用金柴饮的企业与没使用金柴饮的企业相互对比，再清楚不过地证实了它的优势作用。再后来吉林、上海、河北、天津等地30余万学生服用了金柴颗粒预防新冠病毒，为教育系统科学防治疫情、有效阻断疫情传播、保障师生生命健康和校园安全做出积极贡献。2022年7月，内蒙古自治区60000多学生暑期离校返乡，金柴颗粒帮助他们成功摆脱了疫情的侵袭。

2023年2月28日，在补充这段文字时我依然是新冠病毒未染之躯。这期间，我几乎每天都要出门，逛早市，去超市，因为我要保证我和一个居家需要照顾的病人的正常生活，蔬菜、水果、鸡鱼肉蛋等少一样也不行。在周围一片中招的喊叫声和不停顿的咳嗽声中，为了测试金柴饮的防御能力，我特意去了几处人群高度集中的公共场所，还去了医院。我老伴儿是居家养病的病号，她抵御病毒和细菌的能力一直很弱，如果不是服用了金柴饮，是逃脱不掉这个病毒的侵害的，因为我每天出出进进，不可能不带入一些病毒进家门。

在自己服用金柴饮的同时，我也想向亲朋好友推荐此方。但无偿献方这一义举是曹教授在疫情暴发初期面向全国做出的，现在由我来介绍给他人似乎不太合适，考虑到这个问题，我有限度地向少数人推荐了金柴饮，有亲戚与好朋友，其中也包括明知对方不大可能用药的对象。

主动反馈消息的是我妹妹，她开头就说："三哥你救了我。"接着她叙述道，"其实那天老杨（妹夫）已开始发烧，抗原阳性，如果我不抓紧吃金柴饮，肯定也会中招，我有糖尿病，到时候咋办呀？"第二天她去女儿家看护外孙子，发现外孙子已经发烧，保姆最先发病发烧，感染了女儿和女婿一家几口人。保姆回家休息，只有她顶在女儿家照看外孙子。连续十几天，她都是从自己住所到女儿家往返，既要看护孩子、照顾女儿一家人，还要回家照顾丈夫，因为丈夫还在发烧。那些日子，她在两边跑的路上，时不时地抽空给笔者打电话，重复她说了不知多少遍的感激话："三哥你救了我，救了我的命了。"我的回答是："不是我啊，是人家曹教授，是他的中药金柴饮救了你……"

老栾是笔者在松花江畔游泳时结识的好伙伴，身体很棒，2022年入秋后，江水温度已经相当低，他还能畅游20多里，这不是随便哪个人就能做到的。我第一时间将药方给了他，感觉电话那头的他不怎么在意。我不便多说，撂下电话自言自语道："老栾身体棒，可你老伴儿身体不好呀。"他老伴儿是位阿尔茨海默病患者，日常生活需要老栾照料。再通电话时，我得知老栾已经"阳"了，而且反应还比较强烈，好在身体好，可以扛一扛，可病毒不可避免地传染给了他老伴儿，她可遭罪了，高烧不退，又不能准确表达自己的感受与要求。一家两口人都发烧，不知道谁照顾谁了，只好把女儿召回娘家，可女儿也中招了，拖着病体来伺候爸妈。只有姑爷没有被感染，姑爷单位东北某大学发来通知，必须到校参加硕士生考试的监考，不得请假。无奈之下，姑爷带上一大瓶煎好的金柴饮，每天面对几十位考生和同事，跑来跑去，接触的人多而杂，居然安全无事。监考结束，安全到家，一家人都愣眉愣眼地望着他。于是，全家人

44

2020年5月16日通过中华中医药学会国际抗疫平台做"新冠肺炎中医证治"专题报告

开始喝金柴饮。老栾说："早知道早点吃呀，追着撵着吃，怎么也不如一开始就吃好呀。"

金柴饮的疗效是确切的，而大医的态度从来都是但求施救不问回报，曹教授正是这样，殚精竭虑地救治患者，千方百计地减少病毒感染带来的危害，这是他强烈的使命感和责任心使然。他那种淡泊名利的超脱、无私无欲的豁达，是崇高情怀和高尚境界的体现。

新冠病毒给人类出了一道难题，我国交出了良好的答卷。新冠病毒也给中国医生提出一道难题，我国中医药表现出超群的智慧和能力，必将写入历史。作为当代著名中医专家，曹教授融合先贤医家的智慧，运用透邪解毒法，传承创新，使中医药在这次重大瘟疫面前发挥了重要作用，彰显了优势。

二、精诚大医　生命至上

1　这个医案堪称经典

患者老李患有严重的冠心病，冠脉造影显示：三支冠状动脉血管重度狭窄，一支狭窄 80% 以上，一支狭窄 90% 以上，一支 100% 堵塞。

冠心病是中老年常见病、多发病，是需终生治疗的疾病，是当下导致死亡率最高的疾病之一，而我国冠心病发病率又居首位。有关部门统计，21 世纪以来，我国冠心病患者人数剧增而且呈低龄趋势，冠心病患者约 1139 万，相关心血管疾病患者达 3 亿以上，这就不仅仅是健康问题，更是一个严重的社会问题，是一道世界性难题。

老李的冠状动脉狭窄如此严重，临床上并不多见，该病例有其特殊性和特别意义。如何治疗？找谁治疗？整个过程颇有戏剧性，其中掺杂着一些偶然、几分幸运。

"它首先是一道选择题。"

曹教授给老李治疗冠心病，经过三四年的临床观察，基本痊愈。老李讲这句话，源自深切的亲身感受。他一波三折的求医问药经历，堪堪能写一篇小说啦。

老李是东北边陲小城 M 市的一个官儿，临近退休时患上冠心病。

2011 年 11 月中旬，初冬第一场雪给遍地落叶的黑龙江省覆盖上一层寒意，这个位于东北边陲，与俄罗斯接壤的小城更是冷得出奇。

小城的人们喜欢用饮酒向冬天表达自己的敬意，特别是男人，更是愿意假借多种理由凑在一起喝上两口。这次的理由是老李的同事退休，老李参加这位老同事的退休宴。几十年朝夕相处的老同事，就这么退休了，一种难分难舍的情绪，演变成了酒桌上的推杯换盏、你来我往。就在这时，老李感觉到身体有些不适，准备提前离开酒席，可又担心人家退休同事有想法，做了不少的解释："今天不知道怎么回事，我胸口闷得难受呀！"老李拉起那位退休同事的一只手，让人家摸自己的胸口，"感觉到没，这心脏咚咚咚跳得厉害呀，真的难受啊！"说完，老李还是将一杯白酒倒入肚中，以示自己的真诚。

老李离开酒桌，喘着粗气，顶着阵阵冷风一路走来，吐出的气息都是浓浓的酒味儿。

进了温暖的家，越发觉得气不够用，那种上气不接下气的难受是难以言表的痛苦。躺也不是，坐也不成，胸口憋闷，有窒息感，胸部连及后背疼痛，怎么都不舒服，按照东北老话讲，就是气不够用了。那个晚上，他把儿子、女儿都从各自家中折腾来。他一会儿躺下去，一会儿又坐起来，平躺不行，侧身躺卧，左侧不行，右侧不中，喝水不行，打开窗户透气也不中。那一晚上，不仅折磨自己，也折腾着家人。他意识到这次与平日喝酒感觉不一样，不会是心脏有了问题吧？"给我找点速效救心丸吃。"老李突然想起一朋友酒后发现自己得了冠心病的经历，对家人说道。

几粒米粒大小的药丸含下，诸多不适有所缓解，心情也随之平静了下来。直至天亮，儿女们才陆续离开，回到自己的小家。

轻松了许多的老李想转身入睡，毕竟经过这番折腾，自己也十分困乏了，蓦然，一种不祥的预感涌上脑际：哎哟，得心脏病了！不然怎么吃了药就一下子缓解了？速效救心丸，速效救心丸，关键是在救心呀。

老李闭上眼睛，思绪却在不停转动：嗯，十有八九是得了心血管方面的病了。可他是性格豁达之人，辗转一阵儿，心里嘀咕：是福不是祸，是祸躲不过，睡觉，啥事明天再说。那不够顺畅的粗气，一声高一声低地伴着他走进了梦乡。

第二天，M市医院检查后给出了结论：冠心病（冠状动脉狭窄）。至于有多严重，医生也很坦率地讲，咱们这儿检测手段有限，还不能得出准确的结论。

揣着化验单和检验报告，老李没有直接回家，也没去单位，而是顺着那条穆棱河岸边的林荫道，踏着遍地的落叶和初雪，向南山方向踱步而去，大脑在纷乱中思考自己该怎么办。

应该怎么办，不能怎么办，都得考虑周到，要算计好。老李农民出身，种过地、放过牛、喂过猪，这些看似技术含量不高的粗活，却令他在日久天长间养成了精于计算、巧于安排的习惯。此时，他反复考虑的问题是，单凭M市医院一家检查，能靠得住吗？M市是黑龙江边陲小城，这个等级城市的医疗技术水平肯定不够呀，得有一两家大医院的诊断意见才行，那先去哪儿，谁家更好？他一时还没拿定主意。

不知不觉中，他走到南山山脚下了。初冬的微风裹挟着的清爽，似乎可以冲淡不适的反应。他准备打道回府时，有了主意：先去哈尔滨，那里的医院在黑龙江省医疗水平是最高的。

顶着冬日凛冽的寒风来到了哈尔滨，住进医院心脏内科，医院对老李进行了一番系统检查：动态心电、心脏彩超、冠脉CT……与心脑血管有关的检查通通做了一遍。最后医生告诉老李："心脏冠状动脉多处斑块并形成弥漫性严重狭窄，我们会及时给你安排手术治疗，要做好手术前的思想准备。"

"什么手术？"老李根本就没想过做心脏手术这个事，感到很突然。

"你的冠状动脉血管狭窄情况很严重，需做冠脉支架，或者是心脏搭桥。"那医生很肯定地告诉老李，"你的情况很危险，别无选择，只能尽快做支架或搭桥手术。"

老李眨了眨眼睛，双手从头顶到下巴颏儿猛地撸了一把，然后从嘴里吐出一口气："走，回家过年。"

老婆还有儿子、女儿都有些愕然："不治了？"

"不治了。已到年底，要手术也得过了年再说。"老李在家和在单位都有权威，说一不二。

"能行吗？"老婆、儿女一齐提出质疑。

"死不了，自己的病，啥情况我知道！"老李铁板钉钉般的语气，无人能拧过他。

可是，毕竟是冠心病，而且冠脉狭窄特别严重，怎么也得听医生的吧？女儿提出来："全家人开个会吧，商量一下。M市那么小，又远离大城市，万一回家出了事，抢救不及时，到时哭都来不及啊！"

"怎么，我说话不好使啦，是吧？！"老李的火暴脾气突然上来了，冲着家人吼了起来。一家人都闭上了嘴。

"这位大哥的脾气还真不小呢。"邻床的患者插进话来，"心脏病可不是闹着玩儿的，多听听医生的意见，没错。"另一位患者插话："别说这病让你说没就没，就是弄出个脑梗、心梗，落个瘫痪也是划不来的啊！"

"走，马上办出院，做手术也不在这儿做，我得去北京。"老李根本没接同病房病友的话茬，向老婆使劲挤挤眼，"我的病我知道，死不了。"

刚过2012年的春节，他就托人找到了北京国家顶级心血管病专科医院的关系。

同样还是那一套检查，几乎是一模一样的套路，可意义完全不同了，因为这里的权威性和医疗水平是毋庸置疑的。

主治医生李大夫在冠脉CT检查这个环节上，确诊了老李的冠状动脉狭窄堵塞的问题，为了获取更为准确的数据，又给老李做了冠脉造影检查。

电脑屏幕上再清晰不过地显示：老李三支冠状动脉狭窄相当严重，一支狭窄堵了80%多，一支狭窄90%多，一支闭塞100%。

李主任与老李交流了病情，非常认真地嘱咐："必须尽快做手术，不然随时有心梗危险啊。"

"不用这么急吧？"老李当即驳回李大夫的意见。

李大夫闻听此言，先是一愣，他怎么也没想到这位东北边陲小城来的患者这么有性格，这么直来直去，本来就是朋友关照来治病的，却这样毫不留情地否决了自己的治疗意见，李大夫的脸色顿显不悦。

老李属于不管不顾这伙儿的，将自己的想法扔了过去："这么说吧，到现在，我是才犯病，也没有发生过心梗，冠状动脉100%堵塞，怎么可能呢？"老李一双眼睛瞪得老大。

"那我再看看造影情况。"李大夫愣了一下，思忖一会儿，虽然有些不悦，却表现出一定的修养，转身离开病房。

翌日，李大夫告诉老李："你的情况是有些特殊，三支冠状动脉堵塞的程度确实是 80%、90%、100%，这是毫无疑问的。"李大夫讲到这儿，话停住了，望了望老李，似乎在等待老李的反问，可老李此刻却没有啥反应，面无表情地望着李大夫，静静地等待着结论。

李大夫微微一笑，略做沉思，然后放低了声音："你比别人多了一根很细的血管，正是这第四条血管向心肌弥补了部分供血不足。"

李大夫接着又笑道："昨天的诊断没有错，如果没有这第四条血管的话，心肌梗死是肯定的了。不过即使有这条代偿通道，危险依然随时可能发生。"

老李躺在病床上，一双眼睛瞪得很大，紧盯着李大夫，好半晌才说道："那怎么办好呢?"

李大夫审视着面前这位东北患者，他跟其他患者很是不同，一般的患者住进这里，都听大夫的，对大夫十分恭敬，唯恐哪句话说得不对，影响大夫的情绪和对自己的看法，以至于影响治疗效果。

"我们的意见是这条已经完全堵死的血管暂时不管它，做搭桥手术意义也不大。"李大夫讲到这里，停了一下，"其他两条做支架手术，至少要放三个支架。"

"那就做吧。"老李很无奈地回道。

旁边站着的夫人、女儿和儿子也随声附和着："要做那就尽快安排呗，请李大夫费心。"

李大夫点头，道："看看科里手术怎么安排吧，我会尽力往前安排的，不过现在手术患者太多，都排着长队呢。"医院的手术并不是住院进来即刻就能安排的，主要是需要手术的病人太多了。

望着李大夫离开的背影，老李情不自禁吐出一句话："本事再大又能怎么样，终究逃不出如来佛的手心。"老李内心深处的无奈油然而生。

西医的科学严谨是毋庸置疑的。那边，李大夫与科室沟通，按照患者轻重缓急安排老李的手术日期。医生认为，像老李如此严重的病人，随时都有心梗的生命危险，不宜久拖，人家是将健康和生命交付给医院和医生了，要尽早安排为妥。这边老李一家开始奔波起来，筹措手术费用，落实相关术前准备。住院押金虽然已交了一部分，但还远远不够，这手术费不多不少，都要张罗筹备。儿子、女儿都很孝顺，主动提出承担一部分，加上老李来时也带了一些，手术费用不是问题，但是都要在手术前交到住院处，这是手术的先决条件，也是督促医院尽快安排手术的必要准备，老李一家人都行动了起来。只有老李静静地躺在病床上，吊瓶悬挂于头顶之上，不紧不慢地向他的体内输送着药液，术前的一切准备已经开始。

手术时间已定，一周之后，预案是给老李做三个支架。如此安排确实是因为老李的冠脉狭窄程度严重，随时有生命危险。单凭这一点，就可以说明这是一家负责任的医院，职业操守没得说。

春节过后的京城，春寒料峭，可医院里却异常热闹，等待手术和已经做完手术的患者躺在医院的病房和走廊，将医院塞得满满的，几乎没有一点富余空间。从科室到病房，从诊室到交款处，都要小心翼翼绕道而行，整个医院熙熙攘攘，好不热闹。老李能住进病房，心里多多少少有一些优越感。

手术倒计时开启，老李表面上跟没事人一样，其实心里十分恐惧焦躁。这些天，他一方面期待着尽快上手术台，早做早完事；另一方面又担心手术的成败。手术失败怎么办？听说也有失败的案例。

整个一上午，老李就在思考这些问题，如何能避免这些意外情况呢？老李的紧张也属正常。通过手术将那通向心脏心肌的血管切开，安放上几个夹子状的小物件，撑起血管，打开通道，有如抗险救灾，在塌方的地段清理出一个通道，改堵塞为通畅。但也有可能没有支好，它倒塌了，还可能因为它自身的阻碍产生新的阻隔，形成新的血栓杂垢，导致血管腔壁的堵塞……那么心梗、脑梗是不可避免的。

　　思来想去，老李似乎明白了，这个支架手术还是不尽如人意，即使手术成功，又能怎么样？隐患依然不能完全排除，而后面跟着的诸多防排异、溶栓等麻烦将伴随终生。老李反复思索着自己人生的"下半场"。他十分清楚，这个支架手术会让他活得不再轻松，有太多的变数。

　　夫人也是愁眉苦脸，一筹莫展："要是真有灵丹妙药，不做手术那该多好哇！"

　　说者无心，听者有意，老李立刻搜肠刮肚地回忆起周围得过此类疾病的人都是怎么治疗的。一个个地筛选、排查后，他不禁感叹，左邻右舍、至爱亲朋之中得这个病的也太多了，他们大都是在周围几个市县医院折腾一通后，又不甘心地去了哈尔滨、上海、北京，大抵都是在这几个大城市做的支架，算一算有几十个人了，有的还健在，有的已经驾鹤西去。想到这里，老李一身冷汗悄然沁出。

　　这种排查式回忆，让老李感觉到凄凉与悲哀，好不难过。他感觉，人到了五六十岁，尤其黑龙江人，好像都会得这种病，谁也逃不过，只是轻重而已，而做支架是维持生命和延续生命的有效手段，应该说是最佳方案。想到这儿，他有些释然了、放下了，既然谁都在劫难逃，自己又能怎样？认命吧。

他向上伸出双臂，胳膊在空中打了个弯儿，做了一个大动作的伸懒腰，又深深地吐了一口气。想通了，似乎就轻松了，他放弃思考，准备迎接下周二的支架手术。

老李向右翻身，准备睡觉时，猛然间想起自己的老领导李振莲。李老是自己早年在青年水库的领导，曾向自己科普过右侧睡觉的道理，老领导当年就是患的冠状动脉重度狭窄，好像他没做手术，那是怎么好的？医生是谁？在这个关键时刻想起一位关键的人物，后来他都觉得如有神灵相助。

老李没了睡意，看了看手表，已经晚上10点钟了，他犹豫了一下，老领导会不会已经休息了？老李觉得自己这个事比较紧急，也不管那么多了，拿起手机就给老领导拨通了电话。当年在青年水库与老领导朝夕相处的感情，让老李可以放弃这些顾虑。

已经在牡丹江市安度晚年的李老从梦中被唤醒。得知老李得了同自己一样的病，便睡意全无，绘声绘色地给他讲了自己看病的经历："我得这个病是2006年的事，抢救及时就给自己赢得了这么多年。我也是转了一大圈儿，鸡西、哈尔滨的大医院都跑了一遍，最后到了北京，计划到阜外医院诊治，结果几天都没挂上号。碰巧有位患者跟我老伴儿讲，你们干脆去中国中医科学院吧，找曹洪欣院长，曹院长的医疗水平很厉害，不用支架搭桥，就可能给您治好。"

"我对我老伴儿说，那走吧，去看看中医，反正这儿也挂不上号。"李老十分认真地向老李讲述着，"还真顺利，竟然挂上了曹院长的号。家人扶着我走进了曹院长诊室，开了药方，吃了曹院长一周多的药，胸口疼痛不那么严重了，全身也有力气了，浑身上下轻快了不少。我知道自己找对了大夫，这不，变化得这么快，效果这样明显。就这样，我就一直吃着曹院长的中药，没再因为心脏病去过医院……"李老叮嘱老李，"听我的，千万别做这个支架，就找曹院长治疗，吃中药，肯定没问题。"

"我这边都安排好了，下周二做支架。"老李对李老讲，"这医院可不是那么好进来的。"

"老李，你是要治病，还是要找罪受？"李老打断了老李的话，很不客气地说，"人家那叫不遭罪，不担那个手术风险，不花那个钱，治好你的病！两下相比，哪个好，哪个不好，还用我说吗？"

最后李老还告诉老李："当年咱们同在青年水库的郝军，前两年也得了心梗，被抢救过来了，在××医院做了两个支架，没到一年，心梗又复发，还差一点丢了性命。抢救过来的郝军再次返回××医院，××医院又给他做了造影，发现在这两个支架之间又形成了新的狭窄堵塞。郝军很生气，离开××医院，找到曹院长——当然是我告诉他的——人家吃了一段时间曹院长开的中药，现在精神头十足，活蹦乱跳的……"

那一晚上，老李在病房外的楼梯上与李老唠了小半夜。老领导的亲身经历和忠告，归纳为一句话就是：下决心找曹院长。至于怎么找曹院长，只能自己想办法，因为曹院长太忙，等待他看病的患者太多太多，李老也无能为力。

第二天一早，老李又将电话打给郝军。郝军说："李老讲的一点没错。"当时郝军下了决心，直接到中国中医科学院门诊部，找到曹院长诊病开方，吃中药。郝军讲，当时的想法就是豁出去了，死了就认了。郝军说："我现在啥事都没有了，好好的。多亏了人家曹院长，那医术真是棒啊！当然，如果没有李老的信息，我怎么能找到曹院长呀，再说，没有实打实的至爱亲朋的亲身经历，你信吗？你敢信吗？那叫啥样的一个差别。动手术，先别说成功和失败，单凭

55

遭的那个罪，术后还要终生服药，可不是一般人能承受得了的。"说罢，郝军千叮咛万嘱咐，"老李呀，最好不做这个手术，去找曹院长吃中药治疗，一定，一定啊。"

两个电话搅得老李心潮涌动，无法平静。自己所在的医院犹如一个春运时的火车站，可谓人山人海，治疗效果是肯定的，多少人是抢票上车，自己已经挤到这趟车上，临开车前跳车，前边的功夫等于全白搭了。是留在医院做支架，还是去中国中医科学院找曹教授吃中药？

老李有自己的道理与主意，他知道这事只有自己拍板定。多年来他习惯以赢面大还是输面大去权衡事情。中医没有风险，为啥不先试试中医？李老和郝军的成功案例是可靠的参考依据。中医不行的话可以再回现在的医院，还能不给你治病吗？

老李的想法是脚踩两只船，这边的手术往后先撂撂，做"备胎"，试试中医行不行，如有效再办出院手续也不迟。碰上这等生死攸关的大事，当然要设想得更周到一些，毕竟在医院诊治是不容易的事。

不得不说，老李是一位有福气之人，此后的事真是一帆风顺。他让儿子去中国中医科学院门诊部摸摸情况，预约曹教授的号。若干年后，我与老李聊起在北京挂曹教授初诊号时的感受，他颇为得意地说："我点子棒，儿子也机灵，去了就办得妥妥的，该着我与曹教授有缘，也是我命里不该挨那一刀。"

曹教授那儿看病的通行证有了，那么怎么跨出医院这间病房的门？这件事，老李并没想那么多，不过他知道要是直接请假说去看中医，医院的医生护士肯定不会同意。

老李在病床上伸了伸双腿，感觉自己没啥大事。他又下了病床，在地上走了两圈，然后斩钉截铁地说："肯定没事，我能从 M 市到北京，就能在北京再转悠转悠，肯定没啥了不起的。"现在只剩下一个问题了，就是怎么能顺顺利利地跨出病房这个门槛。

曹教授的门诊是周一上午，即医院安排给自己手术的前一天。时间这个紧凑呀，容不得一点的怠慢和疏忽。

周一晨起，按照事先的设计，由儿子将老李外出的衣服先拿出病房，老李照旧穿着病号服朝走廊的卫生间走，准备从厕所转一圈，择机溜走。谁承想，他刚迈出自己的病房，就被护士发现了。

"医生不是告诉你卧床吗?"护士用警惕的眼神审视着老李，"你怎么一个人下床了，还走出病房，家里人呢?"

老李事先早有准备，张口就来："家属到外边给我买饭去了。"老李敷衍着，又转身回到男卫生间。

这时老李的手机响了，儿子在医院门外打来电话："怎么还没出来呀?"

老李刚走出卫生间的门，吓了一跳，护士小张还站在卫生间门口。"小张，你怎么还在这儿?"

"走，我扶您回病房。"护士小张说罢，不由分说地搀扶着老李的一条胳膊，往病房走。

"小张护士，我有点事，东北老家有位老朋友来看我，我得去迎迎。"老李感觉到护士可能发现了什么，干脆就直说了。

"去哪儿迎呀?您是病人，重病重患。"护士态度很坚决，"医院有规定，像您这么严重的病人是不能随便走动的，出去就更不行了。"

"我有点急事儿，不去不行。"老李有些急，毕竟在曹教授那挂着号呢。出诊只有一个上午，曹教授看完患者，走了怎么办?那可真是过了这个村就没这个店了。

"那不成！您现在是我们的住院病人，我们得对您的安全负全责。"护士小张仰着头，一口北京话，字正腔圆，一板一眼地说道，"您到时在外头出现心梗，谁负责？您可是住着院的重病患者呀。"

"我自己负责。出了事儿，肯定我自己负责。"老李见说不过，也耗不起，干脆挣脱了小张护士的纠缠，来了一个撒腿就跑，转眼的工夫就钻进电梯，没了影儿。

哪承想，电梯门一开，老李还没迈出门呢，就见护士小张在门口等着他呢。她正在跟院里通着电话，那边的声音还可以听到："他实在坚持要走，就让他办完出院手续再走。"

一听这个，老李一闪身，夺路而逃。他知道，要是办完出院手续，曹教授诊病就没戏了，无论如何不能继续纠缠下去。

老李气喘吁吁地一溜小跑，冲出医院住院部的大楼，然后钻进儿子早已等候多时的小车里。护士小张边追边使劲地喊："回来，快回来啊！"

进入曹教授诊室时，其实已经过了几个号。"曹院长，我这是从医院逃出来请您诊病的。"老李刚落座，便将一条胳膊伸给了曹院长。

"你感觉哪里不舒服？"曹教授微微笑了笑，举目端详着老李。这是一张暗淡灰黄、缺少光泽的脸。

老李的嘴一刻都没闲着："就是胸憋闷，有时还疼痛，心绞痛，浑身没劲儿，气短，有时憋得睡不着觉，遭老罪了。"老李不管曹教授是不是在听，也不看人家的表情，而是像机关枪似的，一个劲儿地说个不停，"我在医院做了冠脉造影，冠状动脉三支血管，有两支分别狭窄80%、90%，另一支100%闭塞。"

曹教授一边听着老李的诉说，一边将自己的手指搭在老李的手腕上，专心地诊脉。

"本来医院已定明天给我做手术，但是我的两个朋友都患有冠心病，他们说在您这儿中医药治疗效果很好，所以我就跑出来，找您诊治。"

其实老李说这番话时，依然是"脚踩两只船"的心态，谁可靠就靠谁。

曹教授历来主张中西医结合，西医现代技术在检测上的科学结论不能被忽视。他认真翻阅着医院的各项检查数据，特别是那个冠脉造影检查结果。

"来，换这只手。"曹教授没有阻止老李的讲述，他一边认真听着老李的诉说，一边诊察老李的脉搏。

诊脉后，再看老李的舌象，曹教授已心中有数，对老李的病情

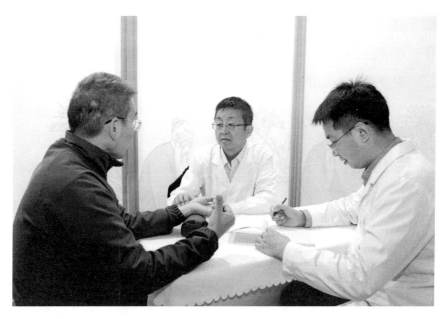

曹教授为患者诊脉

有了一定的了解。曹教授微微向上抬起头，将脸转向老李，脸上流露出一丝浅浅的微笑，轻声说道："可以先吃中药试试，不用急于做支架。"

这是一个结论性的句式，声音不大，却掷地有声。

"这可不是闹着玩的，这可是人命关天哪！"老李十分率直，面对着国内著名中医专家，他毫不拘束，也没一星半点的顾忌，张口就来，这样率直的人，并不多见。

"中药能行吗？"老李的老伴儿也在一旁直言快语地插了一句，"我没听错吧，不用支架？"直至这一刻，老李夫妇似乎还不太相信。

曹教授仔细分析了老李的临床征象后，很认真地说："可以先吃中药治疗，观察效果，再决定是否做支架。"曹教授并不在意老李夫妇这种直来直去的说话方式，反而爽朗地笑了，"我给你开方，先试试。"

说罢，曹教授转头向跟诊的学生示意开方："时心前痛，反复发作，夜间胸憋闷，时有睡中憋醒，心悸，气短，舌暗红……"

曹教授的语音很轻，瞬间整个诊室转入寂静且庄重的氛围。此刻老李也停止了诉说，屏住气息注视着眼前发生的一切。这里的一切，确实让他意外：这个诊室至多十几平方米，不要讲与之前医院的门诊大楼和住院大楼相比，就是跟 M 市医院的普通门诊的气派也没法比，起码没有各种现代检测设备，也没有紧随左右的医护人员，就是多了几位学生，后来老李方晓得，他们都是博士或博士后学生，总之一句话，没那么大气派，却有着一种莫名的气场。

打开中医这扇门，见到的是生命之光。

老李从曹教授手中接过药方，走出门诊部一楼那个 7 诊室，老婆和女儿也紧随其后。他感觉自己是在做梦，原来的将信将疑逐渐

60

打消。

"曹教授讲得有道理，我相信他。"一出中医科学院门诊部，老李就兴奋起来。

老伴儿还有儿子、女儿也都跟着高兴起来。老伴儿扯着老李的衣袖说："没看那么多人排着队等他吗？看来他的医术确实好。"

女儿接过话茬："北京这叫啥地方，再说医院也多呀，都是精英，咋就他这儿抢不上槽呢？"

"再说了，还有李振莲和郝军两个成功的例子呢。咱先靠住这头儿吧。"老李眨眨眼，"这又不是动手术，不是往血管里放东西，先吃着看看，有没有效，两三个月就能看明白。"

老李心里的小九九清楚着呢，实在不行，大不了再进医院做支架手术。

"那咱们就按照人家曹教授说的办吧，该买药壶的买药壶，该抓药的抓药。"老伴儿在一旁吩咐起自己的儿女。一家人立马都兴奋起来，老李的脸上也焕发出喜悦的神采，像北京早春二月的阳光那样灿烂，徐徐春风吹拂着他的身躯，暖暖的。

出了门诊部右拐，就有一家专卖商店，儿子购得一只电药壶，那边女儿抓药也顺利，一家四口兴高采烈地去了宾馆，开始煮药。他们似乎都忘记了，那医院的床位还空着呢，那可是非常难得的一张床位呀。

药在壶里煎着，老李像打了兴奋剂，感觉自己还没用药就好了许多。躺在沙发上没啥事儿，操起电话，分别与李振莲和郝军通了电话。他介绍了自己到曹教授那里看病的情况，那兴奋劲儿还真是得病以来没过的。两个病友都再次讲述了自己的亲身体验，不厌其烦地叮嘱老李，放心吧，就在曹教授那儿认真吃中药……

两人的劝说无疑增强了老李的信心。这一顿折腾之后已经是傍晚了，一家人才想起原定于明早的手术安排。干脆不回医院了，卷卷行李，办出院吧。老李吩咐儿子去医院办理出院手续。

这个颇有些戏剧性的投医过程，对老李而言，最初是根本无法预测的。可他却实实在在于手术室门前打了个转儿，转身走向了中医，放弃了中国最著名也是最具权威的心血管专科医院，投奔当代中国中医业内的顶级专家。就是这个选择，改变了他的治疗路径，让他避免了一次手术刀的创痛，准确地讲是规避了一次手术风险与终生服药的窘境。

汤药有些难喝，可对老李来说，这些都可以忽略不计，一天两次的汤药雷打不动。喝着喝着，那气就不知不觉地顺了过来。这个变化让老李一阵惊喜，他按捺不住，再次与李振莲和郝军倾诉，他表示自己说话的底气不一样了，气足了，有力气说话了。当他得到对方的肯定，知晓当年人家发觉的第一个变化也是气顺了，说话的感觉不再那么费劲了，老李的兴奋劲儿就更足了，跟人家治好的患者是一样的，那就是对症了，只要治疗对症，就会越来越好。

没错，接下来，老李胸口憋闷的感觉开始减轻，胸前疼痛即心绞痛也开始减轻，发作次数减少。

从 2012 年春天开始，老李坚持每月去北京找曹教授诊病。这份坚持是源于中医药的确切疗效，也是出自老李自己真实的感受。开始是每次开 20 服药，再往后就是开 40 服药。无论有什么重要的事务，老李都置于一旁，坚持定期去北京找曹院长诊病开方，雷打不动。

对此，曹教授也十分理解。这么严重的冠状动脉狭窄得到有效治疗，进一步验证了中医药的疗效，也是对医疗难题的一个突破。

从这个意义上讲，老李是一位特殊患者，每逢老李赶来，不管是否挂上号，曹教授都要挤出时间给他认真诊治，一则是他的病情特殊，二则是他身处边塞，进京一次总要一天两宿，实属不易。后来老李每隔40天必去一次北京，挂上诊号要去，约不上诊号也要去，风雨不误。因为他发现，曹教授只要在诊室出诊，哪怕是一口水不喝，一趟厕所不去，中午饭不吃，也要创造条件挤出时间，给前来候诊的患者诊病，开好药方。老李后来跟很多人讲："人家曹教授，那么有名的专家，没有一点架子，时时处处为患者着想，哪一次我也没白去，总是给我千方百计挤出时间，诊脉处方。如果天下的医生都这样，那是病人多大的福音！"

时间流逝，岁月如梭，一晃半年多过去了，老李觉得自己的身体和此前大不一样，于是他去了趟哈尔滨医科大学附属医院，认真做了一次心脏冠脉CT检查。这一查，不得了，老李兴奋得难以自持。三支冠状动脉血管的狭窄状况都下降到70%以下，其中有两支都在50%以下。看到这个检查结果，老李直拍大腿："怪不得呢，我这个身子觉得轻快多了。原来胸背这儿痛那儿疼的，都感觉不到了。"老李是个快言快语的性子，有一点变化都会跟别人说。李振莲和郝军也都替他高兴，他们三位病友交流起来，更多的是夸赞曹教授的医德医术。他们一个共同的想法是：曹教授这么好的医术，如果能为更多人所了解，将会挽救多少患者于危难之中！毕竟冠心病患者数量这些年在不断上升。

虽然中医讲临床诊病处方要因人而异，要根据不同人的不同体质、病因、病位、病性、病势，还有男女之分、年龄之别等，但是，就冠心病而言，总体上它有一个起因，有一个共同的病机根本，仅就此而言，曹教授依据温阳益心法研制出一剂可以普遍使用的中成药不难。后面我们会讲到内蒙古扎赉特旗群体使用曹教授20多年前药方的故事，就很能说明问题。

冠心病指冠状动脉粥样硬化使血管痉挛或狭窄导致心肌缺血缺氧而引起的心脏病，它和冠状动脉功能性改变一起，统称冠状动脉性心脏病。曹教授认为，心阳虚是冠心病的主要病理基础，所以温阳益心法是治疗冠心病的主要法则之一。

30多年的临床实践与系统深入研究，使曹教授对冠心病中医症候演变规律见解独到，他对寒、痰、瘀、气、虚及其之间的动态变化在冠心病发生发展中的作用尤为重视。治疗上采取标本兼治、急者为先的原则，对冠心病发作期改善心绞痛及胸憋闷等症状、缓解期控制病情发作与改善冠脉狭窄等病理变化均有显著疗效。冠心病可分心阳虚、心阴虚、心脾两虚、气滞血瘀、心血瘀阻、痰浊痹阻、痰热结胸等多种症候，把握各种症候交错、发展演变规律而辨证论治是提高疗效的关键。

对于老李的病症，曹教授以温阳益心法遣方用药。温阳益心贵在通阳，通阳即通达、舒通、宣通阳气之意，使阳气运行复常，达上下，通内外。《中医大辞典》中对通阳法释义为："治疗寒湿阻遏、痰凝瘀阻等引致阳气不通的方法。""痰湿、瘀血皆为阴邪，遇寒而聚，易遏阻阳气，影响气机升降畅达，津液输布，血液运行。以通阳法温中寓通，助宣肺、理气、化痰、活血，使阳气调畅布达以祛邪外出，恢复脏腑正常功能。常用通阳药如桂枝、薤白等辛以开痹、温以通阳。补阳即补阳气之不足，以温散阴寒之邪。"

温阳益心法在老李身体上产生了良好疗效，寒湿阻遏、痰凝瘀阻等原因引致阳气不通的问题得以化解。

老李喝下曹教授开的中药，狭窄的管壁上排列无序的斑块开始溶解，一种神奇的力量悄然无声地溶解着那些岁月留下的污垢，让冠状动脉血管得以疏通。这很像冰封的穆棱河水开化，在春风作用下，冰河开始融化，而涓涓细水最终形成开江的力量。在这一过程中，老李最直接的感觉就是心前疼痛、胸口憋闷没有了。"通则不痛"这句话，用在这里再准确不过了。老李讲，有这样确切的效果应该是在用药半年左右的时候。

冠状动脉变为70%～50%的狭窄，就意味着30%～50%的血管腔堵塞得以溶解，血管狭窄扩展开了30%～50%的空间。老李是城建部门的领导，对水电工程略懂一二，同源同理的逻辑让他信心百倍，那身体的感觉好比卸下了久负难承的重载，周身轻松，步子有力，脸上的笑容也像二月的春风，怎么也掩盖不了。这期间，他给M市跑了一座火力发电项目，也非常顺利。按照老李的话说就是，身子轻松，心情愉悦，连说话的嘴巴都甜滋滋的，大脑反应更不用提，点子多，工作顺利，项目建设很快就拿了下来。

中国中医科学院医学实验中心副主任唐丹丽研究员是曹教授当年指导的博士生，她曾经这样解读老师治疗冠心病的方法。她说，导师治疗冠心病的方法是一个创新，它不同于其他治疗方法，包括时下比较流行的几种方法。"温心方"，这是我们老师针对冠心病的一种治法，是老师根据自己30多年的临床经验不断探索出来的。曹老师发现，尤其是北方患冠心病的人，主要是心阳不足，痰浊瘀血阻滞，而温阳益心法，旨在温通心的阳气，这是他具有代表性的学术成果。唐博士向我做了一下科普："中医认为人的五脏六腑均有阴阳，心也有心阴、心阳之分，心阳是整个心脏乃至机体血液运行的推动力，它像一个发动机一样，发动机没劲儿了，血运不到全身，气血就难以通畅。老师认为冠心病主要是心的阳气不足，解决心的

65

阳气问题就把握了冠心病的根本。多年来，从临床到实验进行了深入系统的研究，证明温阳益心法疗效确切。老师系统研究了温心方的作用机理，这项研究成果获中华中医药学会李时珍医药创新奖。"

春去秋来，老李一直这样风雨无阻到北京诊疗，风雨无阻的驱动力就是不断改善的身体状况、越来越好的精神头儿。有时他也会在去京的火车或飞机上瞎想：如果不是找到曹教授，自己是不是也会加入公园的"挎篮"队伍行列？"挎篮"是民间一种形象比喻，即中风、脑梗、心梗后遗症患者，一只胳膊被迫抬起，被动地撂置胸前，不能自由摆动，如同挎了一个菜篮子的样子。这几年，老李不但冬天去了三亚，春天还去了黄山、泰山，每每看见"挎篮"者，他想到自己却是这般能走能撂，想去哪儿去哪儿，想干啥干啥，与健康人没有任何区别，不由得心生感慨。2018 年老李指挥投建的 M 市 1.5 万千瓦机组的火力发电厂建成投产，为 M 市的集中供热和供电提供了坚实保证，能做出这样的贡献正是因为他的身体逐渐恢复了健康。

老李逢人便讲："我在北京找到了一个神医，他叫曹洪欣。我的那三支冠状动脉严重狭窄，几乎不通了，吃曹教授开的中药后，有效通开了。"

老李曾与笔者谈起自己冠心病的治疗过程，切身体会是这样的：一个月左右开始见效，各种不舒服感觉逐渐好转；半年左右所有症状基本消失；一年后就不犯病了。他现在依然时常吃点汤药，巩固疗效。

在完全恢复到病前状态之后，他是该吃吃、该喝喝，高兴打麻将了就凑一桌，要钓鱼就跑到河边支起鱼竿，一样不落。他还是每年冬天去三亚"猫冬"，闲时和朋友一块儿去黄山、泰山、西湖、太湖等旅游景点东游西逛，俨然一个逍遥神仙。

　　曹教授通过发掘传承先贤精华，结合临床实践经验总结，创建了温阳益心法，这种治法使老李成功摆脱了手术之苦。曹教授围绕温阳益心法的作用机制，开展了系统深入的研究，致力于揭示该法治疗冠状动脉狭窄的作用机理，研发温心方，以便让更多的患者受益，提高他们的生活质量。能够让更多的冠心病患者通过温阳益心法恢复健康，治疗冠心病能够像治一般常见病那样轻松平常，由此为健康中国的目标实现贡献力量，这是曹教授一直藏在心中的目标。

2　生命联结处是大医精诚

　　"大医精诚"出自我国唐朝孙思邈所著《备急千金要方》第一卷，是中医药典籍论述医德的一篇具有深远影响的历史文献，是从医者的毕生追求。"大医精诚"论述了有关医德医术的核心问题：一是"精"，即要求医者要有精湛的医术，认为医道是"至精至微之事"，习医之人必须"博极医源，精勤不倦"；二是"诚"，即要求医者要有高尚的品德修养，以"见彼苦恼，若己有之"感同身受的心，策发"大慈恻隐之心"，进而发愿立誓"普救含灵之苦"，且不得"自逞俊快，邀射名誉""恃己所长，经略财物"。

　　老李的病例，让我联想到30多年前阜外医院一位年轻的心外科医生发出的感叹："我国冠心病等心脑血管病患者太多，是一个巨大且不断高速增长的病人群体，它与中国现有的医疗水平和医疗条件相比极不对称，差距会越拉越大，大得无法弥补。"这位年轻大夫算了一笔账：对这些患者全部实施心脏手术，需要200年的时间。

　　这是令人触目惊心的一笔账。这位当年还算年轻的外科医生，先后两次组建心血管病医院，在20世纪80年代将中国心脑血管病人群体的庞大与难治作为亟待解决的问题，一路奔走，呼吁改变。他的呼吁得到主管部门、有关省市领导的认同，甚至得到中央领导的高度重视，于是有了两次心脏专科医院的成功建设。

几乎是同一时期，曹教授也在不声不响、一步一个脚印地探寻着我国先祖圣贤留给我们的宝贵的中医药精华，运用中医理论帮助无以计数的心血管病人摆脱病魔的纠缠。还在攻读中医本科、硕士研究生时，他就努力在中医药治疗心血管疾病方面积极探索，取得了一定成绩。为进一步提高中医药治疗心血管疾病的疗效，博士毕业后，他投到我国当代著名心血管病专家傅世英教授门下做博士后研究工作。他在中医心血管疾病治疗方面已经有一定成绩的基础之上，从西医的角度进一步探索心血管病的形成、演变、发展，从病源、病机、病势等不同层面研究心血管疾病的中医药治疗方法。通过中西医理论和实践的比较、借鉴、互补，做到融会贯通，深化对中医药治疗心血管疾病作用的认识，在把握和运用先贤医圣的经典名方等方面进一步获得启悟，处方用药力求疗效显著，医德医风广受赞誉，30岁出头便有了患者云集、一号难求的盛况。

改革开放初期，社会和经济迅猛发展，短时间内许多人迅速摆脱贫困，餐桌上眼花缭乱之变化与几近浪费的丰盛，让更多的人满足了饮食方面的欲望，却很少有人警惕伴随而来的心脑血管疾病的快速增加。30多年来，我国冠心病等心脑血管疾病发病率与病死率不断攀升，危险程度攀高。目前我国心血管患病人数约3.3亿，被医学界称为健康的第一"杀手"，其中脑卒中患者1300万，冠心病患者1139万，每年患心梗人数超过100万，因心梗猝死30万人以上。心血管意外事件发生与冠状动脉粥样硬化致使血管狭窄堵塞密切相关。

近年来，一批优秀青年人才的英年早逝，多属心源性猝死，令人痛心和惋惜。实际上心源性猝死与多种心血管疾病相关，冠心病发病增多且呈低龄化趋势，引起社会的高度关注与广泛热议。

读本科时，曹教授就格外关注和重视心脑血管疾病，下决心在这方面要有所建树和突破。这是远见和现实结合到位的思考，是一位专家学者应有的担当，也是强烈责任感的真实体现。

曹教授一步一个脚印地潜心研究中医药治疗心血管疾病的理论与实践。他力求在中医药典籍中寻觅更多的精华和智慧，从当代社会的演变和人文学角度，总结凝练概括自己的认识，建立有别于他人、具有特别认知的温阳益心法，在某种意义上既是对传统中医理论的传承，也是守正创新的切身实践。

从20世纪80年代中期至今，从哈尔滨到北京，近40年来，曹教授出诊一直是心血管疾病患者热盼的事情。许多心肌炎、冠心病患者从曹教授的诊疗中体会到我国中医药的优势作用与确切疗效，一批又一批被治好的冠心病患者报来喜讯，不断地激励鼓舞着曹教授。曹教授认为每一个治愈患者的认同与肯定，都是对中医药疗效的肯定，更是对几千年形成的中医药理论与实践的肯定。这种肯定是对他的最大支持和鼓励。

1986年6月，黑龙江中医学院（现黑龙江中医药大学）原副院长、硕士研究生导师黄柄山教授在曹洪欣硕士毕业评语上写道："该生重视临床实践，除随导师临证外，常年坚持业余诊病，不仅有良好的医德，还有在青年中医中难得的较高医术，深受医患的好评。"我国首批国医大师、博士研究生导师张琪教授在曹洪欣博士毕业评语中写道："该生已具备高层次医疗、教学、科研工作能力，后生可畏，未来定能成为后起之秀而胜过我们这一代人。"这是导师的肯定，更是他们的期盼与鼓励。多年来，谈及曹洪欣，黑龙江中医药大学的老师、中医同行都会从他治疗心肌炎的出奇疗效开始。黑龙江中医药大学当年同一时代的教师，已获高级职称的几位中医大夫，曾对笔者讲述当年曹洪欣诊病的辉煌。他们讲，20世纪八九十年代，哈尔滨的一些病人和家属就开始疯传曹洪欣的名字，就是因为治疗病毒性心肌炎是他的拿手好戏。当时，他作为黑龙江中医药大学的一位普通青年教师，定期在学校门诊部出诊，找他诊病需要深夜一两点钟排长队，那个盛况是黑龙江省中医行业的奇景。尤其是冬季，深夜冒着零下二三十度的严寒排号看病，是最有说服力的事实。越来越多的患者关注他，他的名字在患者中间你传我、我传你，他出诊时门诊部一直是熙熙攘攘、车水马龙。

历史上如扁鹊、华佗、张仲景、孙思邈、叶天士等，他们被后人称为医圣，被中国中医药界视为偶像。而在20世纪八九十年代，信息相对闭塞，年轻的曹洪欣能够受到成千上万人的信任、拥戴，亦属罕见。即使是在当代，这么多患者集中到一位医生门下的现象也并不多见。当时他才30岁出头，是早期的中医学博士。

曹教授治不孕不育症也很拿手，但他从不愿意对外说自己擅长治疗妇科疾病，因为有更多的疑难杂症等着他呢。他的博士生们常常说，曹老师是实实在在的内、外、妇、儿中医全科医师的典范。并且，他的学生一致表示，曹老师一直主张打破以前那种传统的师徒传承局限，将自己知道的知识，最大限度地传授给学生，学生不懂的地方，他都会不厌其烦地讲解。随老师出诊是最好的证明，老师问诊、处方的全流程都是公开的，遇到疑难杂症、诊疗中的关键问题，老师会将自己的判断以及处方的思路与依据，都与大家坦言。

重要的医案，老师都要求大家追踪随访，研究治疗过程的收获和体会，撰写研究报告，老师反复提要求，反复修改，直至大家弄懂弄通，研究报告发表为止。

胸怀决定境界，有多大的境界就有多大的视野，有多大的视野就有多大的造化，每一位大医都有着深厚的积淀，都不是简单随意成就的。

3 治病疗疾 敬畏生命

白驹过隙，时光荏苒，这些事说起来，都是 30 多年前的事了。30 多年过去，曹教授医术更加高明了，担当的社会角色更多了，对国家的贡献更大，患者队伍越发庞大。尽管如此，老李每次进京都能顺利看上病。一位黑龙江的患者跟笔者算了一笔账，他由衷地感叹："我们应该将视线从老李身上移到我国 1000 多万冠心病患者的身上，假如老李为 1，那么他的身后就有 1000 多万个同病相怜的人。假使其中 1% 的患者获得这等治疗，那将有 10 多万人成功摆脱冠心病的痛苦，同时亦有 10 多万家庭解除了因此类病而寻医问药的磨难，患者和家属会因此释放出怎样的社会生产力？那该是怎样的一个社会效果呢？"这也是老李医案的典型意义所在。

口口相传中，越来越多的患者涌入曹教授的门诊，他也一如既往地利用双休日和其他空闲时间，通过中国中医科学院门诊部、广安门医院特需门诊为社会广大患者出诊。30 多年来，他始终将自己的时间排得满满的，不给自己留一点休息时间。

现代人对信息的重视超过以往，在找曹教授看病的信息链条上，首先获得信息的是老张———一位地方老领导。当时老李去阜外医院就是老张帮助联系的。现在老张向老李提出，要去找曹教授诊治。老李笑了。"我们这叫缘分，还是角色互换？"老李对老张说，"这没啥说的，咱们俩一块儿去找曹教授。"

老李与老张结伴来到中国中医科学院门诊部7诊室。那天曹教授下午出差，上午挤出5个小时的时间给患者诊病。曹教授心里十分清楚有几十位患者在候诊，他们需要自己再一次诊治处方，需要调方换药，以期及时对疾病进行调治。老李把老张介绍给曹教授，是在固定的时空里挤压时间。"老张是我的好朋友，不仅冠状动脉狭窄，而且肾功能异常。"老李向曹教授介绍老张的病况。

曹教授宽容地默许了，他微微笑了笑："你现在有什么不舒服的感觉呢？"这是临床上他经常使用的用语，旨在倾听患者的主诉，与此同时，他观察着老张的神色状态，脸颊的颜色、眼睛的光泽、嘴唇的颜色、表达能力等。这是望闻问切的第一道程序，"望而知之谓之神"。

接下来是诊脉，曹教授将自己右手的中指、食指与无名指轻轻地搭在老张手腕寸口脉处，仔细地辨识他的脉象，脉搏的浮沉、迟数、强弱、滑涩等，代表着不同的临床意义。老张只感觉到曹教授手指的温度。而对曹教授而言，则等同于一根电源通达至老张的周身，老张的五脏六腑功能状况与疾病发生发展的状态，都有特别的中医信号可以分辨并解读。诊脉后，曹教授认真看了相关西医检查结果，说道："您的冠状动脉狭窄并不很严重，关键是肾功能的恢复啊！"老张闻言连连点头："对呀，对呀，我的慢性肾病挺严重的。"

曹教授请老张挽起裤腿，低头按按老张的下肢，下肢浮肿较重，接着询问了一些有关疾病的情况，譬如周身瘙痒、大便情况以及胸闷、胸痛等症状。

曹教授接过老张递过来的一大摞检测报告，快速浏览。冠脉CT：一支冠状动脉血管狭窄50%；超声：双肾弥漫性病变，左肾萎缩；肌酐超出正常值1倍以上，尿蛋白++；血压160/100mmHg。

通过对老张的望闻问切，曹教授已基本获得与阜外医院、哈尔滨医科大学附属第二医院等医院同样的结论。西医通过先进设备检测的数据是现代文明的产物，是不可或缺的证据，是中西医相互确认的必要途径，这是曹教授一直主张中西医结合的主要原因之一。明确西医诊断，以中医诊疗思维诊治疾病，按西医诊断结果评价治疗效果，这是曹教授多年形成的诊疗模式。

通过中医四诊、病历资料分析与辨证，曹教授对老张的病情与诊治有了初步认识。

"冠状动脉狭窄50%，肌酐200以上，宜心肾同治，中医药治疗有优势，认真吃中药吧。"曹教授笑笑，望了望老张，"冠状动脉狭窄程度比老李轻，他都没做支架。"

站在一旁的老李也笑起来："看来他也不用遭那份洋罪了。"

老张高兴得不得了："那敢情好，其实我就是怕做手术，想想都怪吓人的。"老张还告诉曹教授，"我的前列腺增生比较重，夜尿7~8次，严重影响睡眠质量。"

曹教授点点头，随即示意博士生抄方。按照老师的口述：时胸痛、胸闷2年余，头晕头涨，下肢肿甚，夜尿频。舌淡紫，苔黄腻，脉弦滑。处方：夏枯草、草决明、钩藤、坤草、党参、麦冬、清半夏、瓜蒌、薤白、赤芍、川芎、茯苓、生龙骨、甘草等。20剂，水煎服，分早晚服。

老张服用3剂药，胸痛、胸闷的感觉明显减轻，一种对症有效的感受，让他产生一种好奇心，对中医治疗冠心病的奥秘增添了几分兴趣。于是他开始搜索相关资料，学习相关的知识。中医自古就有一套治疗冠心病的办法，不同的症状有不同的方剂，根据冠心病本虚标实的病机，中药治疗强调以补为通、补中寓通、通补兼施，着眼于整体功能的调节，达到气机调畅、血脉通利。补中寓通的治法，主要有益气活血、温阳活血、益气养阴活血、养血活血等。

那么这十几味草药是怎么补中寓通、通补兼施的，又有哪几味药起到补中寓通作用？老张看不懂，弄不明白。他知道中医处方有基础方，也就是常说的"汤头"，然后根据个体体质和病情变化加减化裁，其中的中药配伍很有学问，同样一种病，同用一个基础方，开出的方子可以大相径庭。不过，他因此弄明白了一个事儿，就是在中医这块儿，自己的病是有另一个定义的，也是有一定的成因逻辑的，所以人家中医有中医的治疗方法。这好比河流有淤泥堵塞，你可以启用动力机械工具把淤泥清理出去，还可以通过放养动物、生物，通过动物活动或生物活动将淤泥自消自灭，清理得干干净净。前者是直观的，看得见摸得着；后者是表面看不见，客观确切发生了改变。中医的办法更有些像后者。老张管理过水库，也搞过城市基本建设工作，这点道理是容易搞懂的。在他的思维里，中医就如同找到了一种对症有效的微生物对堵塞且狭窄的血管腔壁进行有效的疏通，这真是外行有外行的想象。

岁月一天一天消逝，老张的病痛在逐渐减轻。在老张的记忆里，那段时间他是跟着老李跑，两个人结伴而行，先从 M 市到哈尔滨，再从哈尔滨乘坐飞机去北京。每次去的路上都充满希望和期待。当康复这件事变得越来越接近现实时，他们的劲头就更足，精神头就更饱满。这是曹教授给予患者的信心、振奋和鼓舞。

2019 年 6 月 18 日，老张与笔者回忆这段经历时不胜感慨："我这边是一个渐进过程，服用一段时间中药后，首先是胸闷减轻了，转成时隐时现的轻微感觉。现在这种感觉都没有了。我因肾病导致的肌酐超标、尿蛋白和腿肿等问题也都一点点改善了，而且是进入了一个螺旋式的反复推进的过程。"

老张告诉笔者，第一次发现自己的血肌酐恢复到正常值内，大约是服药一年左右时间，一次在哈尔滨医科大学附属第一医院化验血液，老张欣喜地看到肌酐恢复到正常值范围内，他高兴得不得了。周围懂点医术的朋友都说，你找对了医生，肾病是非常难治的，特别是肌酐一旦超标，升上去就很难再下来，一旦生活习惯与饮食控制不好，或感受外邪而致病，肌酐就会持续攀升。患过肾病或家里有肾病患者的人都知道，当肌酐数值升至六七百时，就只能采取透析或换肾治疗，那是一个既痛苦又昂贵的治疗过程，许多患者哀叹这生不如死的经历。如此关键的一个指标，岂会这等容易就恢复正常？于是它会在后来的化验里与老张"捉迷藏"，它在指标的上限附近时高时低。老张清楚，这不是一蹴而就的事情，想一下子就彻底康复是不大可能的。

后来，老张作为老患者，通过网络按照顺序排队，有条不紊地预约着曹教授的诊号，在 M 市与北京之间跑，坚持一切事情都给找曹教授诊病让路的原则，保证自己的中医治疗不间断。两年左右的时间，老张的肌酐数值一直在正常范围内，下肢浮肿的问题也迎刃而解。而证明肾病的另一项指标尿蛋白，也在−与+之间徘徊，直至不再出现+。到此老张的肾病基本痊愈，这是一件相当了不起的事情。据权威医生讲，慢性肾病其实在临床上是难以治愈的疑难性疾病之一，因其病理复杂，治疗难度很大。从这个角度讲，老张是相当幸运的。

讲到曹教授的治病过程，老张非常兴奋地讲到前列腺增生这个病，他说："我不是随便夸人的人，可我一定要讲讲曹教授用药的神奇。当时，我这个病的严重程度可以说差一点要去做手术了，尿频、憋尿、尿不尽的问题十分突出。吃了曹教授开的 20 服药，病情就发生了明显的改变，排尿力量明显增强，残留尿大幅减少，原来夜间排尿 7~8 次，现在 1~2 次，有时还会一觉睡到自然醒。仅这一方面，生活质量就得到大幅提升。"讲到这里，老张还很严肃地对笔者说，"有人说中医药来得慢，我是不赞成的，或者说是坚决反对。想想看，我这把年纪，70 多岁的人了，前列腺增生哪是一天两天形成的病，此前，我找了不少医生，吃了许多药，花了不少钱，遭了多少罪，真是一言难尽啊！结果呢，套用一句谚语就是'瞎子点灯——白费蜡'。可吃了曹教授 20 服中药，排尿异常的问题就解决啦。一夜起床 1~2 次，甚至不起夜，这不是治好了是什么？疗效还不算快吗？"

后来，老张把最新的一次化验结果传给我看。那是 2019 年 8 月 27 日哈医大附属第一医院的大生化检查。那三四页化验单上几十项检查指标，只有一个箭头朝上，即尿酸 500（上限 428）。总胆固醇箭头向下，是 3.03，化验单标注正常范围是 3.35~5.71。肌酐 96.1，上限是 97，也在正常范围之内。其余各项指标显示均属正常范围。一位古稀之人，这个身体状况实在难得。

2019 年 6 月 18 日，老张与笔者聊起找曹教授的诊疗过程，满怀深情地说："曹教授给了我三喜呀。一是冠心病基本治愈；二是我的慢性肾病基本上治好啦，不仅有效遏制住肾病的发展趋势，而且避免了肾衰结果的发生；三是前列腺增生的顽疾出现大逆转，令人困扰的夜尿频繁消失了，每天我可以睡得香、睡得甜了，自然白天精力充足啊。这是曹教授这样的大专家给我带来的健康幸福。否则这几样病，哪一种都能把人折磨得死去活来，家属也跟着折腾，得天天跑医院，人生的下半场还有什么质量呢？还有什么幸福呢？有幸遇到曹教授，这些年我不仅生活质量非常好，好像什么病都没有似的，而且我的事业得以坚持做下去，在120平方公里的森林公园里，负责2万多亩人工林的维护，为M市的生态环境、生态农业、渔业和旅游业实现可持续性与高质量发展做出贡献。"

老张的老伴儿告诉笔者："可不仅是这三种疾病的痊愈啊，老张患冠心病以来，性格发生了很大的变化，情绪低落，闷闷不乐，还多疑善虑，胆怯易惊，整天说活着没意思，家人得时刻看着他，生怕出现意外，而且还有两次险些发生意外。经曹教授治疗以来，他心情越来越好，对生活和工作越来越有兴趣，再也没有那厌世的情绪，我觉得这一点更重要，真的是救他一命给全家带来幸福啊！"

曹教授的回春之术妙不可言，老李和老张的故事，体现了曹教授的大医精诚与生命至上的融合。

4　中医药的优势作用

老李有意无意间影响和带动了周围的一些人，他们纷纷涌向曹教授。文学是其中另一位冠心病患者，他在曹教授这里的看病过程和治疗效果，可以比较清楚地对比出中西医的差异。

那是2004年的一个冬天，文学突然感觉到胸闷、气短，一个最直接的实际困难是回家成了问题。他住的是一幢没有电梯的多层楼房，他家在5层，过去每天上下几个来回都很正常，可现在突然出现气短自不必说，要命的是真的爬不上楼了。老伴儿立马想到文学是否得了心脏病，因为这些症状很像自己的，她自己就是冠心病病人。

于是冠心病像魔鬼一样开始缠绕着文学一家。文学首先在老伴儿的陪伴下到哈医大附属第四医院做检查，诊断结果是冠心病。文学觉得确诊这个病不能有半点含糊，需要多方印证，于是又到哈医大附属第二医院做了冠脉 CT 检查，结论一致。大夫告诉文学，冠状动脉血管上的斑块已经形成，而且一支冠状动脉血管狭窄 40%，还有一支血管形成肌桥。

从此文学开始了求医问药之路，西医看完找中医。在黑龙江中医药大学附属医院，一抓就是三四十服中药，大包小裹地带往 M 市，毕竟 M 市是一个边陲小城，距离哈尔滨较远，来一趟也不容易。

转眼就是 10 年，文学的冠心病没有治愈，也没有明显发展，维持在一个相对平衡的状态。这期间，儿子考上医科大学研究生，专业是心脏内科，研究生毕业后，成为黑龙江省佳木斯市中心医院的心脏内科医生。关于心脏病的问题，儿子从孝敬父母、关爱父母的角度出发，多次劝阻父母不要看中医、吃中药了，主张定期打点滴疏通血管即可，必要时该做支架做支架。儿子的观点是中药不可能治好冠心病，还可能因为过多服用中药导致肝的负担加重。咦，这话听起来，似乎有一定道理。

事情的转机发生在 2014 年。文学得知了老李的治疗效果，佩服得不得了，他决定放弃儿子制定的治疗方案，包括此前找过的所有中医和西医，要去找曹教授诊疗。他求老李帮忙，老李面带难色，原先不知道人家曹教授的诊号已排到明年，自己已经把老张硬推给了曹教授诊治，真的不好意思再张嘴啊。

文学理解老李，决定自己前往，于是，他义无反顾地到了北京，去找曹教授诊病。不是有这么一句话吗，"态度决定结果"，此言用在这里比较准确。

M市离北京确实是比较远，坐一夜火车，先赶到哈尔滨，然后再从哈尔滨往北京赶，路途曲折自不必说，费用亦是不低。但是这些都不是最大的问题，最难的是曹教授的号太难挂。从头排起，你根本排不上，对外地人来说尤其困难。文学就蹲在那里观察情况。时间长了，他摸索出一些规律，譬如，他发现曹教授十分体谅患者的难处，即使你没有挂上号，只要他不是要外出或有什么会议，总要把等待看病的患者看完，即使看到晚上7点多，不吃饭，不休息，也坚持如此。再往后是实行网络预约，通过网上预约挂号，把号贩子挤出去，让患者看病更为有序，同时减少不必要的开支和麻烦。

网约是个好办法，文学加入网约队伍，看病进入正常排队渠道。这一看就是四五年，而且还把自己的夫人和弟弟都拉进了曹教授的患者队伍里。其实，夫人的冠心病比文学还严重，心电图显示ST段下移、T波倒置等。

夫人吃到曹教授的第五六服药，感慨道："这个药灵呀。"她告诉文学："心脏这块真是透亮了，那些不舒服的感觉都有很大的改善。"5年来，文学和夫人的心脏病好多了，可他们还时不时跑到北京挂个号，请曹教授诊病，因为花甲之年，总免不了添这个病或那个疾的，最近文学发现自己的血压比较高，于是就请曹教授给自己号脉处方。

那天，他们老两口儿在儿子医院做冠脉CT，文学的40%以上的冠脉血管狭窄消失，那根肌桥也不明显了，他夫人的心电图ST-T改变也恢复正常了。儿子拿着CT片困惑不解，这怎么可能呢？儿子连连摇头，他不相信发生在父母身上的事情是事实，因为这个不符合他在医科院校系统学习的病理知识和临床实践。

然而，父亲、母亲的冠心病从发现到治愈，他是自始至终的见证人；而当代医疗设备检测数据的前后对比再清楚不过了，也是最有说服力的。

于是他抱着一种质疑的态度，认真翻看曹教授所开的药方，又借助网络帮助，寻找其中的奥妙。

如果文学的儿子也跟父亲那样，有一个正确的态度，并由此深入到中医药的深层次研究，或许会产生兴趣，或许会有所发现，或许会因此成为中西医结合的医生，拓展一条新路，那将是患者的福音。

5　维护健康的最佳选择

2016 年 4 月，M 市供热公司的小汪的人生发生了一点变故。那天，小汪干了点活儿，回家就感觉呼吸有些困难。接下来几天都是这样，特别是晚间睡觉，更是憋得喘不过气来。

小汪是 M 市供热公司的负责人，是一位做事做人都很睿智的基层干部，他意识到自己可能得了心血管病，生命之舟触碰到暗礁。他没有走太多的弯路，直接去了哈尔滨，下了火车就直奔一家较大医院做检查，首先接受的是心电图检查和运动平板试验。这是 2016 年 4 月 7 日，小汪的化验单记载着呢。

各种检查结束，心内科接诊的教授告诉他："住院吧，赶快办理住院手续。"

"住院做什么？"小汪顿感蹊跷，哪有刚来就安排住院的呢？

"进一步检查，心血管做支架。"教授用语简单却果断，用一种不容置疑的口气，表现出坚定性和权威性，"这两项检查结果出来了，已经很清楚了，心脏缺血很严重，应考虑做支架。"

"我想做一个冠脉CT，再看一看什么情况。"小汪的语气沉稳淡定，显现出一种认真而淡定的神情，这让那位教授感到有些意外。他抬起头，开始打量眼前的这位患者。

没有什么不同，只是身材较高，清秀的大眼睛闪烁着一种睿智的光芒。

教授很无奈，患者的要求并不过分。再说仅凭这么一个心电图和平板运动试验，就断定患者要住院做支架，确实有些急迫和草率，容易适得其反，患者这是一种本能反应。当下过度支架的案例屡见不鲜，有的近似于荒唐，患者不可能没有耳闻。

冠脉CT检测结果出来了，小汪的冠状动脉血管确实有狭窄，数字显示是50%，没有达到需要做支架的75%的上限。

小汪的检测报告有这样一段描述。检查部位：心脏三维成像CTA。检查结论：1. 左前降支近段多发非钙化斑点，管腔轻度狭窄；中段肌桥。2. 回旋支近段非钙化斑块，管腔轻度狭窄。3. 右冠脉中段钙化斑块、非钙化斑块，管腔轻度狭窄。

这份检查报告表明患者小汪冠状动脉血管不是没病，但并非严重到必须做支架手术的程度。教授怎么也没有想到，小汪自己会提出做冠脉CT检查，更不会想到对方连做支架的限制条款都知道。碰上了一个有知识、懂规矩的明白患者，还真省了很多事。

钟南山院士曾在讨论政府工作报告时提到，广东某医院的一位心脏介入医生为患者做冠脉造影，本来冠脉狭窄程度不重，但最后却置入了5个支架。他批判了当前某些医院医生不讲医德、违规创收的行为。

放支架是一种救急手段，它的作用是让随时都会心梗死亡的患者解除这种危险，但是不能随便放。

小汪找到了自己的老领导老李。

在哈尔滨与老李打通了电话，小汪放弃了此前在哈尔滨的所有治疗，也放弃了去上海或南方某个发达城市，他直接去了北京。

两天后，即 2016 年 4 月 9 日，小汪就挤进曹教授的患者队伍里。他把 CT 片和一堆检查报告递给曹教授："曹老师，您看我这冠心病不做支架行不行？"

曹教授看完小汪的检查资料，回复道："没问题，应该吃中药治疗，不能等着病情发展啊。"

小汪笑了，喜悦之情由心底涌向脸庞："好，好，那最好了！"

"按照这个药方，吃中药吧。"曹教授经过诊疗，将处方递给小汪。这处方凝聚着他对几千年来历代名医圣贤对胸痹、心痛等痼疾的认识，更有"天人合一"整体观指导下对当代人生活习惯与膳食结构的理解，他的处方用药是对先贤经验的继承，也是对历史的递进，更有他对临床疗效的自信。

"那我就不做支架了。"小汪不知为什么吐出这么一句话，又赶紧伸伸舌头。

"现在还没到做支架的程度啊！"曹教授笑了，那表情里分明有一种坚定和自信。

那张处方是这样写的：汪某，男，53 岁。时胸闷、心悸、气短，时心前疼痛，近两月加重，舌淡红稍紫，苔白黄，脉弦滑。

诊断：胸痹（冠心病）。

处方里包括党参、麦冬、清半夏、瓜蒌、薤白、茯苓、赤芍、川芎、郁金、夏枯草、厚朴、生龙骨、生牡蛎、生甘草等。30 剂，水煎服。

小汪在中医科学院门诊部就地买药，回到宾馆就开始煎药，就是在回程的火车上也准备好了煮好的汤药，一服就是 30 天。吃到第 7 剂时，胸闷、胸痛明显缓解，晚上也能躺下睡觉了。30 剂药服完，胸闷、心痛、心悸、气短等症状都有明显改善。这种改变使身体感觉到异常的轻松。

这么快的改变，让他想了很多的问题，假如自己未经多方打听就接受支架手术，现在应该躺在家里或是医院观察术后的排异反应，服着抗凝血、防感染等一大堆药物，成为一个"病篓子"。现在自己照旧上班，照样早起买菜，做早点，晚间饭后散步，锻炼身体，一切如故，啥也没影响。他无比庆幸自己的这个选择，他感谢领导老李，更感谢曹教授。

小汪相信自己的生命之舟碰撞到的险滩暗礁，会在曹教授的诊治下逐渐化解排除。老李那么严重的患者都能治好，自己痊愈只是时间问题。老李是一个标杆，立在那儿，有再强不过的示范作用。

这种认识和信任，使小汪从 2016 年上半年至 2019 年两年多的时间里，坚持到曹教授那里看病。尽管路途遥远，挂号困难，还有工作上、生活上出现的诸多问题和麻烦，他都坚决克服，所有的一切都给看病让路。他懂得唯有生命才是最为宝贵的，没有生命，没有一定生活质量的生命，所有的财富和快乐、所有的追求与理想都将化为乌有。

直到 2019 年 5 月，小汪又系统做了一次心脏检查，心电图正常，无 ST-T 改变，冠脉 CT 无明显冠脉狭窄。曹教授根据检查结果，告诉他不用再跑了，这个冠心病基本上治愈了。

2019 年 6 月 18 日，小汪与笔者讲，他十分感激曹教授，遇上我们国家这样的大医，改变了他的后半生。他说，得了冠心病，按照绝大多数人的认知，那就是终生服药或做支架。可做支架，大家都清楚，花钱多不说，还要遭罪；不做支架，有多少人发展到脑梗、心梗甚至猝死的，不在少数呀！

曹教授的医术堪称一流，他的高尚医德更是难能可贵。小汪动情地跟笔者讲了一个小插曲：有一次，他准备进京去找曹教授看病，在哈尔滨住了一宿，第二天晨起，觉得腰部一带奇痒无比，到哈尔滨某医院诊断为带状疱疹。他晚上还得坐火车去北京呀，就急急忙忙打了一针，又吃上点西药，踏上了火车。看病时，他向曹教授顺便讲到这个带状疱疹，曹教授让他撩起衣服，仔细看过后，确诊是带状疱疹，便给他开了一个专治带状疱疹的药方，并且告诉他，估计7服药左右能治愈，同时又开了治疗冠心病的药方，嘱咐他带状疱疹痊愈后再吃第二个药方。

小汪非常感激地离开诊室，立马抓药。回到M市，果不其然，服药7天，所有疱疹一扫而光，而且瘙痒疼痛的感觉全部消失。小汪讲，再见到曹教授时，他情不自禁地夸奖这个药方的神奇。诊完病后，他试探着问："曹教授，这个方子用在别人身上也能有效吗？"

"只要是带状疱疹初起，一般应该有效。"曹教授很平和很认真地回答道。

"那么，我遇上这样的病人，可不可以把方子给他？"小汪问。

"当然可以呀，方子不是在你手上吗？"

"这就叫小药方折射出大情怀呀。"小汪跟笔者讲，在黑龙江省某中医院，一位相当有名的中医专家，每次给病人开方，病人拿到手上的药方，上面不是一味一味的中药，而是一个又一个代码。大概两个意思，一是为了保密，自己的处方属于知识产权，概不外传；

二是必须得到他指定的药房抓药。小汪讲，别说水平高低啦，单凭这个事儿，那出发点、落脚点、格局呀、层次啊，真是天壤之别！曹教授才是真正的大医啊！

写到这里，笔者亦颇为感动，想起采访小汪之前，就见过一位熟人，年近80岁得了带状疱疹，整天被折磨得非常难过，3年多局部疼痛阵发的状况都没有治好。老人曾跟我讲："这是不死人的癌症。"遗憾的是，讲过此话不久，老人就丢下上千万的家业，撒手人寰了。有一次我与曹教授交流，他讲一位80多岁的老人家患带状疱疹，疱疹消失后，遗留的局部电击样疼痛阵发，每天发作数次，难以忍耐，发作时痛不欲生，如此两年余，最后经曹教授中药治疗月余而痊愈。由此我深为那位离去的老熟人感到惋惜。

6　摆脱手术求健康

在M市，有一位患者的故事值得一提，他就是小冯。

小冯与老李、老张、文学、小汪相比，更年轻，当时只有四十出头，在M市供热公司上班，干的是水暖工，工资不多，一个月才1800元钱，是小汪的下属。

孩子上学，用钱的地方多，为了生计，小冯的老婆弄了一个卖菜的摊位，略补生活经费的不足。天不亮，小冯就去菜站上菜，然后把菜送到早市，交到老婆手上，由老婆经营早市，他要回家照顾上小学的孩子吃饭，然后送孩子上学。出完早市，两口子再赶去上班，其中的艰辛与困苦自不必说。

一家三口，虽苦犹甜，他们在紧张、艰难与快乐中面对生活的挑战。

可是天有不测风云，人有旦夕祸福。2014年五一节，小冯和老婆商量利用假期干点活儿，给自家园子里的果树换点土，结果仅仅将一面袋子土抱到自行车后座上，就把他整个脸憋得通红通红。站在一旁的老婆不知内情，便随口说道："瞅你，干这么一点活儿，就脸红脖子粗的。"

小冯闻听此言，心里很不高兴，他把自行车往地上一放，说："不行，我有些心慌、胸闷啊。"

回到家，小冯一头倒在床上，稀里糊涂的，啥也不知道了。

老婆上前，看他脸色发紫，赶紧追问他："老公，你怎么了？"

他有气无力地说："我心慌得难受，气不够用。"他摸了摸左胸胸口，对老婆说，"这个地方一阵阵疼痛！"

老婆立即找个车，带小冯去了M市的某医院。他们当地人都管这家医院叫大医院，是因为它在M市是唯一的一家公立医院，规模最大。那里的医生听了小冯老婆的诉说，认为可能是劳累的原因，回去好好休息休息再说。

小冯拿着大医院给开的药，回到家，一边服用，一边观察。一个多星期过去了，症状没有丝毫的改变，仍一阵阵发作。大医院不行，按照M市当地的就医规定，上级医院就是农垦医院，可是农垦医院的检测设备等级也不够，对小冯的心脏病无法确诊。于是，农垦医院医生建议去鸡西市医院诊治。

小冯要求转院到省城哈尔滨。他对农垦医院的院长说："我得转院，我不是不相信咱们这儿的医生，你看我心电也做了，CT片子也照了，做了这么多的检查，我的病还是不能确诊，用药也没有改善。"小冯属于那种平时心灵手巧、遇事能说会道的明白人，这或许跟他的职业有关，遇上故障之类的事总要思考判断，更要应对用户的质疑。总之，他是一个明白人，就是想把病情搞清楚。院长有些无奈，便问："是医生介绍去的，还是你自己要求转院的？"

"是我自己要求去的。你看你这么多的医生也没弄明白我是什么病，我还遭着罪呢。我希望去哈尔滨的医院确诊。"关键时候，小冯一点也不含糊。在这位边陲小城供热公司的水暖工面前，院长实在无话可说，只好答应了小冯。这事儿应了那句话：事在人为。

至此，病痛将小冯逼上求医的路。他首先到了哈尔滨，在哈尔滨一家比较有名的大医院挂了急诊。

这家大医院的心脏内科医生确实不同，一上手就把他的病锁定在冠心病上，先来了三天的点滴，同时跟着一次全面性的检查，神经科、呼吸科、消化科、皮肤科，还有冠脉 CT，全都来了一遍。

那天，主治医生对小冯说："安排在后天吧，准备点钱，做个冠脉造影。"

"冠脉造影？"小冯一头雾水，"冠脉造影是什么？"

"这是目前检查冠心病的最好手段，俗称冠心病诊断金标准。"

主治医生清了清嗓子，似乎是耐着性子做科普，把有关知识对小冯讲了一通，小冯听后似懂非懂。

"那就做吧。"那一刻，他很明白，自己才四十出头，得了病，算自己倒霉，怎么都得治。

"做完造影，如果冠脉狭窄程度严重就得做支架。"

"需要支架肯定得支呀，不过最好告诉我病情呀。"小冯心里明镜似的，得弄个明白，花钱是一方面，不该做支架，随意就做了，肯定不是什么好事。那不是往嘴里塞一块糖，是在血管里放个家伙呀，不得劲也拿不出来了。

"家属来了吗？"医生问他。

"我老婆来不了，我妹妹跟来了。"

"全权代理?"

"可以啊。"小冯随即答应。

就这样，小冯被推进手术室，直至这时，他还认为冠脉造影就是一个检查，跟心脏 CT 差不太多。

他躺在手术台上，一只吊瓶悬挂在自己的头顶之上，左腕被割开一个口子，放进了探测所用的导丝。尽管伤口用胶带封住，可是血还是止不住地往下滴，床下是一个水盆，接着他的滴血。随着滴答滴答的声响，小汪进入睡眠状态。

那个玻璃窗外是造影室，造影大夫按照程序给他做着冠脉血管的各个部位的排查。

随后，小冯的妹妹被主治医生请到电脑屏幕前，医生对她讲解小冯的心脏冠状动脉血管堵塞的状况，然后就提出给小冯安装支架的方案。

妹妹毕竟是妹妹，本来她对这个心脏动脉血管疾病方面的知识也从未涉猎过，可谓是一无所知，医生的一番话听下来，她只有害怕，她哪能替嫂子做这个主呢? 再说来哈尔滨就是做检查的，带的十万元钱也花掉五六万了，就是做支架，也得再筹措手术钱呀。于是，妹妹在外边和嫂子通电话，边说边哭："我哥疾病的诊断出来了，挺严重，医生说得做支架，不做支架随时都有危险。"

这边哭哭啼啼，那边慌了手脚，一家人顿时乱作一团。

躺在手术室的小冯朦朦胧胧地听到一阵熟悉的哭声，他努力睁开眼睛，整个手术室寂静得很，只有滴答滴答的声响，分明是自己的血还在流淌。他有些纳闷儿，医护人员都去哪儿了? 这隐约可闻的啼哭声音，像是自己的妹妹。

于是，小冯由奇怪、怀疑转为不满，他大声喊了起来："大夫，大夫，干什么呢？"

　　医生被唤了进来："喊什么呀？怎么了？正与你妹妹商量怎么给你做支架呢。"

　　"把主任找来。"小冯阴沉着脸，"你们在外商量啥呀？病在我自己身上长着呢，我说了算，谁也定不了这事。"

　　主任姓李，被请进来了。小冯语气平缓了许多："李主任，我这个病的情况怎样啊？"

　　李主任问道："你懂不懂心脏支架？"

　　"我搞水暖的，水暖工，有点明白，管道不行了，需要过滤，安一个过滤网，水就畅通了，就是这个意思呗？"他越说越起劲，声调也变得有些高，"这么说吧，这个支架手术如果今天不做，我能不能下来这个台啊？"

　　李主任耐心地说："今天不做，不影响你下这个台。不过，以后什么活儿你都干不了。什么时候出现心梗、脑梗，那就不好说了。"

　　"我不想做支架，只要今天不死在这个台上，那我就回去。"小冯突然态度变得异常坚决。

　　李主任欲言又止，转身走出了手术室。

　　小冯的态度十分坚决，坚持回家观察再说。同时他反复思考着自己的病情，是去北京的顶级医院做支架，还是找曹教授看中医？他在不断地掂量，哪头更好，谁家更为理想。这里有医术问题，有看病路径问题，还有经济承受问题……他是一个想法活跃的人，多年来在供热公司水暖维修岗位上做修理工，解决了大量供热管线故障问题，也培养了他独立思考问题的习惯。

　　他曾通过百度搜索有关冠心病、心肌梗死等方面的资料。有一则消息是这样讲的："对于心肌梗死的患者，进行心脏介入治疗，是目前最好的办法。而进行心脏介入治疗，一般都需要进行支架植入，扩开闭塞的血管，尽量挽救濒死的心肌，减少坏死心肌的面积。当然如果造影的时候，发现血流已经恢复到正常范围，可以不用马上进行支架植入，可以使用药物，让血管达到稳定状态。当然发病后一周还可以复查冠状动脉造影，必要的时候可能还是需要进行支架植入。"

与他人不同，小冯凡事总喜欢思考琢磨，先谋而后动，悟出道理，又能把道理说得明白，才能将事做得明白，这是他的特点。所以他的聪明更表现在对问题的判断和选择上。

他最终坚定不移地选择去北京找曹教授。他的周围有太多典型案例了，小汪、文学、老张、老李等，他们的治疗都那么成功，我为什么非要做支架呢？

事情来得非常突然。那天晨起，他突然感觉身体很不舒服，胸口憋闷难受，似乎要窒息，头晕而昏沉。他对老婆说："我想马上去北京看病。"

老婆见他满脸红紫，痛苦难言，躺在沙发上，完全变成了另一个人，立刻意识到，如果在哈尔滨那家医院做支架手术就好了，这回可别出什么事呀。她的心一下子吊到嗓子眼，声音顿时哑了："这种情况去北京行吗？这么远的路。"

他犹豫了一下，最后还是坚持去北京："除了北京，我哪儿也不信了。再说了，人家老李他们那不是现成的例子吗？"

小冯有个朋友做生意，经常有车去哈尔滨，然后再到北京送货。他也比较有福气，坐上朋友家的一辆车，火速赶到了哈尔滨。这个突如其来的病情变化，让他想要赶紧去北京找曹教授。

见小冯这个状况，朋友专门安排车送他去北京，事先得到消息，曹教授当天下午出门诊。司机小丁开车上了京哈高速，他知道救人要紧，在高速路上飞速行驶。行程中小冯一直处于昏昏沉沉的状态，一会儿服几粒速效救心丸，以缓解身体的不适感觉。

下午 5 点 40 分，小车终于停到中医科学院门诊部前。司机将小冯扶下车，又扶他走进门诊，一打听，曹教授还在出诊呢。小冯那颗一直吊着的心一下落地了，他顿感自己好了一些，头不再那么晕了，可是那张脸依然紫红得吓人。

小冯是面色最不好的病号，他按紧急病人被安排及时就诊。

小丁搀扶着小冯跨进门诊时，曹教授望了一眼，在这一望之中，曹教授基本做出判断，小冯这个心血管病虽然看似可怕，但并不危险，或者说并没有想象的那么严重。

小冯把在 M 市医院、农垦医院、鸡西市人民医院和哈尔滨某大医院的相关检查资料递给曹教授。曹教授重点看了检测报告，冠脉造影显示：左前降支中段钙化斑块中度狭窄，末段 100% 闭塞。

简单问诊之后，曹教授说："先摸摸你的脉象。"或许是为了印证自己最初的望诊与推断。

"来，换一下手腕。"曹教授轻声轻语，随即将自己的手搭在小冯的右手腕上，那轻轻的触摸、细细的探索、静静的思考与判断，只是在一两分钟之内。

"你吃了多少速效救心丸?"曹教授松开手，问道。

"我也不知道，反正一大盒子，我吃了有半盒子。"小冯脸上露出一些惊愕。

"综合看，应该没大问题，吃中药能越来越好。"曹教授向小冯投去微微的笑意。

"没啥大事儿呀?"小冯顿感身体轻松下来,像扛着百千斤重担走了一段远路终于放下了重负,心情无比愉悦。

"看造影结果,你的冠状动脉有一支狭窄较重,它在末端,其他冠脉狭窄并不很重。"曹教授告诉小冯。

写到这里,我记起 20 世纪 90 年代初,有这样一件事,算作插曲吧。那是比较早的时候,既是曹教授的患者也是曹教授的朋友的王志钧与曹教授在北京相遇。曹教授诊完王志钧的脉后,说:"你没大问题,挺好的。"当时在京城颇有知名度的企业董事长也在场,他红光满面,春风得意,也请曹教授给自己看看。诊脉过后,又观望了其舌苔,曹教授告诉那位董事长,他身体的主要问题是心脏供血不足,应该高度重视,不可大意,建议做心脏相关检查,随即为那位董事长留下处方告辞。王志钧先生送曹教授时,曹教授告诉他:"那位老板病势挺重,不该还在工地上,应该抓紧住院诊断治疗。"那位企业老板并没有采纳曹教授的意见,仍然坚持在建设工地上,结果半年后突发心肌梗死身亡。

由此笔者联想到战国时期"扁鹊见蔡桓公"的故事。这是妇孺皆知的故事,不在这里重复了。

小冯开始了自诉,讲到自己拒绝支架时,曹教授打断了他的话:"不做支架吃中药治疗也可以,而且长久看生活质量会更好,看看你们领导老李,总体效果非常好啊。"

"是呀,我就是看他在您这儿治得这么好,才奔这儿来的。"

曹教授给小冯开了处方。小冯拿着药方,谢过曹教授,自己走出诊室,司机本想去扶他,看他啥事没有了,也就没管他。

迎面一股清风吹来,小冯这才意识到自己已经出来了:"我还没吃药呢,怎么就好了一半?"他拍了拍自己的脑袋,确认这是真事,而不是在做梦，不禁笑了。

"人啊，真是怪。"小冯自言自语，手中紧紧攥着曹教授开的药方，生怕被大风刮跑了。

小冯还是坐着来时的那辆宝马车回家的，脸也不那么红紫了，与来时判若两人。一路上，他的大脑在迅速转动，自己这是精神作用，还是什么？自己的认知能力无法解释这些事情，但他相信曹教授的话，自己没什么大事，吃几服药就能稳定病情。

为了回到家就能吃上药，他在半路上就把抓药的任务下达给老婆。吃完第三服药后，小冯就感觉到心口那种疼痛感真的明显减轻，胸闷不适、说话气短的那种感觉也随之好转。脸色不仅不再红紫吓人，而且红润中透着些许光泽。

小冯又开始琢磨起来。那天曹教授的一番话，就把自己的病给"说"掉了一半儿，现在只吃了三服药，病症就明显好转，怎么会变得这么快？

那天，他与小汪唠起自己的这个事。小汪对他讲了这样一件事情：一天小汪的岳母摔了一跤，到 M 市大医院检查，没想到医院把老太太弄进重症监护室，呼吸机、心电监控等一些抢救手段全上来了。老太太本来没什么大事，结果让这些设备给吓着了，一宿都没合眼，血压本来很正常，结果第二天早晨高压升到 200 多。这就是心理作用。小汪说："你这个冠心病本来没那么重，你成天想，越想越紧张，造成血管的收缩，这一收缩就加重了你的病情，大概你也属于反应相当敏感的人群。"

"那我只吃曹教授三服药就感觉好多了，也是心理作用？"小冯觉得小汪说得有道理，便进一步追问道。

"应该说是曹教授开的药方对症。"小汪说，"曹教授治疗我的冠心病就是例证嘛，而且你看人家老李、老张、文学，他们的冠心病经曹教授治疗都得到了极大的改善，我们找对了医生呀！"他想了想又补充道，"按理说咱们在这个小地方，曹教授在北京，此前又是中国中医科学院的院长、中央保健专家，咱们怎么能够得上呢？可是我们还是找到了、看上了。人家那么有名的医生，没有一点架子，平易近人得很。算算这几年，我们 M 市有多少人来找曹教授，少说也有七八十人，你传我、我传你，人家曹教授都接下来。不管患者有多少，压力有多大，都一个一个地认真诊治。这叫什么？这叫高尚的医德，是大医的慈悲仁术。"

"你说得非常对。"小冯表示赞同，"我第一次找人家曹教授，没有挂号，也没打招呼，就这么跑进诊室，曹教授不但认真诊治，而且还是将我作为特殊急诊病人处置的。听了他那句话，我立马好了一半儿。不管在哪儿，很少有这么看病的。"小冯越说越激动，"我那次要不是曹教授，这个病还真不知道发展成什么样呢。我现在还能照常上班，照样送孩子上学，照旧跟老婆出菜摊卖菜，啥也没误，这里差的可不是一星半点的距离呀，这里的账也是算不清的呀。"

"咱们找对了医生，是咱们的福分，偷着乐吧。"小汪拍了一下小冯的肩膀头。

小冯点头称是："你说得非常对。我坚持吃曹教授开的中药呗。"

小冯是一个能想明白还能总结概括得比较清晰的人，他的心中有一笔账，是铭记在自己心坎上的清单。

从 2014 年秋天至 2016 年春天，小冯始终坚持到北京去找曹教授诊病。大约服用中药 3 个多月的时候，小冯的症状基本消失。这让他喜上眉梢。两年后，曹教授对小冯说："你的病情稳定在这块儿了，没有什么大事了，你可以不用吃中药啦。"

小冯是一个喜欢较真儿、爱钻牛角尖的人，做了多年的水暖工，经常会碰上无病源的水堵，要想排除故障，重要的问题是要搞清哪一段管线出了问题，是什么性质的堵塞。事关成千上万户居民的供热问题，一旦在自己手上解决，成就感油然而生。这次问题出在自己身上，隔行如隔山，但为了自己的健康，也为了解开心中的疙瘩，在服用曹教授的中药方已获得十分明显效果的时候，即第二次找曹教授诊脉之后，他并没有直接打道回府，而是去了阜外医院。很有意思吧，他的真实目的不是去看病，而是为了解开心中的那个谜团。他干了一件在常人眼里匪夷所思的事。

应该是 2014 年的一天，小冯清晨 7 点钟就赶到阜外医院排队挂号，到了 11 点半才挂了一个专家号，那位专家姓赵。坐到医生的面前，小冯直言不讳地跟医生讲："我的冠心病已经看了一遍，我也不隐瞒，中西医都治疗了一段时间，请您看看我怎么治疗最合适，这是我前期的资料。"小冯把一大堆检验报告和化验单递了上去。

奇怪的人遇上奇怪的事情，就奇怪到了一块儿。

赵主任看完资料后说："我看看你的脉。"赵主任出人意料地号起了小冯的脉搏。"张嘴，再看一下舌头。"赵主任又认真地看过小冯的舌象。

"我是西医，我以西医的角度讲，你这种情况应该做支架。"赵主任看着小冯，略微思考了一下，然后又很坦诚地说，"不过支架做完，后期那些维护呀，防排斥、抗凝的药物要不断地服用，或许还有一些副作用。但是从中医角度看，你这几方面的问题都可以解决，它既不伤肝也不伤肾，可以养护你。"赵主任讲到这里，笑了笑，"我个人的看法，你这种情况找中医比较合适。具体中医，我不给你推荐，你自己找，不然好像我给谁当托。"赵主任说完，站起身来，示意他的意见表达完了。

"赵主任，我已经找到了，我这次来就是想再听听你们西医专家的意见。"小冯一边起身，一边用清脆的东北方言回答，"谢谢您!"

赵主任目送着这位身材不高、略有些胖的东北中年人，有些发愣，好一会儿，绽开一丝笑容，随即又摇摇头。

几位候诊的患者也笑了，其中一位北京大妈吐出一句话："这个东北人真逗。"

他们，包括心内科的赵主任，都觉得小冯的举动有些古怪，而在小冯看来，这位赵主任坐在西医的椅子上，采用中医的手段诊病并推荐中医，也有些超出常规。而此类超出常规的事情也在曹教授的学生身上发生过，那是一位刚刚考到曹教授门下的博士生，她为了探求中西医的差异，解开心中许久的疑惑，同时又跑到北京安贞医院做助理医生。有一次安贞医院的大夫跟患者说："你如果实在信不过西医，可以找中医，就找中医科学院曹洪欣教授就行。"所有的事情都不是绝对的，西医当中也有许多专家对中医是认可的，至少他们承认曹教授的医术。

小冯接下来做的事情，更是令人费解。自打在阜外医院赵主任那儿咨询后，他又重返了此前去过的所有医院，又重新做了一次检查。

化验和检测的结果是明确的，都证明病灶在减轻，病情在发生根本性的转变，这是与此前的化验检测对比后得出的结论。有趣的是，在某家医院检查时，医生仍然坚持要给小冯做支架手术，大有坚决要让你"被支架"的架势。

对比检查检测结果说明曹教授中药治疗确有疗效，而不仅仅是小冯的自我感觉，这无疑增加了小冯找曹教授诊治的决心和信心。

大约是在两年之后，小冯又做了一次上述几家医院的"巡回"检查，值得强调的是，重回当年那家坚持给自己做支架的医院，检查证明小冯的冠状动脉基本正常，而左冠状动脉前降支中段钙化斑块、重度堵塞基本消失，末段钙化斑块所剩不多。小冯主动说起自己的这个改变，就是找中国中医科学院曹教授给治的。那位当年坚持要给他做支架的医生听完，把头摇得像拨浪鼓似的，连连说："这不可能，这不可能，这个绝对不可能！"

"都说东北人实在，还真不如人家北京阜外医院，那位赵主任还真讲真话。"小冯撂下这话，起身走了。

几家医院，不同地点，不同等级，得出同一个结论，那就是小冯的冠心病基本痊愈，这是他最想要的结果。

小冯揣着踏实的治疗结果，重新扬起生活的风帆，他同以前一样在供热岗位上工作，上班前到老婆开的那个早市菜点儿干上一阵活儿，赚点钱还这几年看病所拖欠的债务。他经常想，假如自己没有找曹教授而是做了支架，不管是在哈尔滨还是在北京，那往后不仅要做定期检查，而且每天都要服药，自己1800元钱一个月，吃了药还能剩下多少？关键是帮助老婆上菜卖菜的活儿根本就干不了啦，自己的工资还不够吃药的，自己和家庭将因这场病陷入严重困难的泥潭之中。曹教授不仅救了我这条命，而且还救了我们整个家啊！现在自己跟从前一样，对生活充满信心，身体又没大碍，多干点少干点都没问题，欠下点外债不是问题，毕竟自己才40岁出头，好日子还在后头呢。

小冯跟老李、老张、文学、小汪他们一样，跟健康人一样，每天重复着过去的生活，在琐碎与平淡中体验着普通人家的幸福、安康与快乐。

太阳照样晨起暮落，每天都是这样灿烂辉煌。曹教授的医术和医德不断得到传播，像穆棱河的河水，一波接一波掀起的涟漪，是那方寸药方产生的力量，它在患者和家属的心中形成的高度认同、推崇和追捧，是再好不过的赞扬。而那些原本并不相识，或是根本不可能相遇的人，一点点地聚合在曹教授的周围。这个现象，无论是在中医还是西医，都是不多见的。应该讲，一个地方，一个区域，有一两名好医生，是人民群众的福音，至少大家在有病有灾的时候，知道去哪儿找谁诊治。

由于老李的作用，M市大约有近百名患者投奔到曹教授诊室求医问药。那天，M市的王波在门诊部对笔者讲："我们都是曹教授的患者，M市的患者能有100多人，可以说形成了一个'M市帮'。为啥都跑来看病？因为真的能救命呀！"

而能做到这一点，是因为曹教授有着悲悯之心与精湛的医术，他为此又要付出多少休息时间和多少心血？

7 慈心仁术成就他人幸福

由于老李的性格使然，他将曹教授的慈心仁术快速地传了出去，于是M市一个接一个的患者在曹教授那里得到了成功救治，形成了一个M市群。这个群体的形成极具现代社会特点，多数是朋友或亲属关系，通过微信或电话宣传中医药的确切疗效，大幅减轻了东跑西颠求医问药的疲惫与困惑。短短几年就有百余人在曹教授那里获得了新生。这是对疾病的抢救、对健康的修复，是爱的传递、生命的链接。

M市数以百计的冠心病患者会集到曹教授的门诊，传出了若干感人肺腑的故事，这无疑也是在传承中医药优秀文化，彰显中华民族的国粹在当代依然具有闪闪发光的力量。著名电影导演张艺谋最近连续发声力挺中医，他有一句话是很符合逻辑的，他说："中医很科学，很环保。中华民族五千年，是全世界人口最多的国家，这个靠的是中医，西医引进才两百多年。""不是中医，难道是西医？"

张艺谋是位睿智的艺术大家，对中医药的认识也是这样深刻。笔者想起了扁鹊、张仲景、孙思邈、李时珍、叶天士等中国历史上若干中医药大家，是他们不断丰富着中医理论和实践，支撑了我们这个民族世代繁衍、生生不息。曹教授继承和发扬了先祖圣贤的中医药文化，在具体的临床实践中稳步推进中医药的发展，至少在当下我国冠心病如此高发、患者如此众多的情况下，他的处方是具有时代意义的，有着开路先锋式的标杆作用。像M市这样的群体还有许多，比如在我国东北部，地处大兴安岭南麓向松嫩平原延伸的过渡地带，黑龙江、吉林、内蒙古三省区交界处的一个县级区域——扎赉特旗，也有着同样的患者群，那里发生的故事其实比M市更早，群体更大。

下面的事情发生在20世纪90年代初。扎赉特旗一位钱姓木匠退休前患上了冠心病，也是在55岁至60岁之间。

钱木匠心绞痛，胸口憋闷，喘气困难，睡眠受到严重影响，诸如此类的症状，与其他冠心病患者的反应并无两样，而且呈现病情不断加重的趋势。

钱木匠放下手上的活儿，去哈尔滨，找在哈尔滨铁路局公安处工作的二弟。二弟是公安处的处长，家族有这么一个习惯，遇到大事都去找老二出主意、想办法。

二弟带大哥去了哈医大附属第一医院。一番检查，确诊是冠状动脉重度狭窄，唯一的办法是及时做支架手术。

什么是支架？这种手术国内开展不久，钱木匠听了好半天才听明白，满心的高兴，心想还是人家大城市大地方办法多，自己总算有救了。可一打听费用，顿时眼睛瞪圆了：15万一个，两个就得30万元。木匠不吭声了，转身走了。回到扎旗，跟老婆商量，把两间房子卖了，再凑凑，也够30万元，可都给了医院，往后的日子咋过？还得留点过河钱不？给儿女留点不？

思来想去，木匠终于想明白了，自己已经是土埋半截的人了，就是死了也不算太亏，做支架手术怎样，不做支架手术又怎样？于是，他又给二弟打电话，让他再想想别的办法，反正这个手术是不做了，不是因为别的，实在是做不起呀。

钱木匠与二弟商量好后，再次来到哈尔滨。二弟领着大哥去了曹教授的办公室。

当时曹教授还在黑龙江中医药大学，是大学最年轻的教授、医学博士，因治疗心肌炎等心血管疾病而颇有名气，在校园内与社会上被传得神乎其神，找他诊病得半夜排队挂号。

曹教授听完木匠的陈述，经望闻问切四诊，辨证分析后，当即处方开药。站起送客时，他很自信地笑道："如果吃药后觉得有效，来个电话，我再给你调调药方。"

钱木匠揣好药方，在哈尔滨转了一圈儿，便打道回府。当天早上去的，当天又回到扎旗。从程序到内容，都显得过于简单。更主要的是，人家连挂号费也没要，属于朋友之情谊。

木匠并没有在意这个中药方子，揣在上衣口袋里，没有马上抓药服用。两张纸扑克牌大小，只有那书写的字显得一板一眼、工工整整，而且横竖有韵，用笔遒劲，结体隽永。木匠文化水平不太高，所以格外看重人的文化素养，他认为有无文化，首先看字写得如何，这或许有些道理。那天，在曹教授办公室，他见到的曹教授就是一个有很高文化修养的人，首先从接人待客上，举止做派彬彬有礼，声音不高，让人感觉到了他的真诚和谦和。而这张处方上的字迹也印证了人家的这种儒雅。木匠将它放进贴身的衬衣上兜，是因为喜欢。此时木匠只是看到了外在美，还没有发现其内在的神奇。

因为头天晚上没有睡好觉，干过一阵活儿，觉得心绞痛、胸口闷、喘气困难的毛病都一起找上门来了。这时木匠方想起那个已被收起的药方，立马抓药、煎药、服药。或许是精神作用，第一服汤药下肚，木匠就感觉症状有所减轻，这无疑使他重视起来。这个草药能有那么神？曹教授笑盈盈的面容又浮现至眼前，那天他还说了一句话："如果吃了觉得有效，来个电话，我再给你调调药方。"

"人家那叫心里有底呀！"木匠猛地拍了下自己的大腿，"如果心里没数，人家能这么说吗？"

接下来，钱木匠是一服接着一服喝起汤药。服药 3 剂后，木匠的气短、气不够用的感觉明显减轻。大约服十几剂药后，木匠真真切切地感觉到身子骨轻松多了，那隐约的胸痛与胸部憋闷感都明显减轻了。

木匠来劲儿了，药还没用完，他又抓了 20 服。他兴奋地跟二弟在电话里称赞起曹教授："别看人家曹大夫那么年轻，药却是真灵。"这时，老二告诉大哥，在哈尔滨找曹大夫看病得半夜两三点排队才能排上呢。钱木匠告诉二弟："我发现曹教授的药还真有特点，药味并不多，才十几味，都是药店买得到的普通中药，不仅不缺，还相当便宜。"

后边的事情悄然无声地继续发展下去，曹教授的药在木匠体内形成一种力量，似绰尔河畔的春风，悄然静寂地溶解着木匠几条血管几十年淤积而成的斑块，那几条狭窄的血管在中药作用下，缓缓地释放了一种能量，一个涌动向前的推力加快了血液的流淌。

木匠没有想那么多，他同往日一样，日出而作，日落而息，恢复了正常生活起居和工作，只是早中晚增加了服用中药的流程。他的血液循环在改变，这个改变是在钱木匠主观上并不敏感或并不自觉的状态下进行的，却悄然推进血液流速流量的改变，修复并提升着血管的通畅能力。

钱木匠是一个方子吃到底。他觉得这药好，真好，这么有效，没必要再换药方。断断续续地喝了六七年汤药，只是偶尔因别的事，才去哈尔滨找曹教授调调药方，那时曹教授已经是黑龙江中医药大学校长，而钱木匠已迈进耄耋之年的门槛，身体还是棒棒的。

若干年后，钱木匠的弟弟提起此事，说："啥人啥命，我大哥就是有福，不做那个支架，也没花那么多钱，没遭那份洋罪。那么缠手的大病，就这么稀里糊涂地好啦。这得亏是找对了大夫，85岁了，没有什么疾病，真心感谢曹教授啊！"

8　无声胜有声

木匠的病好了，这个消息不胫而走。有人留意，有人留心，更多的人是无心无意，这个耳朵进那个耳朵冒了。扎赉特旗原本是个不大的地界，谁跟谁差不多都认识，留心留意的，多半是自己或是家人有心脑血管疾病。这个病如果找西医治疗，做一个支架当时的花费都得10多万元，90年代初，一个家庭能有多少积蓄呀。花钱遭罪不说，还有很大的风险和许多没完没了的后账。中医不光能治好，而且能让身体越来越好，治疗费用一般人都能够承受，重要的是不用终生服药啊。

那天晌午，日头高照，钱木匠同工地上的一位兄弟扛起一根大圆木走了100多米，撂下后，也没歇息，操起木锯，接着就干起了活儿。那位兄弟愣愣地瞅着他，半晌说不出话来。

正在锅炉房处理照明电的电工小于眨了眨眼睛，脑子里转起来：看来老钱的病是真治好了，和健康人一模一样的，他真找到一位杏林高手啊！

"大哥，等哪天你把药方带来，我也抄一下。"小于放下手上的活儿，跟老钱要药方。

"咋的，你也想吃？"老钱笑嘻嘻反问道。

"我大哥吃，他的冠心病也挺重。"小于唠起大哥的心脏病，说，"仅冠心苏合丸就吃了有一土篮子啦。"

老钱问小于："那么他都有什么症状呀？"

"凡是冠心病的症状他全有。"小于典型的东北黑吉一带的口音，"胸闷呀，心绞痛，放射性那种疼痛，阴天还上不来气儿，说话气儿不够用呀，胆小呀，自己没事找气生呀，吃一点饭就胀肚呀，睡不着觉呀，难受的事多了去了。"

"好了，别说了，我现在就回家给你取。"老钱为人实在，跨上自行车就去取药方。

"钱大哥，不用急，不着急呀。"小于在后边怎么喊都不管用。

只是十几分钟的工夫，老钱回来了，递给小于一张巴掌大小的处方笺，虽有些喘息，但呼吸还是非常均匀的："冠心病那可不是闹着玩的，弄不好，说没就没呀。这药方，管用，真好使，赶快用。"

小于谢过钱大哥，放下手上的活儿，走进一家药店。那药店不显眼，在农电站的后身，被一片片高低错落的住宅楼包围着，一般人不注意还找不到。

这是一个小药店，只有一位坐堂医，是一个姓张的中年人。本来张医生并没有在意这个药方，他抄了一遍方子，然后又在一个计算器上核算了一下价格，便面带微笑地问道："40服才这点钱，治啥病的，这么便宜的药？"

"治冠心病的。这个方是我们单位老钱的，他吃了很有效。"

"就那个老头儿，有70多岁了吧？"张大夫问，"他有效，并不等于你有效呀。冠心病？"张大夫困惑的眼神在小于的脸部上下移动，半天才似乎转过向来。"好吧，稍等。"张大夫转身向药柜走去，那并没有穿白色大褂的背影，使小于心中对这药店产生了一丝隐约不安的情绪。哪来的，因为什么，小于也说不清楚，那只是一种感觉。

"你开的药多，对我不是坏事，可是你得想好，药品不是别的，是不能退的。"张大夫左手拿着秤，右胳膊伸向药柜时，还不忘叮嘱小于。

"谢谢！放心吧，出事了也赖不上你呀！"小于明显不快，让对方懂得不必多说。

小于转身出去了，张大夫开始认真琢磨起这个方子：黄芪、党参、瓜蒌、薤白、法半夏、白术、茯苓、川芎、木香、柏子仁、枣仁、生龙骨、甘草、生姜……

"这些药既不缺也不贵，一服药15.6元。"小于一边嘀咕着，一边将一包包草药标注好名称，再装进两条尼龙丝袋子。

小于径直去了邮局，将这40服草药邮给大哥。大哥住在北京女儿的家里。

这边，张大夫却是看着这药方发愣：就这些药，能治好冠心病吗？张大夫虽说是赤脚医生出身，但是他坚持实践出真知的道理，生活中一些好方、妙招都可能经过自己的手，善于识别，加以应用，将别人的经验变成自己的东西，自己不就有声望有名气了？所以他格外注意一些药方的出处、疗效。他曾经尝过这种思路的甜头。

真实的生活远比想象的更曲折，更富有戏剧性。

小于的大哥收到了那两大包的草药，并没有马上用。首先是大嫂持怀疑态度，逻辑很简单："这么吃能行吗？又没找大夫看，就吃药。"

"老三说行嘛。"大哥回复老婆。

"老三是大夫啊？他说行就行呀？"大嫂一句话就给大哥噎了回去。

大哥在心里也犯嘀咕："是呀，怎么知道这药有效呢？老三是个电工，说说电器的事还八九不离十。"

小于不知道大哥这边的情况，还掐算着日子呢，根据钱大哥的用药经验，他开始推算大哥用药后的效果。

10 天后，小于打通了大哥的电话："怎么样，服药后感觉怎么样，有效吗？"

大哥在那边回复："还没吃呢。上次从医院开的药没吃完，等吃完的吧，两个药也好有个比较。"显然，大哥和大嫂事先已做好了回应的准备。

又过了 10 天，小于又把电话打了过去。大哥在电话里讲："再等等，我最近心脏的感觉好像好了一些。"

又过了 20 多天，当小于听到大哥讲，那 40 服药还一点都没动

105

呢，顿时就怒火中烧，知道问题出在大嫂身上，于是直接说："大哥，你把电话给大嫂。"

"什么事啊？"大嫂在电话那边有点紧张，语调里明显流露出一些不安。

"大嫂，那是我亲哥，我能害他吗？"

小于有话直说，弄得大嫂在电话那边不敢多说，赶紧回道："还有两天，上次医院的那药就吃完了，就两天啦。"也不管电话那头还要说什么，就把电话给挂断了。

本来，在一个家族里，三弟关心大哥的疾病，主动推荐了中药，还花钱费力抓了药，又不厌其烦地寄到京城，这体现了兄弟的亲情。谁料，这事受到大嫂的阻止，她不理解三弟的这份热心好意，觉得这事不怎么靠谱，天下的事怎么会这么简单？

一般情况下，大嫂这样的一种推断不无道理，如果都比照别人吃中药的效果去抓药服药，那得有多少医生失业？

可是就这个逻辑，在曹教授这里就被突破了，后来发生的事情，说明一切都有可能，事先妄加揣测是没有依据的。小于的大哥在小于紧追不舍的督促下，开始服用曹教授的中药。使他意外和惊喜的是，感觉一天比一天好。首先是喘气不那么困难了，心绞痛减轻了，胸闷乏力的症状明显地得到控制。而睡觉的改善，也带动了整个人的精气神，就连吃饭也不一样了，那个食不甘味的状况也发生很大的变化。

这些变化让大哥喜出望外，大哥兴奋地打通了三弟的电话："老弟呀，再给我开点中药啊，那个药好使，真好使。"大哥在电话里情不自禁地夸起小于给他抓的这药，"你那个药方从哪儿淘的？真灵，真就是灵丹妙药！"大哥告诉小于，吃到第五服药时，他就感觉气顺溜了，身子骨舒服了，晚间睡眠也随之改善了。"睡觉睡得香，好幸福呀，多少年了，多少个夜晚，睡觉那叫一个难，真难，浑身上下都不得劲儿，气不够喘，怎么能睡得好？这回真找到了管用的药，我能不激动不高兴吗？"

小于是个倔强之人，电话那边的反应是冷冰冰的。知道三弟还在生气、还在挑理，于是大哥就把责任推给了自己的老婆："都是你大嫂误事，开始不让我吃中药，如果早吃不是早好了吗？"大哥那边一通认错，才让小于顺过气来："再给你抓 60 服吧，凑 100 服，怎么样？"

撂下电话，小于笑了："我能害自己的大哥吗？你是我亲哥啊！"于是直奔药店按老钱的药方又给大哥抓了 60 服药。

大约 3 年多的时间，大哥不间断地让小于买药，然后寄往北京，他们感觉这地界中药便宜得多，而且质量还好。

就这样，在 3 年多的时间里，大哥的症状几乎消失了。在自我感觉上，大哥觉得自己已经被治好，可他自始至终都没有见过曹大夫，他同样认为，既然服药有效，那就接着用呗，省得再麻烦人家，听说曹教授忙得不得了，号也不好挂。大哥再没有因为心脏的事去过医院，这也是实情。

这种简便、省心、省钱的治疗也算民间一种创举，在大哥的老家扎赉特旗得到一些百姓的认同。基层群众有基层群众的文化，在他们看来，同样的病，用同样的药，效果应该大体一致。有趣的是，老钱几年一贯制的用药歪打正着验证了曹教授治疗冠心病的优势。曹教授通过温阳益心法治疗冠心病的临床研究结果显示，有效率达 90%以上。

约 30 年后，小于跑到北京找到曹教授诊病，曹教授才知道竟然有这么一档子事。对此，曹教授不置可否。我们无法揣测他对这个事情的看法，但我们可以由此推断，30多年前他就有了可以成功挽救冠心病等心血管疾病患者，使他们免于手术刀之苦，恢复健康的医术。

9　诊疗方式的选择

许多事情存在着内在逻辑，只是多数时候是后来才会弄明白。小于给大哥按方抓药寄药，忙着忙着，发现自己也患上了冠心病，大哥说的症状自己慢慢都有了。"这病咋跟传染病似的，我也得上了。"小于在电话里告诉大哥，"现在我也在苦苦地煎熬着，晚上睡不着觉，自己坐在床上，身上披着棉被，常常是一个小半夜就坐在床上，没有一点睡意，那个难受的滋味甭提了。去医院一查，果不其然是冠状动脉狭窄。"

药方在自己的手里，医院又给了这么明确的结果，那么直接抓药吧，至于支架，只有拒绝了。

小于上山下乡时曾经当过兽医，学徒时跟着师父摆弄中药。几十年前，师父给牛马羊等牲畜治病，也经常弄来一些中药，先煮一遍，让小于先喝，喝完还要把味道及流淌到脏腑的感觉说给师父听，师父就是用这个办法提高了小于对不同中草药不同味道的辨识能力，进而再体味药性，以便日后运用。从那时起，他就练出了辨识中草药的能力，现在他为自己的病又启动了这个久违的技能。若干年后，他与笔者唠起曹教授开的中药。他说，喝曹教授的中药，一入口，他就能感觉到一种特别的味道。他把曹教授处方上的药都研究了个遍，然后根据自己的理解来解读，主方是从什么脏器切入的，配伍的药大概是起什么作用的，君药是什么，臣药又是哪几味，根据药方的排序猜测。瓜蒌、薤白、黄芪、党参、木香、枣仁、半夏、白术、茯苓、川芎，每一味药，他都在百度上查询一下，药性、药理、功用等各项指标都有解读。他告诉笔者，原方上的每一味药，他都先单独煮过，都喝过，目的是细细品味，体味药性，然后把味道和流淌到脏腑的感觉都记录下来，再反复查找药典，搜索百度，调动自己已有的一些中医药知识，再一味药一味药地对比自己的认知，挖空心思地理清药方的配伍，消化理解这个方子的奥妙所在。这个工作让他非常自觉地意识到，这个药方确实有效，而且他能分辨出哪味药或哪几味药在发挥关键作用，是君药，哪几味是起辅助作用的，即所谓的臣药。这不仅令他增加了知识，也让他提高了服药的自觉性，无疑起到精神上的助推作用。

应该说，皇天不负有心人，小于如此认真地研究使用曹教授的中药方，效果也真的不错。在服到第五六服时，他身体就有了感觉，心前疼痛等一些不适感程度减轻，使他有了如同卸下重负的轻松。

服药大约有三四年的时间，查心电图就已经恢复正常了，在这一过程中，他从始至终都没有见过曹教授。不能不说，曹教授的这个原方带有一定的广谱性。民间的复制这样有效，或许曹教授也始料不及。

那药方犹如一个救命的火种，在内蒙古大草原上点燃一盏盏生命之火，让更多人在生命的征程上看见希望之光，重新扬帆起航。

小于的治疗效果相当于黑龙江省 M 市的老李，也可以说老李和小于在不同的地点、不同的时间干了同一件事，即主动或被动地传播着曹教授的医德仁术。其实，小于参与传播比老李更早。写到这里，笔者不禁会联想，这是笔者偶然间发现的两个群体，称为扎赉特旗群与 M 市群，那么在其他地方有没有呢？不能排除这种可能性。

几年后，小于又添了新病高血压，这时他想到去北京找曹教授，问问曹教授治疗高血压有没有好办法，这是老钱那个中药方给他的启迪，更是他对素未谋面的曹教授的崇拜。得了新病，自然而然在第一时间想到找曹教授。

小于下决心进京，当时他想，不管挂号有多难，他都要找到曹教授。应该是 2017 年 4 月 26 日，笔者在中国中医科学院门诊部碰上小于和他弟弟以及他们的家属，他们是一家结伴前来找曹教授诊病的。

在诊室外边，我同小于哥儿俩唠起了找曹教授诊病的过程。

小于笑了，是那样真诚："以前，我虽然没找过曹教授看病，可没少吃他开的汤药啊。刚刚我又找到他，我的高血压控制得不错了。"

我和小于兄弟聊着聊着，又聊回老钱用过的那个药方。他从手机上调出来给我看，就是老钱当年在哈尔滨找曹教授时拿到的第一个药方（现在记录在手机上，如今的传播手段更快捷，只需几秒钟）。小于告诉我："这个药方就是钱木匠用的第一个方，经我就给出 200 多人，可以说大多数人都收到良好疗效，个别人没效。"他进一步解释，岁数太大的没有效，女患者的效果差些，但也不能一概而论。他们那儿有一位老太太，开始心脏不舒服，症状跟他差不太多，她把方子要走了，一吃就是几年，人家也不调方，后来她讲心脏病吃好了，说得谢谢他，也谢谢并不认识的曹大夫。如今老太太80 多岁了，耄耋之年，却拥有一个棒棒的身体，现在还为一家十几口人做饭烧菜，好不精神，周围邻居都非常羡慕。这 20 多年来，小于兄弟几人，在扎赉特旗反反复复做着这样一件好事。让于家兄弟欣慰的是，经常会收到一些亲朋好友的感谢："哎呀，你给的那个药方真好使呀，我的心脏病应该没啥问题了。""老于家他大哥，你发给我的那个药方真灵，现在我心脏不舒服的毛病都没了，不然是不是就得做支架呀？那得遭多大的罪呀！哪天请你吃饭啊。"

每当碰上这种感谢，小于兄弟都会笑着解释："这可不是我的药方，是人家曹教授的药方。人家是咱们国家的中医大专家，要感谢得感谢人家曹教授啊！"

小于大多是在张大夫那里抓的药，这不能不引起张大夫的高度重视。张大夫认识到这个药方肯定是有效的，否则不可能有这么多人重复使用这个方子，这是再简单不过的逻辑。后来，张大夫真的靠这个原方赢得不少信誉和夸赞。有人在"外圈跑道"上救治了不少冠心病患者，也是一件好事。那么，张大夫之外是不是还有"外圈跑道"呢？

起始是在老钱这儿，主线是小于这儿。于家兄弟几个用曹教授的药方在亲属、朋友圈内燃亮了中医药救治冠心病的火焰，而出乎意料的疗效又引起更多人的关注，于是更多的人开始传颂这个药方的确切疗效，给许多家庭带去了安康、欢乐和幸福。这正是曹教授的初心。

这些都是那个小城里的故事。曹教授这个药方的疗效如此确切，它的方便、廉价，深受民众普遍认可和欢迎。

有趣的是，小于兄弟一家人开始跑北京，直接找到曹教授面对面诊病时，一些脑瓜灵光的亲戚朋友也跟着进京诊治。2017年4月26日，内蒙古兴安盟扎赉特旗一次来到中国中医科学院门诊部的就有20多人。小于兄弟自觉或不自觉地将一批批患者带到北京曹教授的面前。这对一名医生而言，无疑意味着群众对他的一种高度认同。

曹教授在诸多的社会角色下与千头万绪的各项工作中，坚持出诊，甚至是不喝水、不去卫生间，最大限度地挤出时间，一次又一次地满足这些突如其来登门求诊患者的请求，将太多的艰辛和超高的劳动强度一次次地留给了自己。

在扎赉特旗，也会有患者说，这样一个近似于民间偏方的传播形态，却让这么多的患者在医院门外就得到了有效的救治，再看看周围那些在医院被过度不当的诊疗使本无大碍的疾病越治越重的朋友，我们这些患者是多么幸运！我们能有这种幸运要真心感谢曹教授的大医精诚、仁心仁术！

有患者对笔者说，可以肯定地讲，我们当中有人因服用曹教授的药方而成功规避了脑梗或是心梗，能不能做出成药，让更多的患者也像我们一样幸运呢？

有位老师讲得好，曹教授的这个方子药味并不多，却凝结着5000年中华民族古老传统文化的精华和中医思维的智慧。

那排列组合的十几味中草药，看似寻常，却是平中见奇，在最佳的排列组合下形成了化学方程式，以其特殊的裂变形式，在冠心病患者体内形成巨大的驱动力，溶解了血栓，驱赶了堵塞，以摧枯拉朽般的力量，使一个个羸弱的中老年人重新燃起了生命之光。无疑，在这方寸之间，书写了最美最好的画卷。

在数以亿计的心血管病患者面前，在所有的医院开足马力为心脏病患者动手术，也难以改变严重的供需矛盾的今天，曹教授在治疗冠心病等心血管疾病方面取得的确切成就，无论从临床意义，还是学术价值，甚至是在社会学角度来看，都具有深远的现实意义，值得高度重视。

曹教授这个30年前的原方能在民间得以传播，或许在他的意料之外，可他的坦诚和善念是此事的根本。他将药方赠予患者，本意就是治病救人。"人心生一念，天地尽皆知"，他的心中存在着一个悬壶济世、普救众生的善念。临床上无私地施以仁术，救治疾苦，彰显当代大医的风范。

于家兄弟使用曹教授的原方在内蒙古兴安盟扎赉特旗治疗诸多冠心病患者的同时，曹教授无论是在黑龙江还是在北京，都因治疗心血管疾病的突出成就而扬名，广受称颂和赞扬，他的一些医案更是精彩。

《中华中医药杂志》2014年2期发表的李同达、王乐、赵凯维整理曹洪欣教授治疗冠心病的经验文章，有几个看似相同，其实有某些差异，即症候不同的冠心病患者的治疗案例，从中可以看出对不同类型、不同情况的冠心病人的显著治疗效果。现将这篇文章照搬到这里，或许对大家更有帮助。

（1）温阳益心，活血化痰。李某，女，51岁，2009年8月诊为"冠心病（急性心肌梗死）、房颤"，住院治疗半月余，症状缓解。9月28日初诊：现胸闷，心悸，背痛，少寐多梦，头晕，畏寒。心电图示：频发室早，三联律。舌淡红胖、稍紫，苔薄白，脉沉滑，时结时促。此为心阳亏虚，痰瘀互结。治以温阳益心，化痰活血。用养心汤和瓜蒌薤白半夏汤化裁。处方：黄芪20g、党参15g、茯苓15g、茯神15g、川芎15g、当归15g、柏子仁15g、清半夏10g、神曲10g、远志10g、桂枝10g、瓜蒌15g、薤白15g、甘草10g、生姜3片。21剂，水煎服，日1剂，分3次服。

12月20日复诊：症状明显好转。继服药60余剂，自觉早搏减少，心悸、胸闷每日发作4~5次，睡眠好转但睡不实，查心电图正常，舌淡紫胖，苔薄白，脉沉滑时促。上方加葛根20g、生龙骨30g、生牡蛎30g，继服21剂。服药后症状逐渐消失，守法治疗3月余，停服心律平，半年后随访，未复发。

按：室性早搏临床较常见，临床辨证多为心阳不足，根据发病特点多选用养心汤、保元汤、附子汤（窦性心动过缓）、真武汤（心衰）等。本例患者病程日久，心阳已虚，心脉失养，则悸动不安；心阳不振，故胸闷、背痛、头晕、畏寒；心中惕惕，神失所藏，则少寐多梦；阳虚不能运行气血，输布津液，故痰瘀内生，故见舌淡红稍紫胖，苔薄白，脉沉滑，时结时促。

（2）滋阴降火，养心安神。江某，女，59岁，2009年10月19日初诊。冠心病、脂肪肝、高脂血症20余年，1991年出现房颤，现每日发作3~4次，每次持续1~2小时。发作时心悸不宁，气短，心前及背痛，腰酸，时舌痛，目干涩而痒，大便不成形，每日1~2次，睡眠不实，醒后不易再睡。心脏超声示：心房增大，二尖瓣关闭不全。舌暗红，苔白干，脉促。此为阴虚火旺，心神内扰。治以滋阴降火，养心安神。用天王补心丹加减。处方：柏子仁15g、酸枣仁15g、天冬15g、麦冬15g、生地10g、当归10g、西洋参（先煎）10g、苦参10g、丹参15g、白茅根30g、茯苓15g、五味子10g、生山药30g、生薏米30g、甘草10g。14剂，水煎服，日1剂，分3次服。

11月3日二诊：房颤发作次数减少，心悸、心前痛、背痛、舌痛、腰酸等症状明显减轻，目干涩、睡眠好转，但时醒后难以再睡，时头晕，舌淡红，苔白黄，脉沉滑偶促。守方略加减。

2010年1月17日三诊：服药50余剂，心悸、心前背痛不显，病情逐渐好转，房颤消失。继服药30剂，巩固疗效，随访半年，房颤未作。

按：心房颤动为常见的心律失常，病因包括高血压病、冠心病、风心病、心脏外科手术等，或与饮酒、精神紧张、水电解质或代谢失衡、严重感染等有关。对于冠心病快速心律失常患者属心阴虚者，曹洪欣教授多采用滋阴降火之法，临床常用天王补心丹、酸枣仁汤等加减。本案患者之房颤与其所患冠心病密切相关，属久病伤阴，虚火妄动，上扰心神而致，所谓"水衰火旺而扰火之动"，故心悸不宁每日发作数次，每次持续1~2小时，心前及背痛，心悸，气短，不得安寐；阴亏于下，则腰酸；目干涩，舌暗红，苔薄白干，脉促皆为阴虚火旺之征。遂以天王补心丹加减以滋阴清火，养心安神。方中生地，上养心血，下滋肾水；天冬、麦冬清热养阴；丹参、当归调养心血；西洋参、茯苓益气宁心；枣仁、五味子敛心气，安心神；柏子仁养心安神；白茅根配苦参利尿强心，调整心律；山药、薏米健脾利湿。诸药合用，恰中病机，故疗效显著。

（3）健脾养心，益气安神。龚某，女，50岁，2011年8月24日初诊。冠心病史10年余，每于活动或劳累后胸闷、心前痛，近半月加重。稍活动后胸憋闷、心前痛，甚则咽痛，服硝酸甘油后缓解，心悸、气短、乏力、面色萎

115

黄。月经量多，色淡，有血块，持续6~7日，时手麻，畏寒。舌淡，苔黄，脉弱。查心电图ST-T改变。此为心脾两虚，治以益气健脾，养心安神。用归脾汤加减。处方：白术15g、党参15g、黄芪20g、当归20g、茯苓15g、柏子仁15g、酸枣仁15g、木香5g、丹皮15g、茜草15g、桂枝10g、川芎15g、内金10g、甘草10g。14剂，水煎服，日1剂，分3次服。

9月7日二诊：咽痛不显，活动后胸闷、心前痛减轻，自觉气力增加，舌淡红，苔白黄，脉弱。守上方，继服20剂。

9月27日三诊：胸闷不显，自觉力气增加，偶心前痛或心前拘急感，月经量、色正常，舌淡红，苔白黄，脉沉滑。守上方加减，加瓜蒌15g、薤白15g、清半夏15g、川黄连10g。服药月余，心前痛、拘急感未作。守法治疗，服药100余剂，诸症消失，心电图恢复正常。随访1年，病情稳定。

按：劳累性心绞痛其特点是疼痛由体力劳累、情绪激动或其他足以增加心肌需氧量的情况所诱发，休息或舌下含用硝酸甘油后缓解。本例患者病程日久，心脾两虚，气血不足则胸闷、心前痛，甚则咽痛、心悸、气短、乏力；气血不能上荣于面，则面色萎黄；脾不统血则月经量多，色淡；手麻、畏寒为气血亏虚、濡养温煦不足而致；舌脉亦为心脾两虚之象。治以益气健脾、养心安神法。方选归脾汤补益心脾，并加桂枝温经通脉，助阳化气；丹皮、茜草、川芎活血化瘀，内金消积，使诸药补而不滞。方证相

116

应，诸症好转，虑其兼有痰浊，加瓜蒌、薤白、清半夏祛痰宽胸，通阳散结，川黄连清心热，调理月余，心前痛、拘急等症基本不显，遂守法施治，以固其功，服药百余剂，诸症消失。

(4) 疏肝理气，宣痹止痛。张某，男，47 岁，2009 年 7 月 13 日初诊。反复阵发性胸闷、心前痛 3 年余，加重 1 周。曾于黑龙江省哈尔滨医大二院诊治，诊为"冠心病"，每因情绪波动或劳累等而发，经中西药治疗缓解，但症状逐年加重。1 周前因情绪不畅而见胸闷、心前痛，遂来诊治。现胸闷如窒，时心前及背痛，心悸，气短，烦躁易怒，时手麻。舌紫，苔薄白略干，脉滑。Holter 示偶发房早、室早，短阵房速，ST-T 改变。此为气滞血瘀，痰浊壅窒，治以行气解郁，通阳化浊，豁痰开结。用越鞠丸和瓜蒌薤白半夏汤化裁。处方：川芎 15g、苍术 10g、香附 15g、栀子 15g、神曲 15g、瓜蒌 15g、薤白 15g、清半夏 10g、茯苓 15g、郁金 15g、赤芍 15g、夜交藤 30g、甘草 10g、生姜 3 片。21 剂，水煎服，日 1 剂，分 3 次服。

8 月 12 日二诊：病人心前、背痛不显，胸闷、心悸明显减轻，情绪平稳，舌淡红稍紫，苔薄白，脉滑。继以上方化裁，服药 3 月余，心电图恢复正常，病情稳定，未复发。

按：心绞痛发作期或冠状动脉痉挛患者易出现心胸憋闷胀痛、心悸、气短，多因情志不畅而诱发或加重，曹教授多从肝论治。本案属气滞血瘀、痰浊壅塞。肝气郁则血行不畅，痰浊内壅；胸阳不展故胸闷如窒而痛，心悸；气

117

机痹阻则气短，气血瘀滞则手麻。以越鞠丸合瓜蒌薤白半夏汤为基本方行气解郁、通阳开结、豁痰泄浊。方中加郁金活血行气解郁，赤芍活血化瘀，茯苓健脾祛湿以却生痰之源，夜交藤养心安神，全方标本同调，切中病机，奏效甚捷。肝之功能失调，多致情志异常，久而气滞、瘀血、痰浊诸症内生，故治以行气解郁、豁痰散结、通阳泄浊之法，此为从肝论治冠心病之例。

（5）活血化瘀，通痹止痛。娄某，男，58岁，2008年1月7日初诊。患冠心病、高脂血症10余年，出现房颤3年余。现时心前刺痛，胸闷，偶有夜间憋醒，惊悸胆怯，睡眠不实，眩晕，盗汗。动态心电图示：房颤，频发室早伴成对。心脏超声示双心房扩大，主动脉瓣关闭不全。舌紫，苔薄白，脉结时促。此为心脉痹阻，心神失养。治以活血化瘀通痹，养心安神定志。用血府逐瘀汤加减。处方：生地15g、当归15g、桃仁15g、红花10g、枳壳15g、川芎15g、柴胡15g、赤芍15g、桔梗10g、川牛膝15g、党参20g、茯苓15g、生龙骨（先煎）30g、生牡蛎（先煎）30g、甘草10g。14剂，水煎服，日1剂，分3次服。

2月4日二诊：心前刺痛未作，胆怯易惊、睡眠不实好转，盗汗减少，时心悸、眩晕、急躁，偶有夜间憋醒，舌淡紫，苔白，脉滑。未见房颤、室早。守法治疗，处方：西洋参（先煎）10g、麦冬15g、茯苓15g、生地10g、当归15g、桃仁15g、红花10g、枳壳15g、川芎15g、柴胡15g、赤芍15g、生龙骨（先煎）30g、生牡蛎（先煎）30g、珍珠母（先煎）30g、甘草10g。14剂，水煎服，日1剂，分

3 次服。

2 月 25 日三诊：心前刺痛、夜间憋醒未作，偶有心悸、气短，时易紧张、胆怯。继续随证调治，服药 100 余剂，诸症消失，查动态心电图正常。

按：冠心病心绞痛发作，患者常自觉心前区刺痛或绞痛，多由痰浊、瘀血痹阻心脉所致，若病情进一步发展，可出现心胸猝然大痛，甚至引发真心痛。本病例因瘀血痹阻心脉，则心前刺痛；邪实闭阻气道，气血运行不畅，则胸闷夜间憋醒；心神失养则惊悸胆怯，睡眠不实；舌脉亦是瘀血内阻之象。属心脉痹阻、心神失养之证，当以活血化瘀通痹、养心安神定志为治。方选血府逐瘀汤加减，用桃红四物汤活血化瘀而养血，以通心脉，配柴胡、枳壳疏肝理气，气行则血行；加桔梗引药上行达于胸中，牛膝引瘀血下行，生龙骨、生牡蛎重镇安神定悸。全方共奏活血化瘀、通痹止痛之效。复诊心前刺痛未作，胆怯、睡眠不实、盗汗减轻，仍心悸，偶有夜间憋醒，可见药达病所，疗效已显，血脉痹阻得到缓解，仍气阴不足，守法治疗，加西洋参、麦冬取其养心阴、生脉之意。三诊心前刺痛、夜间憋醒消失，唯偶有心悸气短等症，随证施治，加减继服 100 余剂，随访 3 年，病情稳定。

（6）化痰益心，理气宣痹。于某某，女，47 岁，2007 年 9 月 17 日初诊。主诉：心悸 5 年余，近 1 年加重。时心前痛、胸闷、腹胀，偶恶心、多梦。2007 年 9 月 15 日心电图示频发室早。舌暗红，苔黄白，脉弱偶结。此为痰浊痹阻心脉，治以温阳化痰，理气宣痹。处方：川黄连 7g、竹茹 15g、清半夏 15g、瓜蒌 15g、薤白 15g、厚朴 15g、枳实 15g、桂枝 10g、茯苓 15g、赤芍 15g、川芎 15g、生龙骨（先煎）30g、生牡蛎（先煎）30g、甘草 10g、生姜 3 片。7 剂，水煎服，日 1 剂，分 3 次服。

9 月 24 日二诊：心前痛未作，心悸、胸闷减轻，略有腹胀、多梦，时善太息，舌淡红稍暗，苔白黄，脉沉滑偶结。处方：党参 20g、麦冬 15g、川黄连 5g、清半夏 10g、瓜蒌 15g、薤白 15g、厚朴 15g、枳实 15g、桂枝 10g、茯苓 15g、郁金 15g、夜交藤 30g、生龙骨（先煎）30g、甘草 10g、生姜 3 片。20 剂，水煎服，日 1 剂，分 3 次服。

10 月 18 日三诊：心悸、腹胀不显，唯气短，舌淡红稍暗，苔白，脉沉滑。守前法治疗，调治 4 月余，诸症消失，查心电图大致正常，病情稳定。

按：宣痹通阳化痰法在冠心病治疗中广泛应用。诸阳受气于胸而转行于背，阳气不运，气机痹阻不通，故见心前痛；胸阳不振，痰浊阻闭，气血运行不畅，故见心悸、胸闷；痰浊上犯而不降，故见恶心、腹胀等症状；舌暗红、苔黄白、脉弱偶结均提示为阳虚痰浊血瘀之候。故尊医圣张仲景宣痹通阳、活血化痰之治。以瓜蒌薤白半夏汤及枳实薤白桂枝汤为主，通阳化痰开闭，直中病机；合小陷胸汤治其痰浊蕴积化热之标；赤芍与川芎活血化瘀以行气血，竹茹合黄连化痰降浊止呕降逆；心气虚则神无所归，故用生龙骨、生牡蛎重镇安神，兼可定悸。服方 7 剂，心前痛未作，心悸、胸闷减轻，略有腹胀、多梦，善太息，可见药达病所，血脉已通，效不更方，去活血剂，稍加益气之辈。三诊即心悸、腹胀不显,唯时气短,守法施治4月余,诸症消失,病情稳定。

(7) 清热化痰,宽胸散结。苑某某,女,65岁,2006年4月10日初诊。患冠心病10余年,近2个月胸中憋闷、气短加重,中午明显。现时心前痛,背痛,下肢肿,困倦,时有烘热感,恶心,四肢颤动,舌淡暗胖,苔黄白干,脉滑数,血压190/70mmHg。此为痰热痹阻心脉,治以清热化痰,宽胸散结。处方:夏枯草30g、草决明20g、川黄连7g、清半夏10g、瓜蒌15g、薤白15g、太子参30g、麦冬15g、茯苓15g、泽泻20g、郁金15g、枳实15g、生龙骨(先煎)30g、生牡蛎(先煎)30g、甘草10g、生姜3片。14剂,水煎服,日1剂,分3次服。

4月24日二诊:心前痛不显,下肢肿减轻,偶有心悸,手及下肢震颤,食后胸闷、腹胀、恶心,舌淡,苔白微腻,脉弦,血压165/80mmHg。处方:夏枯草30g、益母草20g、黄精20g、稀莶草10g、清半夏15g、瓜蒌15g、薤白15g、厚朴15g、枳实15g、桂枝10g、茯苓15g、竹茹15g、生龙骨(先煎)30g、甘草10g、生姜3片。14剂,水煎服,日1剂,分3次服。

5月8日三诊:夜间憋醒未作,仅偶有背痛,血压165/80mmHg;舌淡红,苔黄白腻,脉弦滑。处方:夏枯草30g、草决明20g、川黄连7g、清半夏10g、瓜蒌15g、薤白15g、赤芍15g、川芎15g、葛根20g、茯苓15g、太子参30g、生牡蛎(先煎)30g、生龙骨(先煎)30g、甘草10g、生姜3片。14剂,水煎服,日1剂,分3次服。

5 月 22 日四诊：诸症明显好转，血压 150/80mmHg。守上方加减，调治半年余，诸症基本消失，病情稳定。

按：胸阳不振导致痰浊内生，蕴积日久而痰热内生，尤其是随着人们饮食结构的变化，营养过剩而导致痰浊内停，久则蕴积化热，蒙蔽心窍，痹阻阳气，而至胸痹心痛。该患者胸中憋闷、气短、下肢肿、困倦，由痰浊痹阻心脉、上干清窍、下困肢体所致；舌淡暗胖、苔黄白干、脉滑数为痰热内蕴，脾气虚损。故治以化痰清热、益气养阴法。方选小陷胸汤合瓜蒌薤白半夏汤，化痰清热，通阳宣痹；太子参、麦冬益气养阴；夏枯草、草决明清肝泻火，降血压；茯苓、泽泻健脾利水而消肿；郁金、枳实开郁行气；生龙骨、生牡蛎重镇安神；生姜和胃止呕。服药后，心前痛未作，诸症均有好转，前方稍加变化，调理半年而愈。

通过上述治疗案例的分析，可以给我们一些启示，有利于我们进一步了解中医治疗冠心病的优势与特点。

10 修为与视野

解女士是一位"60 后"，哈尔滨一家私人宾馆的老板。当她发现自己得了心脏病后，心理负担一度特别重。

事情发生在 2016 年，才 50 岁出头的她发现自己突然头痛得厉害，有时还会有手脚不怎么灵活的感觉。她首先想到脑梗，因为自己有多年高血压的病史。到医院进行 CT 检查证实了这个猜测，诊断为腔隙性脑梗死。

在恐惧中，她开始治疗，一系列疏通脑动脉血管的药，静脉点滴和口服一齐上。她还年轻，还有一家不大不小的宾馆，全靠自己经营。

各式各样的药剂注入自己体内，它们缓慢地流淌到全身，也进入大脑血管和各个部位，头痛和手脚不听使唤的问题似乎得到了一定的改善。小解很高兴，她觉得问题并不很大，也没多想。好转了，还有什么需要多想的？

可事情并不是这么简单，过了一段时间，她增添了新病，有时莫名其妙地胃部疼痛，疼痛发作时，整个腹部都疼，与吃多了消化不良的感觉没什么区别。当时小解以为就是胃病，也没太当回事，吃了点乳酸菌素片。服药后没有一点作用，再往后发展到浑身没劲儿，而且疼痛的次数逐渐增加。

在哈尔滨一所大医院检查后，医生笑呵呵地告诉小解，更年期，没啥大事。

当时她49岁，也属更年期的范畴，似乎符合常理。所以，她和爱人都相信了这个诊断，再说不信医生信谁呀？

她发现平躺时胃疼好一些，可不能总躺着呀。时间一长，她开始怀疑，问了几位过来的女同胞，大家的回复更是让她心生疑窦。琢磨来琢磨去，联系到已经确诊的腔梗，再加之母亲就是冠心病患者，综合多种因素分析，她怀疑自己也得了冠心病。不过毕竟自己不是学医的，还是要听医生的诊断才对。有一天凌晨3点多钟，小解的"胃疼"又开始发作，她被折腾醒了，出于此前的怀疑，她服用了几粒硝酸甘油，她想试一试。结果很快胃痛消失，她心里一下子明白了，这不就是冠心病吗，哪有硝酸甘油治胃病的？她越想越害怕，这可不是好事。

尽管胃不痛了，可她怎么也睡不着，坐在床上思忖：这叫什么事？居然是自己证实了这个冠心病，此前医院却说自己是更年期。到底病是长在自己身上呢，是啥病不是啥病，自己还真得有个数。她对丈夫这样讲，丈夫怔了好一会儿，最后说，还真得有点医学知识，不然容易误事。

　　小解去了医院，做了冠脉CT，结果是左前降支近、中、远段管壁不规则，近段可见非钙化偏心性斑块影，管腔狭窄50%左右……

　　病情确诊了，她也不知道该不该高兴。怎么治，找谁治？问题就这样来到面前。

　　于是亲朋好友介入了讨论。有朋友建议做支架，比较彻底，一劳永逸。也有熟人现身说法，管腔狭窄50%左右就是血脂斑块堵塞了冠状动脉血管壁，狭窄的血管已经狭窄了，防止它继续狭窄就是了，不必做支架，还没到那个程度；平时注意低盐低脂饮食，控制好血压、血脂、血糖，最好是每隔半年去医院输液疏通一下血管；长期口服阿司匹林与他汀类降脂药，防止心脑血管堵塞的继续发展。大家七嘴八舌的意见说了一大堆。

　　后边这位朋友的现身说法似乎更贴切。就在这当口，小解看到这样一条消息——《输液=自杀？关乎每一个人》，这个由白岩松和李小萌主持的《新闻1+1》节目对国人的打吊瓶问题进行了抨击。这则消息是这样开头的："在澳门，5岁以内的孩子打点滴是犯法的，不允许的。成人输液一次，缩短寿命7天左右；孩子输液一次，大脑7天不发育，而且免疫力下降，药物毒素要2~4年才能排出体外。中国每年输液104亿瓶以上，平均每人8瓶，远远高于国际上2.5~3.3瓶的平均水平。"

　　小解陷入迷茫之中，这成了她苦思冥想的难题。

关键时刻，一位关键人物出现了。哈尔滨法院的一位老院长对小解说："我的冠心病比你重多了，是曹洪欣教授给治好的，你去找他治疗吧。"

小解马上道："那院长您给我介绍一下呗。"

"他的患者太多，已经不堪重负，我实在不好意思介绍啊。"院长回答，"不过，你可以在北京通过其他途径找曹教授。"

小解还是有办法，她去了北京，通过一位朋友帮助联系好了曹教授。

小解在找曹教授诊治之前，在北京安贞医院又做了一次冠脉CT三维成像检查，诊断结果与哈尔滨医院的检查结果一致。

2017年6月末，进入诊室，坐到曹教授面前那一刻，她感觉到一种特殊的气场，她用一双期盼的眼睛望着曹教授。

她用标准的东北话介绍自己的病情：五六年前出现腔梗，最近又发现得了冠心病……接着，她将检查报告递给曹教授。曹教授简要看过这些诊疗资料，特别注意到北京安贞医院的诊断意见：左前降支近、中、远段管壁不规则，近段可见非钙化偏心性斑块影，管腔狭窄50%左右……曹教授问了小解疼痛的时间、特点、程度等，接着给小解诊脉、望舌，之后，曹教授笑了笑："从舌象和脉象并结合诊断资料看，你的冠心病程度并不是十分严重。吃半年左右中药，可使血管狭窄减少20%，控制冠脉狭窄程度加重。"

曹教授声音不大，可在小解听来无疑是天际那边滚来一个惊雷："真的吗？那可太好了！"

带着曹教授开的处方，小解走出诊室，抬头望了一眼北京的天空，发现首都的天气少有的好，蔚蓝色的天空如此清澈，气温有些高了，可还是让人的心情豁然开朗、清爽快乐起来。

小解的第一件事就是抓药，然后在篦街找到一家饭店，落座后便开始和朋友讲起自己看病的故事，那曲折有趣的过程引起朋友的兴趣，正是她帮忙引见的曹教授。小解憋不住想要求证曹教授说的那句话："半年就能使我的冠脉狭窄降低20%，您怎么看？"那位朋友讲："曹教授很严谨沉稳，讲话做事分寸掌握得都比较好，一般是不做这样承诺的，他既然这么说了，应该是有很大把握的。"

新的希望就此开始。小解是一个特别细心的人，对于自己的病情格外小心注意。她从北京依方抓药，并说要用质量最好的草药，才配得上曹教授的药方。她买来专门用来煮药的电锅，以及专门喝中药的口杯，还通过吸管的办法降低中药的味道。从到曹教授那里诊病那天开始，她一天不落地坚持服用中药，细心感受自己身体的变化，期盼着半年后的冠状血管改变，渴望中药在自己这儿显现疗效。

变化是悄悄开始的，中药的调理调动了她脏器的内生力量，溶化着血管腔壁周围的斑块，这如同春天松花江开江解冻，通过春风的徐徐吹拂一点点地化解冬天的冻结，一滴一点，形成汩汩的水流，进而推动着冰排的流动。小解的前降支近段偏心性非钙化斑块一点点融通，腔管狭窄开始渐渐地扩开。曹教授开的中药在小解体内形成的整体反应是细微的，却是实实在在"当春乃发生"的事情。

一种深刻改变正在小解的体内进行。最初的感受就是胃部疼痛由频繁发作转为偶发，从强烈疼痛转为稍感不适，而胸闷气短在不知不觉中消失了。她最直接的感觉是喘气通畅了，而那种动不动就累得不行的疲倦感也不知何时不明显了。总之变化很多，就跟换了个人似的，小解特别高兴。

2018年年初，刚好是半年时间，小解做了个冠脉造影，造影资料真就应了曹教授此前的预判，血管内壁管腔狭窄消融 20%，还有 30% 左右。这真神奇，真的神奇！

为什么人家曹教授初诊就断定半年可以减少 20% 左右的冠脉狭窄？因为人家心中有数，诊疗有把握呀！此时此刻，她跟其他患者一样，都会想到同样一个问题，如果不及时治疗，任由病情发展，做支架的结果是难以避免的，那未来身体状况会怎样？

同样神奇的疗效，在小解身上重复了一次。曹教授用他无比精准的处置告诉世人，这个冠脉狭窄如果能够得到及时有效的治疗，可以不用做支架。

2018 年 5 月 24 日，小解走进哈尔滨某家大医院的分院，她要再做一次冠脉 CT。

"你心血管没问题啊，没有冠心病。" 做 CT 检查的医生告诉小解。

小解正在整理衣服，先是一愣，接着立即想到哈尔滨某大医院和北京安贞医院同样的结论，于是她告诉操作检查设备的医生："去年我在安贞医院做冠脉造影，前降支近段偏心性非钙化斑块，管腔狭窄 50% 左右。"

"肯定误诊了，安贞医院怎么也有误诊的时候？"

"我是病源性动脉硬化，冠状动脉前降支狭窄 50% 左右，我找的是中国中医科学院的曹洪欣教授，用中药治疗的，治到了这个程度。"

"什么——" 那医生把声音拉得老长，"不可能，管腔 50% 左右狭窄、病源性动脉硬化怎么能治好？我干了这么些年心内科，就从没听说过。" 那医生脸上的不屑，让人想到 "自负" 这个词。

小解整理好自己的衣服，仰起头，微微地笑了，是那样的开心。

她不再言语。她觉得此刻的问题涉及中西医一些观念和理论之争，不是她能解决的，争辩是没有意义的。

那份检查报告赫然写道：右冠状动脉及其分支锐缘支、后室间支管壁规则，管腔未见狭窄，左主干未见异常，前降支及其分支对角支、中间支、回旋支及其分支钝缘支规则，管腔未见狭窄。医院的结论是：冠状动脉 CT 检查未见异常。

回到家里，她跟丈夫讲了自己的想法："我就是有点想不通，为什么有的医生会这么固执己见？"

"唉，你也别这么说。"丈夫打断了她的话，"有这个病的人太多了，可是真正能治好，能在这么短的时间取得这个疗效的，真是凤毛麟角，这首先应该说你找对了医生。你这属于小概率的事情啊。"丈夫摇摇头，"不是有这么一句话吗，修为多深，眼界多宽。曹教授的医术可谓是炉火纯青，想必他对此类心血管疾病的防治是有自己的经验与独到见解的。"

"既然曹教授这里的优势这么明显，其他人为什么不找他啊？"小解说完伸了伸舌头，知道自己说错了。

"是的，都应该找曹教授。可是生病的人那么多，都找曹教授行吗？"

"肯定不行，谁能招架得了呀！"小解非常干脆地回答，"你没看那个门诊排队成啥样了。"

丈夫却笑了："肯定行，一定行。"

见小解一脸的困惑，丈夫接着说出自己的见解："我们国家心血管病人如此之多，这是无限大的需求，曹教授治疗心血管疾病的临床成功经验必然会得到推广。"

小解开心地大笑起来："我现在跟个健康人似的，像以前一样，开着旅馆，还装修着咱家这套新买的房子，浑身上下有使不完的劲，胃口也大开，吃吗吗香。"

笔者在对此文进行校对与调整时，从《北京青年报》上看到一条短新闻：2019 年 12 月 6 日，河南省焦作市的韦某某从焦作人民医院获知自己患有冠心病，手术治疗需要 10 万元人民币左右，韦某某选择了结束自己的生命。

这是一条沉重的消息！读完《北京青年报》上的这条短新闻，我只想说，假如韦某某知道中医可治愈冠心病，也花不了多少钱，他肯定不会选择自杀的，他的儿子正在读大学，需要他继续打工维持这个家庭。这是一个人间悲剧。这类疾病发生在贫困家庭里，许多人可能会放弃治疗，因为无法支付昂贵的手术费用，个人问题就此转化为一个社会问题。从这个意义上，如果让更多的人知道曹教授这个温阳益心法的实际效果，并加以推广，就不仅仅是在挽救生命，也挽救了许多家庭。

现在的问题是怎样有效地传播中医药，让更多的人了解中医药的优势作用。写到这里，我又联想到在新冠肺炎疫情中常凯一家四口人二十几天相继离去，那段时间曹教授正带领团队十几位博士通过互联网开展新冠肺炎义诊。当时，常凯没有找到曹教授。后来，曹教授为常凯一家四口人的命运深感惋惜，他说："看到信息，深感悲伤，我也禁不住落泪啊！"

11 心系民众 成就大医

2003 年初，调任北京之后，曹教授依然坚持为百姓诊病，无论是在中国中医科学院院长任上，还是到国家中医药管理局规财司、科技司司长的岗位，他都坚持利用业余时间出诊，这是他这个级别的专家很难做到的。

因为曹教授知道百姓的疾苦、看病的艰难，更知道许多老患者离不开他的诊治，同时他还始终认为坚持临床一线，才能真正了解医疗情况，发现诊疗中存在的问题，有利于掌握疾病的发生演变动态与中医药防病治病的管理状况，为做好临床与管理工作提供有力支撑。所以，尽管集医疗、科研、管理与教育于一身，千头万绪的工作压在身上，他还是挤出一定的休息时间给群众看病，说到底这是大医心地善良使然，是一位党员领导干部的初心。这种作风或者说传统，是在黑龙江中医药大学时坚持下来的，进了京城，虽然工作担子更重，任务更多，但他还是坚持下来，如果在京，每周坚持1~2次给百姓看病。这份坚持被他视为不能脱离群众、坚持临床一线的必要条件。这是他从医近40年的作风，从没有过休息日，什么时候都没有变。

于是，我们才有机会了解到一些感人至深的故事和细节。

2017年5月2日，利用五一劳动节假期，曹教授出门诊，在中国中医科学院门诊部一楼的7诊室。消息推出后，在互联网患者群里，预约排队排到自己的患者开始高兴地准备见曹教授，而外地的患者就要做购火车票或飞机票等更多的准备。

笔者在门诊部见到中医博士小姜，她的出现引起了我的特别注意。

较早得知曹教授出诊信息的小姜，费了一番周折，挂了五个号。她一家亲戚五口人，接近中午时分，依次而入，小姜的母亲、二姨、三姨、四姨、姑夫分别来找曹教授求医问药。

一家五口人集中在一个时间段找曹教授诊病，实属不易。得知小姜是中国中医科学院的职工，我更加有了兴趣，这本身可以说明一些问题，也值得思考。

小姜是中国中医科学院的工作人员，大学本科读的是中医外语专业，硕士、博士是中医专业。2007年小姜入职中国中医科学院，院长正是曹教授。作为上下级，在业务管理部门这个岗位工作，在这个中医科学院大院里，接触的是高层次的中医药专家、学者、各路人才，都是闻名遐迩的名医，其中不乏当代中医界领军人物。这份工作，让她了解并掌握着中国中医教学、临床和科研前沿领域的每一位专家的学术水平、专业能力，还有临床表现出的专业特长。这些为她替家人选择医生提供了无人能比的优越条件。小姜最终选择找院长给自己家人看病，有太多的解释，但最根本的一条，是她认为曹院长能治好自己家人的疾病。

小姜这个选择是从2011年为公公治病那会儿开始的。

2011年初，65岁的公公因重病缠身，觉得自己来日不多了，便决定回老家给自己找一个永久的安息之地。做出这个选择，实属无奈。2010年起，公公因为冠心病在西安一家医院做了两次冠脉支架手术，放了6个支架，昂贵的费用自不必说，公公本人所遭受的皮肉之苦亦难以言表，家属为此付出的辛劳也是一言难尽。第一次手术没有解决问题，医院说要继续搭支架，于是便有了2011年初的第二次手术。术后，还没出院，公公就出现很多症状：胸闷，气短，时胸口疼痛难忍，心绞痛阵作依然折磨着他。

公公意识到，这个手术还是没做好。一家人慌了，都觉得麻烦大了，两次手术都没解决问题，难道还要再来？

外科医生否认手术不成功："这个支架很成功，没有问题。出现这些症状，我们也没有办法缓解，必要时再做一次手术吧。"

公公感觉很无奈，一家人也很沮丧。那一刻，他们觉得有理也讲不明白。下一步怎么办？这些症状依然缠绕着他，生命陷入病魔纠缠中，生活看不到一点光亮。

经历一段时间的纠结后，被折磨得心力交瘁的家属，经过一番讨论之后，终于达成一致意见："不能再搭支架了，搭也白搭。出院吧。"

出院，那就意味着放弃治疗。走投无路的公公回了陕西老家，万念俱灰的老爷子去为自己准备后事了。

这天，小姜打电话过去："爸爸怎样了？"

"你爸回老家盖房子去了。"婆婆在电话那边回答。

"盖什么房子？"小姜有些诧异。

"你爸做了两次支架，都没解决问题，还是胸憋闷、心绞痛，而且痛得厉害，每晚睡觉都要憋醒两三次，有濒死的感觉，而且还患有慢性肾病。"婆婆在电话这边叹了一口气，"他觉得自己活不久了，就回老家准备自己的墓地去了。"

小姜放下电话，心情很沉重。她带着这个坏消息回家，与丈夫商量怎么办。她的想法是："我在中国中医科学院工作呀，我们有这么多的中医专家、教授，都是好医生、大专家，老爷子患病这么难受，咱们做晚辈的怎么说都有责任啊。"

"那你找个大夫吧，看谁更合适？"丈夫问。

"当然找我们院长呀，曹院长治疗心脏病、肾病都很厉害，很多心血管病、肾病患者都找他，天南海北的都来。"小姜讲到这里，不忘补充道，"你看看患者排队挂号那个阵势就明白了。"

那天，小姜的丈夫专门去了一趟中医科学院门诊部，所见所闻证明妻子所言一点不假，那熙熙攘攘的排队人群证明了一个事实：

曹院长作为中医教授，他的水平肯定是相当之高，这么多患者就是证明。他们不管什么身份，无论居住何方，只认准一条，那就是疗效。父亲的事，当儿子的必须重视，他做了一次实地调查，验证了小姜的话。

小两口儿的意见统一了，小姜给公婆打了电话，刚从老家安排后事回来的公公接通了电话，儿媳的话无疑是一个大消息："……爸，您快过来吧，我们这儿有一位治心血管病的顶级专家，我给您约好了。"小姜特别强调了"顶级专家"这个概念。

那边，刚从老家回到西安的老陶（公公）情绪非常低落，悲观与沮丧使他对眼前的一切都看得很淡，他跟儿媳说："这个胸口憋闷疼痛太难受啦，连路都走不动啦。实在不行，我就用硝酸甘油，每天吃六七次的硝酸甘油，只有吃这个东西，才能稍微缓解一下心绞痛。没这个，还不得马上憋死？活得太痛苦了。"老陶相当悲观，"西安这么多大医院都没有办法，中医能有什么好办法啊？"

虽说老陶已安排完后事，可还是心不甘哪，毕竟才66岁，嘴上这么说，心里却渴望找到一条生路，儿媳电话里介绍的中医专家，似乎是一根抛来的救命稻草。

"我们试一试，怎么样？"说这话时，小姜其实也不是很有底，毕竟此前也没有找过曹院长诊病，严格地讲，她对中医治疗心绞痛的临床疗效并不很清楚，因为毕业后开始从事行政工作，离中医临床相对较远。几年后，她与笔者谈起当时的想法，她很真实地讲："当时我只看到曹院长每次出诊，外边总是排着长长的队，有时患者还因为排队或是有人加塞而发生争执，号贩子将一张挂号（票）炒到四五千元，这些是再真实不过的，说明曹院长的水平确实高。再就是本院的专家、教授都是心悦诚服，人家的能力明摆着在那儿呢，不是说'人有百口，口有百舌'吗？在专家、教授人才济济的中医科学院，我国中医界最高研究机构，能够得到这么多人的认同，不是靠做报告，也不是凭几篇学术论文，只能靠医术。"她说，"门口患者的多少反映了医生的临床能力与水平的高低。"

小姜的这个评价是中肯的，因为位置不同、角度不同，加之专业的原因，她从单位内部综合各个部门各种态度，同时又从患者那里得到客观的印证，最终得出结论。

曹教授得到小姜如此评价，正说明曹教授近40年来坚持临床第一线，始终以极高尚的情怀悬壶济世，不仅赢得了患者的拥戴，也得到了业内同人的认同，这在知识分子集中、专业性强的单位是最难的事情。曹教授无论在什么年代、什么位置上，他的一颗为天下遭受病痛的患者献出自己一份爱心的初心始终都没有改变。这一点，行业内外、院内外，大家有目共睹。

老陶巴不得能抓住这根"救命稻草"，听儿媳这么一说，他立马坐飞机赶到北京。请注意，老爷子是乘坐飞机来的，要是平时他怎么舍得坐飞机呀，单凭这一点，足见老爷子的急切心情。

路上，老陶的那颗心还真的七上八下的，他反复地掂量着儿媳妇的话。支撑他来京看病的逻辑是，北京是首都，是人才会集的地方，又是中国中医科学院，应该是全中国最优秀的中医专家集中的学术机构，还是顶级大夫，那是谁呢？真能给我治好病吗？再想想，又觉得可能性不是很大，这边医生都说了心血管堵得严重，最直接的治疗手段非手术莫属，已做了6个支架，这是多么高端的医学科学技术，不应该有问题，可偏偏就在自己身上出了问题。想到这里，他就感到晦气和沮丧。

想啥来啥，想着想着，这心绞痛又找上门来，老陶赶紧服下几粒硝酸甘油。

一路上，他想的全是这个事儿，这条老命到北京有救吗？

在北京获得的感受是全新的，当然也是相当的意外。

2011年10月12日，在儿媳小姜的陪同下，老陶第一次走进曹院长诊室。这里，是他生命的一个转折点。

曹教授静静地听着老陶的叙述，不时地观察着面前这位老人的神色状态。老陶讲了很多，强调搭了6个支架，可仍然心前疼痛，原来的憋闷疼痛感并没有减轻，他怀疑可能有的支架没支好，不然怎么还会有心绞痛呢？怎么也应该有些作用呀！

曹教授笑了笑，并没有直接回答老陶提出的问题。作为中医专家，他从不对西医做简单评价。阅过老陶的检查资料，经望闻问切后，曹教授将目光转向跟诊学生，博士生小范一板一眼做了以下记录：陶某，冠心病、心绞痛，于2010年12月、2011年1月两次冠脉支架6支，术后心绞痛反复发作，服硝酸甘油缓解，每日服7~8次。时睡中憋醒，胸闷，面虚浮，舌淡紫，苔黄，脉弦。血压166/100mmHg，慢性肾小球肾炎30年，肾性高血压20年，糖尿病10年。据此，曹教授下了初诊的处方。

"这个药并不难喝。"老爷子回到儿子家，立马处置这个汤药的事，他一仰脖，一口气将那一小碗中药喝了下去，抿抿嘴，咂吧咂吧舌头，想了想，"没有什么两样呀，连味道都与在西安喝过的中药没有什么不同。"他望了望儿媳，似乎表示自己的怀疑，这个药能行吗？

儿媳闻听此言，从电脑桌前站了起来，眨眨眼睛笑道："您是不是觉得这汤药与在西安抓的差不多？"

"唉，你说得对呀，与以前西安抓过的药方比较，好像也差不太多呀。"老陶望着儿媳说，"你看黄连、清半夏、瓜蒌、薤白，两个药方都有嘛，不同的是曹院长的药方少了几味药，没那么多，喝下的味道好像是一样的嘛。你说说曹院长的这个药，它不同的地方在哪儿？"

"我一时也说不清楚。"小姜先给出结论，"我只知道，大家都说曹院长的药很有效，又没有紧缺药贵药，这是他开药方的一个特点，给人第一印象是很普通。我的理解是，他对中药的药性以及本质有透彻的认识，运用自如，往往是平中见奇。"小姜用迟疑的目光看了看公公，"我做点科普吧，中药讲究的是配伍，配伍讲究的是七个关系，也叫'七情'。比如说相须关系，即性能功效相类似的药物配合应用，可以增强其原有疗效。如石膏与知母配合，能明显地增强清热泻火的疗效；大黄与芒硝配合，能明显增强攻里泻热的功能。再比方相使关系，即在性能功效方面有某种共性的药物配合应用，而以一种药物为主，另一种药物为辅，能提高主药的疗效。比如补气利水的黄芪与利水健脾的茯苓配伍时，茯苓能提高黄芪补气利水的治疗效果；清热泻火的黄芩与泻热攻下的大黄配合，大黄能提高黄芩清热泻火的疗效。"小姜讲到这里打住话头，想了想，道，"那么问题来了，这个配伍怎么理解，如何调度这个配伍关系呢？前提是医生对患者疾病的认知和判断，还要考虑个体情况的差异，如性别、年龄、体质与病源、病情、病势等，甚至所处的地域环境和季节气候等都要统筹考虑，结合对草药的理解，找到解决问题的方法和路径。比如说，一个肝硬化病人，大师级中医专家未必是直接从肝脏着眼入药，可能从脾论治考虑，也可能会从胆上下功夫。这个肝与脾的关系、肝与胆的相关性，是非常复杂的，不是1+1=2那么简单，更不是通常意义上讲的那个'肝胆相照'。学问就在这些地

136

方，这里有几千年中国各个历史阶段中医大家的智慧，也有专家多年临床经验的积累，又有通过实践形成的理论升华。这些可能就是区别，就是高深与普通的不同。"小姜最后笑着说道，"爸，您想想，人家要是没有过人之处，能有那么多的患者在外边排长队吗？很多人是他几十年的老患者，有的是从哈尔滨等地追随到北京的。"

讲到这里，小姜离开电脑，陷入短暂的沉思。她在客厅踱步，老陶望着儿媳，等待着她的科普。

"这么说吧，医生这个行当不同于其他，比如新闻记者、作家，写出的作品，反响往往是多方面的，即使是获大奖了，还是有不同的声音，因为价值观不同，认识论、方法论不一样，往往会得出相反的判断或结论。"小姜讲到这里停了一下，望了望老爷子的神情，她不想将话题扯出太远，让老爷子摸不着头脑，可她发现老爷子对此蛮有兴趣，于是又来了精神，"医生的作品就是患者的治疗情况，检验医生水平的标准就是疗效，因为唯有患者的感受是最直接的，是无须修饰和加工的，是外界力量干扰不了的。好了就是好了，没好就是没好。况且，现代科学技术发达，医疗检测设备不断更新，验证结果是分分秒秒的事。"小姜讲完这些，把头向上扬了扬，"爸，您放心吧，曹院长的药治疗您的这个病应该是没有问题的。我的这个信心是来自我们中医科学院大院里的意见，来自那些门前门外候诊患者的反响，来自长长的候诊队伍，听说最远的都约到明年啦。"

老陶把嘴张得老大，发现儿媳还真有学问，不住地点头称是。最后，他问儿媳："你说的这些我似懂非懂，不过我觉得有道理，真的有道理，我也不去探究了，不知我现在该怎么做呢？"

小姜听公公这样讲，非常开心，笑着说："爸，我觉得咱们既然搞不清楚这中药配伍是咋回事，那咱们就不去搞这个。我们能搞清楚的是这个药是否有效，是吧？我们就干点能干明白的事，您看怎么样？"

"那当然好了，怎么弄，你说吧，我听你的。"老陶顿时来了精神头。

"其实并不复杂，就是做一个详细的记录，说白了就是实时监控。你啥时吃药呀，当时的身体状况呀，还有当时的情绪，包括气候等情况，都写清楚。每天心绞痛发作次数，什么时间发作的，发作的程度，每天走路多少呀，是否着凉呀，有没有生气啦，凡是与以前犯病有关的情况都记录下来，做个表格。"小姜很认真地说，"您之前不是也记录过每天的服药情况吗？现在咱们做一个更详细的记录，也搞一个科学研究，看看中医疗效到底怎么样，您看行不行？"

"行，怎么不行！我一定照办。我也不知道将来会是个什么结果，做个记录，摸摸规律，如果有变化，看看是什么情况下的变化，变化到什么程度，用数据说话，很有必要。"老陶当过几十年会计，从业经历告诉他，这个不算什么，相当于重操旧业，没有理由不做呀。说做就做，他找来表格纸，从第一天第一服药开始，写起了"服药日记"。

如同流水账的"服药日记"就这样开始了。老陶是一个认真严谨的人，关乎自己生命安全的事更是格外上心。

用药第 10 天，晚间 10 点 30 分，老陶照例开始当天的记录。写着写着，他蓦然想道："哎呀，今天心绞痛只发作三次呀，比平时少犯了三四次呢！"

老爷子一下子喜从心底涌出。坐在那里，他思考起来：这与换地方水土变化有关呢，还是与服这个中药有关呢？他反复思忖，全没了睡意。

当时，老陶的思维依然停留在多年形成的固定轨道上，这是多么难缠的一个疾病，在西安医院没少治疗，医生没少看，那些药也是成筐成箩，都不见效呀。他很难马上就联想到是曹教授开的中药的作用，不是不相信，而是根本想不到会这么快。不是说中药效果来得慢，像文火烹鸡吗？至少需要有一个过程嘛。

可是接下来两天心绞痛只发作了一两次，疼痛的时间明显少了。又过了两天，居然一整天都没有犯心绞痛，也没有胸口憋闷，连喘气都顺畅了许多。老爷子恍然大悟，拍了拍自己的脑门："是中药的作用，肯定是服曹教授这个中药起了作用。"

醒悟后的欣喜，让老陶难以控制自己的情绪，他走进儿子房间："这两天，我根本就没用硝酸甘油，因为没有疼痛，甚至没难受过。这个药还真有效！"老陶有些激动，他跟儿子、儿媳妇讲着讲着，眼睛里就蓄满晶莹的泪水。

小姜闻听此言，高兴得很。她请公公将"服药日记"拿来，认真地比较，然后和老爷子一起分析了病情趋势。

老爷子写起"服药日记"更加认真了。

"服药日记"记录着老陶每天的服药时间、当天的天气变化、饮食起居，甚至是起夜次数、衣服的加减，那是一个实实在在的变化，一个从根本上扭转一位生病老者身体走向颓势的过程。而这个改变是在悄然无声中发生的，它没有西医通常意义上大开大收的仪式，没有家属签字画押那样的关口，更没有"真刀真枪"式的大动干戈，甚至连起码的点滴换药都没有，完全是在一种看似相当平静的"润物细无声"之中实现的。这个变化让老陶这位曾经做过6个支架的患者感受到无以复加的悬殊对比，太深刻、太强烈了，真正的天壤之别，以至于他不敢相信眼前所发生的这一切，太神奇了！

他不止一次地问自己：这不是做梦吧？不是，肯定不是。可是，这么神奇的中医药，此前怎么竟然一点都没听说过啊？

老陶与儿子、儿媳一起算了一笔账：2011 年 10 月 12 日始，以一个月为计算单位，服用 20 剂曹教授的药。期间，因受风寒等原因总共出现心绞痛 38 次，用了 38 次硝酸甘油。较之用曹教授的中药前，一个月发作心绞痛、胸口憋闷等 210 次，减少了 172 次，降低了 82%。这是多么了不起的疗效啊。

这就是记录的好处，它直观，具体，有比较，有逻辑，也有趋势。

这是一个重要转机，是一种根本性的改变，对于老陶而言，这无疑让他看到了生命的曙光，点亮了他未来的人生之路。信心有时比黄金更重要。那天，小姜给公公做了一桌好菜，丈夫见老爸的冠心病有了转机，也高兴得不得了，拿出一瓶五粮液酒，爷儿俩开心地小酌了几口，以示庆祝。

小姜在一旁嘱咐道："爸，您接着坚持记录下去，看看这个变化最后能到什么程度。一个是我们自己做到心里有数，另外也给曹院长一个依据，咱们说得清楚一些，那曹院长给您开方用药就更有针对性。"

老陶使劲儿点点头，有些激动："看来我有救了，有救了，真是没想到哇。老家那边，我都准备……"

儿子一听这个话茬，紧忙打断父亲的话头："爸，咱不说这个，本来挺高兴的事。您再讲讲身体方面的变化吧，感觉呀、体会呀，咱说点高兴的事。"

老陶笑了，笑得非常灿烂，那舒展开来的脸膛也显得年轻了很多，他猛地喝了一口酒："你想想，每天这心口一个劲儿地疼，要不就是憋闷得发慌，那不仅是难受，还有恐惧啊，才60多岁就要面对随时可能死亡的威胁，怎么能甘心呢！好日子刚开始不是？"

讲到这里，老陶欲言又止，他望着儿媳妇，说道："我有救了，这个我非常清楚，现在我不仅是心口不闷了，不痛了，连脑袋都清亮了很多，这个身子呀，都感觉到不一样了。有曹院长的中药做保障，我这个病没问题。以后找曹院长看病没问题吧？"

"怎么说到这儿啦？"小姜问。

"每次去看病，总能看到那么多患者，还有吵架的，我就感觉曹院长这个号挂得不容易吧？"老陶说出自己一直以来的担心。

小姜笑了："这个您就甭管了，您认真做好每天的服药记录就行了。相信中医，相信曹院长。"

2011年11月7日，陶永新再次走进曹教授的诊室。曹教授一边诊脉，一边认真听老陶的陈述，那是老陶深切的体会，也是用药后在他的体内产生的真实反应，此刻也反映到脉象的变化上。这些细微的变化，曹教授捕捉到了："坚持吃中药，会越来越好。"

那天从曹院长那儿诊病回来，老陶坐在北京的公交车上，想道：中医的优势在曹院长这里体现得确实充分。曹院长没有那些夸张的语言，更没有令人恐惧的医嘱，没有那么多的检测仪器，似乎曹院长仅仅凭借自己这么多年临床积累的经验，借助相关的检查资料，就能十分精准地找到你的血管堵塞的部位，那他根据的是什么呢？是舌象、脉象？应用再恰当不过的清理"污油渣垢"方法，于血管通道四壁不断地清理那些"淤泥杂物"，让堵塞的血管逐渐变得通畅，心绞痛、胸口憋闷的症状迅速地退却消失，所谓"通则不痛"就是这个理。每一次的方子都在不断地推动这种清理，似蒙蒙细雨一点点滋润着自己枯朽的病体，所以自己会在不知不觉中慢慢卸掉缠绕自己多年的病苦，这个渐变过程，让他的身体开始变得硬朗起来。

心血管系统的血液循环改善使老陶像变了一个人似的，脸上的笑容多了，话也多了，再不愿意在家待着，有点空闲时间就要跑到外边遛遛弯儿，而饭量的增加，是体质出现重要变化最直接的信号。

老陶开始不再把自己当病人了，他潜意识里形成一个信念，那就是自己这个冠心病肯定没有大问题了，曹院长一定能给治好。于是，整个生活的节奏和内容都在他的主观意志下得以改变。第一个就是煮药服药，他当成一个必须要做的快乐事儿，如同去老年大学学习绘画和书法。接下来写"服药日记"，如同是在写心得体会。剩下来的时间较多，没有太多事干，于是他主动挑起早起买菜的任务，再抽出尽可能多的时间看护孙子，他要将一些力所能及的家务揽在手里，才觉得心里比较舒坦和轻松，用实际行动感谢儿媳妇的功劳。

曹院长开的中药，确实改变了老陶。外人觉得，这老爷子比刚住进小区时身体壮实了、精神头足了，整个像变了一个人似的。小区里的邻居们还反映这老爷子随和，见面总愿意先打个招呼，主动跟你说个话，手脚也麻利，整天忙里忙外的，闲不住，不太像一个老年人。这一切看似平常的生活细节，日复一日地延续下去，在不经意间表现出生活的和谐与闲适，由此可见医生对于患者的生命、生存、生活的重要意义。小区的街坊邻居看到小姜一家人其乐融融的幸福氛围，没人会想到支撑这个幸福的背后是一位中国大医的奉献。

有一天，老陶郑重其事地主持召开了一次家庭会议，开宗明义地说明了儿媳对治疗自己疾病所做的贡献，表达了对曹院长的感激。

老爷子说到高兴处，明确表示小姜是个好儿媳，自己身体好了，不能待在家里吃闲饭，自己在京这段时间要买好菜，看好孙子，做好家务，尽量减轻他们的家务负担。

老爷子的一席话把整个家庭的气氛弄得热乎乎的。

最高兴的还是小姜，她知道这是公公由衷而发的心里话，作为儿媳，她当然很在意公公对自己的态度。

过春节，小姜跟丈夫一起回到西安老家。老爷子特别开心，他告诉小姜："原来特别担心活不过70岁，没想到现在平稳地过了70岁大关。"小姜见状安慰道："不用担心，有曹院长治疗，您的健康就不是大问题。"

在西安，小姜给曹院长发去春节拜年短信："这段时间我公公的身体也好，心情也好，没有您的精心治疗，真的很难想象。真心感谢院长，因为您的高超医术，我都当上好儿媳了。"

曹教授得知自己的医术赢得了老陶的认可，小姜因而受到夸奖，也很高兴，回复的短信是："哈哈，中医药功不可没啊……"

有时，连老陶自己都觉得吃惊，几个月前，自己还去老家选墓地，几乎开启了生命的倒计时。有一次，老陶跟小姜说："都说教师是人类灵魂的工程师，我看曹院长也是，至少在我这里，他用他的精神和医术改变着我，从身体至精神，从里到外，从上到下……"

每隔一个月左右，他都会去到曹院长那里诊脉，每次都有新变化、新体会向曹院长汇报。这个冠心病很快稳定下来，按照他的话讲就是基本好了，硝酸甘油不吃了，心绞痛没再发生，胸憋闷不明显，喘息平稳顺畅的感觉真舒服。老爷子整个感觉就是北京真好，生活这样充实，日子是这等舒展与幸福，整个人在缓慢的节奏中享受着快乐的晚年生活。

这里有一张从老陶的服药记录里整理概括出来的一组数据，它以月为单位记载了硝酸甘油减停的情况：2011年9月210次（曹教授治疗前）、10月38次、11月16次、12月9次，2012年1月2次、2月34次、3月51次、4月51次、5月43次。

从这8个月的用药记录中，我们比较直观地看到，老陶服用曹教授的中药后，效果明显，从中至少得出三个判断：一是血管的扩张、血管腔壁的疏通是有效的，以2011年9月与10月对比，下降幅度高达82%，这种效果即使在西医心血管内科打点滴短期也是难以达到的，或许在心脏外科那里通过手术治疗能够做到这一点，但遗憾的是老陶本人此前做过两次共6个支架手术，效果都不理想。二是用药最初的三四个月心绞痛的次数下降较多，而后稍有反弹。三是曹教授的中药在老陶这个冠心病上起到持续稳定的作用。从2011年10月至2012年5月的8个月的数字记载，可以看到服用曹教授的中药前，老陶每天心绞痛平均发作7次，用药后第三至第四个月（2011年12月和2012年1月），心绞痛每天发作次数平均是0.3次和0.065次，平均每月每天控制在1.7次。

这些表明老陶的冠心病在曹教授的调理下，得到有效控制，病情趋于稳定。

经过20个月的调理治疗，老陶觉得自己的冠心病治得差不多了，决定回西安。一个原本走向生命尽头的人，在首都近两年的中医调理下得到这么好的治疗效果，这是他原本不敢想的结果。在回西安的动车上，他可谓是感慨万千。那份"服药日记"记载着自己在曹院长那里看病的日期，也标注下自己生命被延长、生活被改变的细节。没有写进这个"服药日记"的是他的思考，这两年来他一直在想一个问题，假如自己没有遇到曹院长怎么办？是不是真的在老家入墓了？按照自己当时的身体状况和感受，应该是个大概率的事情。

老陶的思考在不断地深化，他用更高的视角看待问题。他想到全国大概会有多少患者遇到了此类问题，自己得救了，可还会有多少人重复自己昨天的故事？把个人的事放到整个社会层面上去看、去琢磨、去思考解决的办法，是有社会责任感的表现。

古都西安的太阳照旧晨起暮落，老陶又重新开始了生活，这是梦一样的重启，他感觉眼前的一切都是偏得，因而对所有的一切都觉得新鲜和美好。

可世事难料，2014年夏，老陶添病了，他要继续吃曹院长的中药。此时，他只相信曹院长。于是他和老伴儿又来到北京，住进儿子家。

2014年8月24日，在小姜的引领下，老陶再次走进曹教授的诊室。他首先对曹院长的治疗表示由衷的感谢。他讲，自己的冠心病基本上没什么大问题了，只是活动量大了，还是有些胸闷。这种已经拿下一城的喜悦，让他鼓起勇气，请求曹院长再为他的肾病、糖尿病、膀胱癌下良方。

曹教授微笑着告诉老陶，其实此前的药方对这几种病都是综合考虑的，中医诊疗疾病的优势就是整体调理，不仅治已病，而且治未病。不过就老陶目前的身体状况，根据"急则治其标、缓则治其本"的原则，结合身体与病情状况针对不同侧重点处方用药，或以冠心病为主，或以膀胱癌为主，同时兼顾肾病，或以治肾病为主，这就形成了冠心病、膀胱癌、肾病有所侧重的三类药方，兼顾调剂服用。

小姜给笔者提供了几份老陶的治疗病历，可以看出，药方在不断调整变化，记载了不同阶段老陶的身体状况，也记录了曹教授的诊疗智慧，展示出中医药的强大力量。有趣的是，有几个方子上被小姜标注了老陶身体上获得的某些特殊疗效，如"此方治疗腰疼效果明显"，还有"此方服后，潮热不显"等。

老陶属多种慢性病缠身、病情错综复杂的患者，在这种情况下，曹教授不动声色地运用中医药理论，辨证论治，抓主要矛盾，不断地调理着老陶的身体各脏腑功能的协调平衡，以期改变其偏离生命轨道的因素，振作他生命的活力。从 2010 年至 2019 年，至少已经过去八年多，八年多的时间说长不长说短不短，或许只是他整个生命长度的十分之一，但这不是一个简单的事情。

时间走到 2019 年岁尾，因肺感染、心衰及肾衰，老陶住进北京一家医院治疗，这是他在陕西老家为自己准备归宿的第九年，也是他重新燃起生命之火的第九年。这次由肺感染合并心、肾功能衰竭，使他再次感受到生命终结的威胁。医院专家会诊，完善治疗方案，效果不理想，死神再次登门造访，医院向家属下达了病危通知。

12 月 14 日下午至 15 日下午，老陶躺在病床上，在一阵清醒一阵昏迷的状态下煎熬着。小姜前来探望公公，老陶用微弱的声音对儿媳讲："曹院长的药治疗心绞痛效果好，能不能再找找他，给开个方子。"小姜点了点头，对公公说："我现在就找曹院长，先看看您的舌象、脉象。"

坐在老陶病榻旁，小姜给曹院长发了一则微信："院长好，打扰您了。我公公因肺感染、心衰、肾衰住院治疗，医院按强心、利尿、平喘、消炎治疗，效果不明显。昨天下午到现在一直不能平卧，平卧则心绞痛立即发作，从早上 9 点到 12 点持续心绞痛快 3 个小时，口服 20 片硝酸甘油与点滴硝酸甘油后，心绞痛逐渐缓解。时精神恍惚，医院已下病危通知，我公公说还想请您再给开个药方。目前心率 85~90 次/分，血压 170/70mmHg 左右，血氧 94 左右。舌淡胖大，苔黄厚腻，脉浮中空无力。求您给开个药方，我把上次的药方和舌象照片发给您做参考。"

曹教授通过微信给小姜发来药方，那整齐、隽秀、飘逸的楷书，一看便知是曹教授的亲笔处方。

小姜拿到药方，迅速找到附近一家中药店，用最快的速度抓好药，立即回家煮药，当晚 8 点把汤药送到公公病榻前。

老爷子睁眼看到曹院长开的中药，脸上露出微笑，坚持坐起来，靠到床背上，仰脖喝下那药，一丝隐约可见的希冀在脸上划过。他平躺下来，长长地吐了一口气，似乎有些舒服地换了一种姿势，在不知不觉中进入了梦乡。

小姜回到家里，简单收拾之后，却怎么也睡不着，思绪自然还在公公那里。作为患者家属，她十分感谢曹院长的及时处方；作为医生，她会把院长的这次处方作为学习的要点，要研究这十几味药治疗的重点在哪儿，配伍的道理。她知道，曹院长经常对博士生讲，每次开方都是以经典名方为基础加减化裁，这样疗效更可靠。小姜在苦思冥想中意识到，研究明白曹院长的用药奥秘对于提高自己防病治病的能力很重要。

12 月 16 日，老陶的生命体征出现一些积极的变化。小姜给曹院长发去一则微信："感谢院长，我公公昨天晚上 8 点服药后，一晚上不喘了，能平卧。晚上 10 点，睡前轻微发作一次心绞痛。夜间大便 4 次，夜间尿量 1400ml，24 小时尿量 3400ml。感谢您，公公这一关肯定能过去！"

后来，我通过微信问小姜："老陶病情怎样了？"她高兴地回复：

"平安度过了危险期，又回到家里用中药治疗啦。"

她告诉我，这次又是曹院长救了他。她由此感慨道："一个好医生是能感受到患者患病痛苦的，这叫作同气相求，也能更准确地把握疾病。很多医生做不到这点，所以诊病草草，疗效一般。现有体系下医院也会产生流水线作业，用心、用神治病的专家越来越少。我体会到曹院长治病有几点：1. 安神定志。2. 用心感受患者病痛。3. 长期动态评价病情，收集病例，判断病变趋势。4. 勤奋好学跟名师。5. 善钻研，把病讲明白弄清楚。6. 大量临床经验积累。7. 病证结合，辨证论治精准。8. 用最简单、最便宜的药治病。"

这是曹教授曾经的下属，后来决心做好临床工作的中医博士的感慨和概括，由衷的钦佩之情溢于言表。曹教授用自己的一言一行感动着患者与家属，也用一点一滴的示范和榜样作用为学生指明了做一名人民群众满意的优秀医生的道路。

生活在温馨且舒展的氛围里，老陶满面春风地面对着当下的生活，当下的生活也拥抱了他。曹院长诊疗疾病的过程如同神话不胫而走，求医问药者蜂拥而至。

父亲、母亲、二姨、三姨、四姨、姑夫还有丈夫都求到曹院长的门下诊疗。小姜说，这么一大帮子人已经使她感到很为难了。他们在曹教授这里，有的心血管病痊愈了，有的高血压、痛风等多种疾病得到综合有效治疗，还有的是多种慢性疾病交织一起的综合性疾病得到了调理，都取得了意想不到的疗效。

这正是这篇文章最初写到的场景，是 2017 年 5 月 2 日，笔者在第 7 诊室看到的那一幕。那天，小姜的母亲告诉我，她的风湿性心脏病 36 年没治好，只等条件具备做心脏瓣膜手术，这期间一直都怀着一种面临上刑场般的恐惧等待着医院的通知，"幸运的是，曹教授让我实实在在地避免了这个大手术。这些年，我吃曹教授的药，心脏一直都很好，我不知道这中间有什么大道理和小道理，我只知道没做那个大手术，没遭那份罪，也没花那份钱，我的心脏跟正常人的一样，这就是硬道理"。

这与内蒙古兴安盟扎赉特旗群和黑龙江 M 市群是一种相互重叠的印证，是不同人群不同时间的一种无意间证明，证明曹教授在治疗冠心病等心血管疾病方面所取得的成就是十分确切且突出的，甚至某种程度上比做支架搭桥更有优势。

12　求医之路

小贾能够找到曹教授给她看病，实属偶然，可是她找到了，也因此让她在经历了一番生死搏斗后得到了有效救治。她不仅恢复了一位少妇的活力，恢复了本该年轻且充满朝气的生活和工作，还因此成为一位中医迷，用学到的中医知识帮助更多人维护健康。这么讲多少有一些传奇色彩。她在临汾当地还颇有些影响，她演绎了中医的故事，是因为曹教授成功地挽救了她的生命，让她在最深切的体会中感受到中医的力量、中医的伟大。

2010 年，小贾生下第二个小孩儿。一场灾难性的疾病开始慢慢地向她袭来。最初，她一无所知。孩子需要哺乳，哺乳期全靠母亲的辛苦付出，面对一天天长大的女儿，作为母亲那份自豪和幸福感，让她忽略了对平时总会出现的异常疲惫和倦怠感的警惕。已经做过一次母亲的她，有过一次大体相同的经历，所以她以为这些都是产妇必须承受的苦难，正常的事儿，别娇气。

她有个先天性的不足，就是冠状动脉前降支一条血管形成肌桥，这是病啊，可是此前她不知道，因为也没有什么反应。有了两次生育叠加起来的承重，这个问题终于显露出来。

持续的不能自控的极度乏力，两条腿像灌了铅似的沉重，致使走路越来越困难，说话的气力明显不够，语言表达出现障碍，更可怕的是难以入睡，更无法睡沉，连侧身躺都不行，心动过速，心脏T波改变导致背部阵阵疼痛，这些使她完全告别了健康人的生活。而明显的气息不畅，连说句话都相当吃力的现实，让她的生活质量陡然跌入低谷，她明白自己生病了，这是一个不祥的信号……

实在无法支撑下去了，她走进了县医院，成为医院的常客。所有化验结果都与她的感受矛盾。她的甘油三酯和总胆固醇等与心血管疾病紧密相关的指标都正常，但心电图的结论是心肌供血不足，是冠心病。医生这个结论让她感到茫然，怎么会是冠心病？可是不信医生的，那信谁呢？

怎么可能呢？自己才33岁呀，怎么会得冠心病呀？她不愿意相信这个结论。医生告诉她，冠心病发病低龄化，二十几岁都有得的，你有什么不可能？为了探出个究竟，小贾在丈夫小李的搀扶下又走进了当地的中医院。中西医的结论非常明确，高度统一：冠状动脉硬化性心脏病，当然属于冠心病。按照心脏病治疗，小贾吊起了药瓶，白色的、褐色的，轮番交替打下去……治疗效果无明显变化。那天，从医院打完点滴回来，小贾望着自己家那个五层楼，是那样绝望，自己怎么能爬得上去呢？她在脑际画了一个大大的问号：医生的诊断对吗？

带着疑问，夫妻俩又来到太原的医院，诊断结论一样。面对小贾的质疑，医生反问她：你的检查结果和症状都跟冠心病一模一样，不是这个病，你说是什么病？这里医生的主要依据是小贾的冠状动脉一支血管的肌桥，大约只有正常人 50% 左右的血流量能通过。

省城的中西医都认同了临汾中西医院的诊断。那吊在头顶不间断地更换的大量液体，主要作用是疏通血管，但小贾的血管本身没有堵塞，那些治疗冠心病的药物不仅没有作用，而且产生了一些让小贾难以承受的副作用，如头涨、头痛、头昏沉等。极度虚弱的小贾陷入无法形容的无助和无奈之中。

她和丈夫及时停止了这种治疗。回到临汾，一种从未体会过的失败感包围了他们。他们像许多老百姓一样，不得不面对这样的现实。这种境况其实是除北上广深等一线大城市外，一些中等城市甚至是大城市群众求医看病时遇到实际困难的真实写照。

只有 30 多岁的人哪，身体无比痛苦，生活不能自理，又无计可施，一个事业单位的工作岗位也只能暂且放弃。而丈夫小李也因为她的这个疾病，不得不放弃工作，请长假全力照顾她和这个家庭，毕竟大孩子不大，小孩子太小。一个家庭，只因小贾的这个病，生活全部被打乱，真的是天翻地覆式的变故。

2012 年春节过后，小贾和丈夫在极度痛苦和恐慌中走进北京，把两个孩子留给父母，把最后的希望交给中国最具权威的心血管病专科医院。

这里的医疗水平吸引着来自全国各地的疑难病患者，门诊部人山人海的场景和一眼望不到头的排号队伍，使第一次进京的小李目瞪口呆。

在这样的困境下要坚持挂号，别无选择。小贾和小李在医院对面的一个半地下室小旅馆住了下来。一天 160 元的住宿费，显然是给他们这样进京看病的低收入外地人准备的。小两口儿开始在医院门外苦苦地煎熬。后来，小贾的老乡帮助他们挂上了一个专家号，但依然要求先把各样的检查结果准备好。那天检查刚结束，由于在医院的折腾与奔波消耗太大，本就虚弱的小贾检查完就耗尽了体力。没有走出医院大门的气力。当时近在咫尺的急诊门诊他们不敢进去，因为知道进去一次就要花上几千上万元的费用，于是，小贾就躺在医院里的休息椅上缓解了两个多小时才爬起，硬撑着回到离医院大门只有二里路的旅馆，那条路他们足足走了近一个小时。

回到旅馆，她躺在平板床上，清醒且无奈，因为没有一点力气了。而在医院楼里楼外、楼上楼下、科室病室之间跑来跑去的丈夫小李，正想尽一切办法再搞到一个专家号。那一刻，他才真正体会到在临汾、太原所谓的看病难，相较于北京根本就不算事儿。

北京的医生非常认真且有耐心，没有匆匆地结束问诊，却同样给了一个让他们失望的结论：山西当地医院的诊断没错，就是冠心病，主要是冠状动脉血管肌桥。现在还不能做手术，血管狭窄没达到75%以上，还差得多呢。医生建议，继续使用一些疏通血管的药物，观察治疗。

他俩有些绝望地走出诊室，不由生出一种此生已无生路的感觉。在跨出医院门诊楼那一瞬间，扶着丈夫的小贾突然意识到有些地方是不对的，自己当时应该问个明白：既然是冠心病，为什么我的甘油三酯和总胆固醇等与血管硬化相关的指标都正常呢？

丈夫扶着她，在医院门诊楼前一张长椅子上坐下后，开始了这样的讨论："这个医院的医生会不会也诊断得不对？""应不应该回头找其他专家再问个究竟？"然而专家诊室的门可不是好进的，还得等到下周的同一时间。

他们的讨论是在十分沮丧的心境下结束的。这对远离京城的山西年轻夫妇是无法向这个权威医院的大夫提出质疑的，无计可施的无奈，让他们感到无比绝望。往后的日子还怎么过，他们想都不敢想，小李开始后悔要这第二个孩子，付出的代价是整个家庭。

若不是真的走投无路，做父母的怎么会这么想？他们两个人相互依靠着走到了地铁的进站口，准备从地铁通道穿过马路，回到旅馆再从长计议。这时，一对中年夫妇迎面走来，听了他们三言两语的对话，小贾和丈夫就明白了，他们跟自己是一样的，也是外地来京城看心脏病，在阜外医院没看上，却在崇文门一位老中医那儿吃中药治好了病，现在是准备再去抓药。

其实这是一对医托，是给外地来的求医问药者量身定做的行骗套路。可是这对于第一次进京看病且这等绝望的小两口儿来讲，无疑是一根"救命稻草"，小贾和丈夫没加思索，就跟着人家去了崇文门外的一家中医诊所。

那位自称祖宗三代专治心脏疾病的老中医，一头的白发，满脸的慈悲，大有悬壶济世、药到病必除的气势。望闻问切一样没落，又一次次地仔细看过小贾的各种检测报告和化验单，接着一番阴阳理论，讲得头头是道，真是无懈可击。

最后，小贾花了3000多元钱，包括一个疗程的汤药、中成药，还有寄药的邮费。这已经超过小贾一个月的工资了。小贾在临汾市一个事业单位工作，当时她一个月的薪水只有2000多元。

夫妻俩找个地方赶紧把老中医开的中成药服下，准备休息一下，折腾了大半天了，身子骨跟散了架一样。这时，妹妹的电话将她吵醒，妹妹告诉她："姐，不对呀，我在网上搜了一下这位大夫，有很多投诉信息呀，他肯定不是一个良医……"

真是乱上添乱！她坚持要同丈夫一起去退药。事不宜迟，越快越好。

应该讲小贾两口子都是聪明人，见到医生他们并没有直接挑明，而是讲自己家突然有了一桩急事，需要用这个钱，药就先不抓了，扣掉已经开了封的中成药，剩下的钱就先拿回去。那老中医也明白，没有讲更多的话，就把药钱给退回了。

经过这么一番折腾，小贾又陷入焦虑：就这样回临汾，那不是等死吗？自己的两个孩子怎么办，他们还都小呢。

丈夫决定："既然到了北京，咱们再接着看医生，西医是这个意见，那咱们接着找中医，这么大的一个北京城呢，还怕找不到看病的医生？"他说服了妻子，"带来的钱不够，咱们再借，只要人在，就不是问题。"丈夫的这一席话，表达了一个态度，无疑是对小贾贴心窝子的宽慰。

按照北京电视台健康节目所言，他俩来到东直门医院，那位上电视的医生的号已预约到 3 个月之后，这让他们再次陷入焦虑与无奈的情绪之中。

一个连路都走不动，吃饭都难以吞咽，说话上气不接下气，浑身上下都无比难受的病人，在这种连续的打击和折腾下，感觉生命随时都有被折断的可能。那种别人无法体会到的痛苦和绝望充斥着整个身心，小贾真切地体会到生不如死的艰难。

这一切被一位北京大妈看在了眼里，大妈动了恻隐之心："你们可以去中国中医科学院门诊部看看呀，那里的医生水平普遍比较高，价格还便宜，就在前边一拐弯那儿。"

这位好心的北京大妈的指点至关重要，从此小贾的求医锁定在了这个方向——北京东城区东直门内北新仓 18 号中国中医科学院门诊部，那里有一位中医大医在等待着他们。如果按唯心论讲，那就是上天太可怜小贾了，这是两个孩子的妈妈，怎么忍心让她这等痛苦难过？

　　按照大妈指引的路径，在丈夫的搀扶下，小贾走了半小时，其实正常人也就十分八分的路程。他们边走边打听，最终在北新仓胡同找到了中国中医科学院门诊部。

　　经过一段又一段寻医的波折，小贾和丈夫积累了一点经验。他们体会到，看病找对医生是关键中之关键。不然，白搭钱不说，还耽误了时间，最怕是把治病引向了歧路。跨入中国中医科学院的大门后，她和丈夫首先认真地阅读墙上悬挂着的医生介绍，他们期望在这个宣传栏中得到更多信息。排在第一位的是首席研究员、主任医师曹洪欣教授，是不久前从院长岗位转入国家中医药管理局的医生。小两口儿在找谁不找谁的问题上统一不了意见。曹教授应该是首选，可他出诊时间不确定，再等下去面临很多困难，家里还有两个小孩子由父母照料，京城的住宿、吃饭等开销，对他们而言，也是必须考虑的，毕竟他们俩人的月薪加一起还不到5000元。最后，他们想出了一个常人不大可能想到的办法：挂两位医生的号，有个比较，再做定夺。

　　在中国中医科学院门诊部，她找的第一位中医，是位满头银发的古稀老人。老人家看病相当仔细认真，从问诊到开方，用了近一个小时，给小贾的印象是在电脑上输入药方极不熟练。步出诊室，小贾又紧接着又看了第二位中医，这位中医40岁开外，可谓年富力强，从问诊至处方也只是几分钟，他对小贾的判断是"气血两虚"，与山西老家一位中医的判断是一样的。

　　在门诊部的门外，小贾和丈夫商量，抓谁的药？一个过于认真，一个又过于匆忙，究竟哪个更靠谱呢？有些耐人寻味的是，他们都放弃了。小李转身又挂了一位女中医，需等到下午看。至于为什么前两位中医的处方被放弃，在笔者的一再询问下，小贾只是简单解释为："前者用那么长的时间问诊，说明他对我这个病吃不准。后者，那位中年大夫，恰恰是问诊不到位，感觉是有些敷衍。"接着她马上又补充，"都是单凭自己的感觉，并不等于人家的医术不行啊。"

患者有选择医生的权力，只可惜，当下我们更多的人不懂得如何选择，无法做出自己的判断。实际上，让一个外行人去判断医生诊断的对错，几乎是做不到的。这里说一个题外话，这就是在大城市，尤其是北京这等大都市，患者能有选择机会是难能可贵的，等到所有地方的患者都能拥有选择的机会，或许我国看病难的问题就解决了。

小贾将信任票给了第三位医师，看病抓药，都是在常规状态下完成的。为了能及时调治，他们在医院代煎的中药，一周后又跟着这位医生来到北京东城中医院，因为她转至那里出诊。这次复诊，地铁倒公交，几次倒车，让小贾心脏病复发，不得不在宾馆里休养了几天。复诊后，慢慢有点力气了，两人拉着两大包子的草药乘坐火车回临汾。后来每当回想起来，小贾心里就充满了无奈：这种病别人看不出来，钻进北京那人满为患的公共交通里，实在是没法去让人给极度难受的自己让个座，因为自己又年轻又有块头，只有默默地忍耐，那个时候的她最羡慕那些可以坐轮椅的人，因为她实在是走一步都很艰难。

小贾的潜意识里有一种感觉：中医药从久远的历史走来，必定有着它旺盛的生命力，否则世界人口第一大国的位置如何解释？她的这个认识与张艺谋差不多，问题的关键是要找对中医，这个清醒认识，是支撑她挺着弱不禁风的身体在北京继续看下去的理由。喝下这一碗碗中药，尽管这中药有些苦涩，效果也并不明显，可是她坚持着，她相信中医。有个亲属在背后议论，他们是病急乱投医。她回答别人的种种议论，只有五个字："我别无选择。"

从某种意义上讲，这是她认识上的自觉，她知道自己不在北京这个地方继续寻医问药，那只有等待死亡。两个月后，小贾和丈夫小李再次搭乘上那趟临汾直达北京的火车，准备再做一次努力。

清晨，火车开进北京，顺着地铁从东直门站走上来，照例在东直门地铁西南口来福士大厦旁那家小旅馆住下。小李没顾上喝一口水，就直奔中国中医科学院门诊部，他要排队挂号，他知道越早越能争取主动。离中国中医科学院门诊部还老远呢，小李就见到一堆一堆的人站在那儿，显然都是挂号看病的。早晨6点多钟，门诊还没有开门，病人或家属就开始在门外排队了，一种紧张的感觉倏然涌上心头。而那个告示牌上的一张纸条，让小李喜出望外："本周六曹洪欣教授的挂号顺序表。"患者自发书写的排队告示，向小李提供了一个重要信息：明天下午曹教授出门诊，现在挂号排队到第13位。不用商量，小李迅速找来一支笔，在告示的后面写下小贾的名字。这是在2012年的春天。

接着他给妻子打电话报告了这个好消息："这次曹教授临时周六出诊。"当时小贾一个人躺在小旅馆的房间里，马上激动起来："终于挂上曹教授的门诊号了！这真是太好了！"突如其来的好消息让她的心脏怦怦地加速跳动起来，心窝窝又再一次感觉到一种隐约的阵痛，真是"疼痛并快乐着"啊！

写到这里，笔者不禁感叹：小贾真是有福之人。据我所知，有相当多的患者，以各种路径获知曹教授可以治好他的病，可就是无法挂上这个诊号，也有人刨根问底费尽心思，可是很难找到曹教授诊治。毕竟曹教授只是一人，也只有一天24小时，尽管他已经放弃了周末的休息，挤出更多的时间给百姓看病，然而他还有其他大量工作要做，还有大量的保健任务与社会活动必须参加，怎么可能做到有求必应呢？所以小贾是幸运的。有一句话是这么说的："当您相信人生发生的一切都有上天的美意和计划时，那经历再大的苦难也会成为化了妆的祝福！"接下来，事情的进展似乎在不断地验证这句话。

周六下午，小贾终于被唤进中国中医科学院门诊部7诊室候诊，一种与众不同的气场，使小贾有置身于特殊环境的感受，真的有点震撼。这是她从未见过与体验过的场面，整个诊室没有一点杂音。不管你是重病还是轻症，在这里马上都斯文起来，规规矩矩，没有谈论自己病情的，更没有闲聊唠嗑的。只有曹教授一个人问诊，患者回答，如果还有其他声音的话，那就是两台计算机键盘发出的清脆敲击声。

小贾相当疲惫的身心顿感轻松了许多。后来她说："我也很奇怪会出现那样一个情况，走进诊室，我那个极端难受的身体好像瞬间就得到了改善。"诊室静悄悄的，不管你是怎样的病人，得的什么病，也不论你的性格脾气有多么不好，在这里都平静下来，竟有一种神圣感，与当下一些医院的嘈杂与喧闹堪比农贸市场的情形迥然不同。到这里诊病的人都满怀希望，候诊的静坐注视，看病的细声细语，个个都彬彬有礼。这种小环境内的良好生态，不得不说是值得有关方面思考与重视的。

此刻小贾对曹教授的医术及社会影响力还仅仅局限在"医生介绍板"上那100多字的简介，她不知道也不可能预见到，自己的这个疾病会因找到曹教授治疗而发生改变。

坐在曹教授的面前，仅仅隔着一个诊桌的桌角，她发现这位受到如此尊重的"老中医"，其实年纪并不算大，一头乌发，一副高度近视眼镜背后是一双善良慈祥的眼睛，仿佛可以洞察到你所有的疾患，有着不同于其他大夫的眼神。小贾很敏感，曹教授给她留下的印象非常深刻。

"曹教授，我是从山西来的。"

小贾讲到这里，曹教授说："山西，是个好地方啊！"

"那您知道花果城临汾吗？我就是那里的。"

曹教授说："我知道啊，那里是很有名的。"说着微微地笑起来。

小贾开启了自己的话匣子谈病史："我的病是2010年生第二胎时坐下的。我在太原看过许多家医院，山西老家的医院都诊断是冠心病、心脏病，山西武警医院给我做过冠状动脉造影。北京阜外医院诊断是冠状动脉血管肌桥，肌桥那个位置血管堵塞50%，没达到血管堵塞75%以上做手术的要求，他们不建议做手术，所以我没做手术。"讲到这里小贾停顿了一下，"可我真的遭罪啊。所有冠心病的症状我都有，如气短，胸部憋闷、疼痛，周身无力……"

她尽量用清晰并简短的语言概述自己的病情。这是她候诊时就观察和意识到的事情，要在最短的时间把自己的病情和治疗经过说清楚、讲明白。

曹教授一边认真倾听小贾的叙述，一边翻阅着几家医院的检验资料，当即发现小贾的化验单并没有太多的异常指标，血脂、血压都在正常范围，笼统诊为心脏病没有错，但不够准确。冠心病、心肌炎、心肌病、先天性心脏病、心脏瓣膜病、心力衰竭等，这些都属于心脏病。

曹教授三十几年行医的经验积累，临床遇到最多的就是各类心脏病患者，他的大脑在快速地识读、归纳和集中。那是1999年，他还在黑龙江中医药大学工作，就碰到了这样一位女士，生产时间不长，当时政策给予的产假较短，产假结束去上班，哺乳期给婴儿喂奶的折腾，家里家外的过度操劳，让她的身体迅速垮了下来。睡眠不好，饭也吃不下，浑身上下哪里都隐隐作痛，周身乏力，最后回家上楼都成了问题，说话的气力也不够用。当时曹教授诊断的依据是她十月怀胎，本来身体消耗很大，气血供给出现缺口，紧接着哺乳期又过度劳累，致使气血失调达到极限，因而突发缺血性心脏病。按张仲景"瓜蒌薤白半夏汤"为基础方，加减治疗，后来那位妇女的病治愈了。之后，她又推荐两位姐妹来看同类的心脏病。

"睡眠、饮食怎样？"曹教授问道。

"哎呀，我忘说了。睡觉不好，每晚都难以入睡。"小贾心里咯噔一下，人家问到了点子上，她紧接着说，"一旦被一点儿声音响动惊醒，就会出现明显的心慌，心口非常难受，上不来气儿，就再也睡不着了。吃饭不仅不香，有时倦怠劲儿上来，连眼皮睁一睁的气力都没有，饭再香都不想吃，就别说能吃多少了。"

曹教授诊脉的同时问道："背部疼痛吗？"

"对呀，我犯病的时候经常背疼，而且疼痛后会周身无力，特别是心脏这个部位难受无比。"

曹教授微微抬起头，看着小贾那张被病魔折磨得蜡黄的脸颊："应该是缺血性心脏病。"曹教授的轻声轻语，在小贾这里却犹如雷声大作，这位老中医做出与其他医院不同的诊断，这应该是丰富经验与独立思考高度统一的判断。

没错，曹教授做出这一结论，是基于他临床诊疗多例妇女产后心脏病案例，她们都是产后哺乳期发现的心脏病，这是共性问题。而小贾冠状动脉血管有一肌桥，造成冠状动脉狭窄，这必然造成心肌供血供氧不足，血运不畅，平时并不显现，或是感觉不明显，可哺乳期过度疲劳导致气血失调，双向叠加，形成供血不足，特点是过度疲劳后出现心前及背部疼痛、心悸、气短、乏力、失眠多梦等症状。

曹教授做出这个结论时，也提示跟诊博士生和博士后，辨证上不能简单地从补益入手，而应以理气活血为首选，推动和改善患者的血液运行功能。

再说那几位跟曹老师出诊的博士生和博士后，他们于临床现场跟诊是有学问的，要有悟性，找灵感，勤于思考，领会老师望闻问切时的每一个细节，学会了就是自己的本事。从小贾的病案看，诊断是第一道重要关口，诊断不对，那后边的一切都是南辕北辙。老师的这个方子，是解决缺血性心脏病的关键，如同作曲家将"14"改为"24"、"1"改"2"，音调就完全变了，"2"和"4"的配伍组合更富有弹性和韵味。领会老师处方的奥妙之处，将来自己行医重复老师的临症经验，有可能一"案"走红，像早年曹老师门下毕业的林晓峰、张明雪、张天奉、蔡秋杰博士等都在当地中医界占有一席之地，深得广大患者的认同和赞誉。

此次诊疗，对小贾而言，是生命的重要转折，是在艰难的求医问药道路上得以纠偏的节点，也是不再继续走冤枉路、花冤枉钱的开始。这对于她，一位年仅30多岁的女士是多么重要，对于他们整个家庭是多么重要！

走出曹教授诊室，小贾和丈夫不约而同开心地笑了，这是来自内心深处的喜悦和兴奋。

他们按照药方在门诊部抓药。回到东直门地铁出口处的地下旅馆，他们开始议论这个"缺血性心脏病"。为什么会这么定？为什么山西老家那么多中医西医都没有往这个地方想？曹教授的根据又在哪里呢？为什么找他看病的患者会那么多？为什么这次就这么巧，让咱碰上了，挂上了号？一个个问题冒了出来，又解释不了。他们觉得至少那些现代医学科学设备提供的检测报告是明摆着的，甘油三酯和总胆固醇等指标都在正常范围，就不应该视为一般意义上的冠心病，而血管肌桥是明摆着的。

小贾和她的丈夫都是那种勤于学习、善于思考的年轻人。他们在网上百度了曹教授，百度百科提供的信息资料和在诊室里的感受、感想碰撞到一起，激起若干的火花。夫妻俩在心中产生了一个新的认识：从临汾到太原，再从太原到北京，这一路走来，跌跌撞撞地找到曹教授，自己得好好跟住这位大师级医生。相信中医药，相信曹教授一定能治好自己的病。

第二个月，他们心中揣着期冀，迎着京城和煦的春风，再次来到北京，结果发现，根本挂不上曹教授的诊号。眼望着7诊室患者进进出出，小贾心里惶恐至极，怎么才能看上病呢？小两口儿这个急呀，怎么盘算都是无计可施，只有等待。只要曹教授没离开这个门诊部，她就没有走开的道理。她想起程门立雪的故事，虽然事由完全不同，但自己是来看病的，同样要拿出诚意。让小贾意外的是，在已预约患者基本看完时，曹教授的学生出来，告诉依然坚守在诊室外的患者："曹老师说，外地患者、复诊患者都能看完。"小贾得以候补挂号，搭上了这个"末班车"。

这次背着一大包曹教授开的中药回山西临汾，躺在北京至临汾的卧铺上，小贾的心无法平静，思绪随着摇摆晃动的车体不断起伏：找曹教授看病的患者太多了，诊号太难挂上了。如此说来，大概真是冥冥之中如有神助吧。

生命的改变已悄然开启，但此刻的小贾还没有察觉。大约服用曹教授中药半个月的时候，她感觉到身体有了一点点的好转，就是这一点点的好转让她看到了希望。之后的日子，她发现被意外惊醒后，又能不知不觉地睡过去。当她完全睡醒后，才意识到自己的睡眠也跟着发生了变化。此前只要是被吵醒，不管是白天还是夜晚，都会出现心率加速，心脏怦怦作响，自己都能听得到，伴随这种心率加快，自然再也无法安睡，那感受好像就在昨天，并没有走远。

　　为什么这次没有出现心慌？是什么东西改变了自己？小贾琢磨着这个事儿，她问丈夫小李，他的回答与她的猜测一致："是曹教授的中药发挥了作用。"那天，小贾非常高兴，整个下午至晚间都处于比较亢奋的状态。一位久治不愈的病人看到转机，如同长期被关在深山老林见不着阳光，有一天看到一缕阳光投射进来，眼睛定会释放出一种幸福的光亮。

　　她坚持吃曹教授开的中药，她相信一位已经站在中国中医界最高研究机构的行业带头人，一位对心血管疾病诊治拥有很高造诣的专家，他已经治好了许多这类病人，也一定有办法治好自己的这个病。

　　2012 年 7 月 15 日，小贾以同样的"末班车"方式，坐在曹教授面前，她告诉曹教授："我的睡眠有了一些改善。"曹教授没有对此做出回答，虽然从脉象号出一些微弱的动态变化，但这仅仅是一个开头，如同北京到临汾的列车只是刚刚启动，距离目的地还远。望闻问切之后，学生在老师的口述下写道：睡眠好转，活动后心胸痛，恶心，尿频，夜尿 7 次，舌质稍红，苔薄黄腻，脉沉滑。这次的处方也做了一定调整。

　　从 2012 年夏季到 2015 年冬季，小贾坚定不移地定期东奔北京，无论挂号多难，也不管车票多么不好买。小贾为了生命和健康，在逐渐变好的切身感受中得到鼓舞和力量，所以她坚持着这样充满焦虑和欣喜、艰辛且复杂的循环往复的奔波。3 年多共服了 1000 多服中药，直至痊愈。在与疾病进行抗争时，她选择了百折不挠和勇往直前。

小贾这个病的治疗并不是立竿见影的那种。在坚持服用曹教授的中药一年左右，小贾的病情有了明显的变化，这个变化就是在睡眠上。以前她睡觉的条件太过于苛刻，左侧不行，右侧不中，只能平躺，又很难入睡，只要中间被惊扰了，那心脏就会怦怦地跳个不停。服药之后，小贾对睡觉姿势也不再那么挑剔了，就是中间被扰醒，也不再心跳加快，心律失常，这个变化让她喜不自禁。再细细地体味，她发现自己不再像以前那样周身串痛，也不会动不动就周身乏力，精神头明显好转。

"好雨知时节，当春乃发生。随风潜入夜，润物细无声。"曹教授的这种治疗恰似春雨的滋润，使小贾虚弱的身体在悄然发生着改变。

当这种变化像植物的生长那样，在不经意间滋生出希望的萌芽，当事人发现时便是一种生命勃然崛起的喜悦，眼前是一片绿色，那曾经枯萎的枝叶被救起，生命被重新唤醒，该是怎样的一种心情？小贾感觉到有一种力量有如涓涓细水漫过周身，她觉得自己不再弱不禁风，也不再食不甘味，心脏早搏、心动过速等身体不适的症状渐行渐远。她是一个年轻的生命，她十分渴望获得生命的重塑，恢复原有的身体，毕竟与丈夫结婚时间并不太长，美好的生活刚刚开始，还有两个孩子，一儿一女，十分可爱，那应该是充满欢声笑语的幸福家庭。她还有双亲健在，还没有尽孝，没有履行儿女回报的义务。

是曹教授给了她这样一个机会，让她重新扬起生命的风帆。

2014年8月，那时小贾的身体康复是比较明显的。一个很有说服力的事情，是她操办了妹妹的婚事。按照临汾当地的习俗，姐姐是一个重要角色，需要替妹妹做的事情很多，至少前三天娘家要按照临汾的规矩向亲朋好友打招呼、买信物，迎来送往的事情都需要姐姐出头打点，相当烦琐，相当牵扯精力。那么，她这个姐姐能够担起这个重担吗？可她家只有她们姊妹俩，一时还真让小贾父母有些为难。

在曹教授诊室，她把自己的这个情况说给了曹教授听。曹教授会意地点了点头，似乎回答她没啥问题。那个下午她拿到曹教授开的中药方子，反复掂量它的分量，再细心感受自己的身体，她觉得自己蛮好的，精神头有，力量也不差，似乎一切都回归正常。

在妹妹的婚宴前后，小贾扮演了娘家的主角，她表现得大方得体，各种礼道样样不落、滴水不漏，可谓是风风光光、体体面面。当客人散去，她倒在床上呼呼地酣睡起来，直到晚饭被叫醒，全家人，特别是父母的心疼和关切包围了她。小贾揉了揉眼睛，笑着说："挺好的，我没事呀。"

她脱口而出这句话之后，才意识到自己过了一关，这一关就是劳累关，而渡过这关对心脏病患者来说是一个重要标志，是可喜的进步，跨过了一个生命的坎儿。这是几年来坚持喝曹教授中药的结果，是曹教授的功劳，当然也是她自己的胜利。

她把这个变化告诉曹教授。曹教授笑了，笑得十分开心。其实，小贾的病情发生根本性的改变，他早已在上几次的诊疗中察觉到了，不然他一定会劝服小贾不要做过于劳累的事情，因为心脏病患者最忌讳劳累。

这个治疗结果是她的家人都没有想到的。大喜之后，回头看，他们觉得小贾确实幸运。还有一件事也让他们深为感动，就是除了第一次是正常挂号之外，之后3年多的时间里，都再没能挂上曹教授的诊号。当时曹教授一个诊号甚至被黄牛票贩子炒到4000元，这对于月收入只有5000元的家庭来说，只能是望而却步。可小贾每次都以乘坐"末班车"的方式看上了病。后来有人问她："你怎么知道人家最后一定会给你诊病呢？"小贾的回答是值得玩味的，她说："我相信曹教授。""何以见得？""曹教授是仁德高尚之人，他不会看着我们从临汾大老远赶来，挂不上号，看不上病而不管的。"她进一步补充，"曹教授是真正的大医，大医自有大智慧，医者父母心啊。"

曹教授不仅是一位大医，还是当代中国中医临床和理论继承和发扬的重要传承人，是国家非物质文化遗产项目（中医生命与疾病认知方法）代表性传承人，是博士生导师，带了一批接一批的博士后与博士研究生，还有大量的社会工作要处理，有全国各地通过各种渠道找来的患者要诊治，可谓是千头万绪。尽管这样，他十分理解和同情基层民众前来看病的曲折和艰难，特别是从外地来京看病的患者和家属的艰辛，所以每次都会尽可能地安排增加诊疗时间，尽可能多看些病人。但也有例外，比如有一次，对小贾而言是唯一的一次。那天，曹教授拎着包走到小贾面前讲："我得去机场赶飞机。这次让学生给你看吧。"转身，他向博士生范逸品交代，"她是缺血性心脏病，认真调一下处方……"这种精心的安排使小贾感到很温暖，让她真切地感受到大医的精诚。

曹教授在最大限度牺牲休息时间额外增加就诊患者的同时，也在想办法解决患者挂不上诊号的问题。他对号贩子将自己的诊号炒成那么高的价格很意外也很生气，想尽办法将号贩子排除出去。

小贾的这个幸运其实是值得思考的：首先，第一次就挂上号，属于幸运，正是这次的偶然机会，使她顺利进入了曹教授的病人圈子，这个别人无法效仿；其次，她笃信曹教授能救治她的疾病，所以在没有就诊保证的情况下，也始终坚持不放弃，看得明白，主意正；最后，她的虔诚和信任同时也感动了曹教授。曹教授历来高度重视患者对自己的信任，他清楚，患者的信任是最根本的支撑，是一切中医工作的出发点。如果允许的话，他愿意将自己的时间最大限度地奉献给患者，为他人健康带来福音。

小贾有一点是特别的：她一边看病，还一边跟着学习中医知识，从知之甚少到知之较多。她购买了一本曹教授的著作《中医心悟》（2013 年版），通读了数遍，特别是《冠心病病机与阳虚痰瘀》《冠心病心阳虚证的症候特点分析》《温阳益心法治疗胸痹的临床研究》等几篇与治疗心脏病有关的章节，她认真学习了若干遍。虽然似懂非懂，可她在反复咀嚼曹教授的一些观点、方法时，朦朦胧胧体会到中医对天人合一、形神统一的理解，对运用温阳益心法治疗冠心病的某些逻辑关系有所感悟。

有一件事情促生了她对中医的兴趣，那就是为什么那么多医生都笼而统之地将自己的病定为冠心病，而曹教授会在很短的时间里就确诊了自己的疾病，并按照这个结论治愈了自己，一种渴望了解曹教授，探究他下药依据和治疗方法的念头在那一瞬间萌生。她成为中医的忠实信奉者，成为"欣粉"，实现了曹教授倡导并乐见其成的社会效果，即让更多的人"了解中医，享受中医，发展中医"。

事实证明，这种社会效果首先会在患者群里产生。几十年来，曹教授的大医精诚和慈心仁术，感动了太多的患者和家属，有人因他而立志学中医，有的甚至成为他的硕士研究生、博士研究生，还有的成为中医迷、中医爱好者，就像小贾这样。曹教授认为这些都可以宣传推广博大精深的中医知识与文化，推动中医学在当代的传承，有利于民众健康。

小贾在自己的缺血性心脏病基本痊愈的情况下，在学习研究曹教授的《中医心悟》的基础上，悉心研究曹教授对自己疾病的理解，以及自己接受治疗的体验，开始了大胆的尝试，也就是以曹教授的处方为基础方，进行加减化裁，学着给自己下处方，意欲巩固疗效。有趣的是，她加入曹教授"享受中医"微信群后，在这个群里以"用生命传递曹洪欣叔叔爱心"的昵称出现。她把曹教授每天转发的一则则有关养生保健的帖子，向另外一些养生保健群进行转发扩散。有时她还会在群里运用曹叔叔转发的验方帮助自己的群友。由于她学习中医比较扎实，一些推荐的验方运用得准确，也经常收到一些意想不到的效果，于是在以她为群主的几个养生保健群里建立起了威信，成为借助互联网模式推广中医药方法与技术的践行者，博得临汾当地一些群众和其他微信群友们的好评与赞扬。

从临汾到北京，从患者到中医爱好者，小贾用自己康复的事实力挺中国中医。她在健康中国"人人都是自己身体健康的第一责任人"的旗帜下，大力宣传中医的确切疗效、中医的优势、中医的长处，把"防未病，治已病"落到实处。她作为重病患者得以康复，奋起力挺中国中医，其说服力、感染力是无人能比的。这正是曹教授乐见其成的事情——"了解中医，享受中医，发展中医"。

三、方寸药方书写不尽善良、智慧与能力

1 结合现代科学　尽显神奇与智慧

这个案例得从 2015 年初冬讲起。福建省莆田市涵江区江口镇刘庄村发生了这样一件事：91 岁老太陈西宅，因胆管癌致胆管堵塞，形成急性黄疸而全身黄色鲜明，医院已下病危通知，老人家已 3 日未进饮食，神志昏蒙。11 月 4 日，家人给陈老太灌下曹教授开的中药，当晚她排泄一大堆粪便。第二天晨，陈老太睁开眼睛，能够从病榻上坐起，喝下一碗小米粥。一周后，老人家下地活动。不到一个月，陈老太又回到纸牌桌前。

刘庄村，大榕树下，围坐周围的牌局伙伴们大呼小叫起来，那些老婆婆、老大爷刨根问底："陈姥，你喝的是什么灵丹妙药呀？我们都以为这回你肯定是不行了……"

这里必须从国家中医药管理局的小陈讲起。那天，小陈接到母亲的电话，告诉他外婆快不行了，也就这几天的事了，回来一趟吧。小陈在电话里询问了外婆的情况，知道外婆得的是胆管癌，前半个月时间，突然全身变得焦黄焦黄。原来每天都跟着本村的老姐妹们

玩纸牌，人家见她这个样子，认为她是肝脏出了问题，都不跟她玩牌了。玩不了是小事，吃不进饭是大事。去市里医院诊治，大夫摇头，老人家这个病我们治不了。要治，就得手术，可麻醉过敏这关怎么过呀？医院只能采取维持治疗。外婆已不能吃饭了，只能躺在病床上，眼见着老人家瘦了一圈，精神萎靡，处于昏睡状态，全家人都十分紧张。

小陈答应母亲请个假，回老家看望外婆。

小陈的领导正是曹教授。曹教授离开中国中医科学院院长岗位后，任中国中医药管理局科技司司长。

"什么事，一早上就这么紧张？"曹教授见小陈匆忙请假，于是这样问道。"应该吃点中药啊。"听了对陈老太的病情介绍，曹教授跟小陈讲，"让家人拍个老人家面部、舌头照片，可以开方，吃中药看看。"

"好好，我马上找我妹妹拍一下。"小陈这时恍然大悟，曹司长不仅看心血管疾病厉害，其实许多病都很拿手，这个此前早有耳闻。

曹教授是最早一批将古老的中医文化纳入互联网轨道上的拓荒者。这次通过互联网，北京与福建偏远的小山村联络起来，传统的中医神话就是通过这个互联网实现的。2400年前的医祖扁鹊绝对不会想到，要把中医术用于平民百姓，为民解除痛苦，不必周游列国，到各地行医。2400年后，中医后人曹教授利用互联网为中医的医术插上了"翅膀"，送到了2200多公里之外。

不到一小时，小陈的妹妹把外婆的面部和舌头照片发给了小陈。曹教授看过照片，与小陈讲："你看老人家的舌苔都没有了，气阴两虚较重。"说话的时候，他的心里已经有了谱。曹教授首先考虑到调整老人家的脏器，急则治其标，以改变因胆汁堵塞胆总管造成的代谢失衡，进而改善全身继发症状，让老人家恢复正常代谢。

曹教授从包里拿出处方本，写下方子。他把药方递给小陈："让老人家尽快吃药。"

几分钟后，这个方子传递到2200公里之外的福建省莆田市涵江区江口镇刘庄村。

这个医患两头不见面的临床实践，看似简单，却有着重要的社会意义，涵盖了太多的变化和进步，至少有五个问题是值得我们认真思考的。一是现代互联网的应用与传统中医的有效结合，不是一次中医传统意义上的望闻问切的突破，而是现代文明与古老文化在当代的一次对话，有如几千年来中国中医诸多圣贤通过互联网再现他们的智慧，展示自古以来就有的规范与神奇的医术，传承者正是曹教授这样一位当代中医。二是这个现代科学技术与传统医学的成功结合，不仅仅是缩短了2200多公里的医患间的距离，还在生命的机会成本上赢得了无法估量的时间和空间，使过去的绝无可能成为可能。三是这不是一次简单的突破，它至少在就医方式、医患关系等多个层面提供了更多的可能性。四是它最大限度地压缩了各个方面的成本。五是它昭示了传统中医不仅适用于历史各个时期，同时亦适用于今天的互联网临床诊疗时代。

奇迹的延续证实了上述五个判断。小陈请好假，揣着曹司长的叮嘱，赶赴机场时，老人家睁开了眼睛。小陈还没登机呢，曹老师的中药就开始在外婆身上起作用了。那一刻，老人家睁开了眼跟女儿说："我要大便。"女儿、孙女一齐上，为老人接下许多的陶土样大便。

"我没事了，好像睡了一觉，现在醒了。"陈老太用地道的莆田话告诉女儿，"现在身子骨轻松了好多。"随即微眯起眼睛，回忆着在自己身上发生的事情。

第二天，老人家喝下了一碗稀稀的小米粥，胃口开始打开。

这时，小陈刚跨进家门，用地道的方言喊道："外婆……"他的声音有些颤抖和变调，因为此刻外婆还是一张让人惊讶的经过病苦折磨后憔悴的面容，焦黄焦黄的脸颊，已经完全没有外婆往日的神采。

陈老太见外孙子从北京回来看望自己，不禁喜出望外，顿时精神头儿大增，面上似乎绽开一点点容光。

小陈是从莆田刘庄村走出去的大学生，又进了国家机关，今天回到刘庄，多少有些衣锦还乡的感觉。但是，小陈是专程回家看外婆的，自己大学学习中医专业，觉得好好照料外婆是自己的责任，他以一位内行的身份，从选药房、抓草药到熬药，都亲力亲为。外孙子从北京专程回家探视外婆并精心护理，无疑是对陈老太精神上最好的抚慰。

服用曹教授开的中药，出现桴鼓相应的效果也让小陈多少感觉有些意外。病情一天好似一天的变化，是从外婆顺利排便开始的。大便通畅，然后食欲好转，饭量逐渐增加，体力恢复，证明陈老太的身心在逐渐得到调理，自我调节能力也在恢复中。让家人最为高兴的是，她一身的黄疸一点点变浅、趋淡，用药第四天，老人家身体70%得以恢复，只剩眼睛还有些淡黄色。一家人紧张的心都放了下来，老太太度过了危险期。

一个月后，老太太完全恢复到原来的样子，就跑到村东头那棵大榕树下，跟往常一样玩起了纸牌。就是开始那个场面，大家都围着陈老太问长问短，可话题最后都会落到你是用了什么药、谁的药，怎么跟神话故事一样，让人难以相信。

半年后，曹教授去福建开会。出发前，他对小陈说："会议结束后，我想去看看你外婆，作为医生回访一下。"

曹教授真的去了。当时，陈老太正在打牌，得到消息，一溜小跑往家赶，那双"解放脚"跑起来根本不像是一位92岁的老妪。

曹教授在陈老太家落座，神闲气定地给陈老太把脉，又看过老人家的舌象。

"您现在感觉怎么样？"曹教授问。

"你的药真灵，就是太苦。"陈老太用非常浓重的方言说道，引来周围家人的哄堂大笑。

"老人家说的啥？"曹教授有点没听懂，于是扭过头问。

"我现在打牌一天能赢60块（钱）。"陈老太又是所答非所问，大家再次爆发出笑声。

2 疑难病症 整体思维优势

大家都知道，有些民间偏方有奇效，用准了能有效治疗疾病，然而用不准或不对路，也能导致疾病。不信？那你听我说说这个离奇的医案。

2005年初春，史晓敏怀孕40天时才发现，她爱人在唐山开滦矿务局下边一个煤矿工作，单位要求她打掉这个孩子。那时没有二孩政策，晓敏和爱人只能服从单位纪律，没让那孩子出世。

倒霉就倒霉在一个靠卖偏方的江湖骗子找上了门。一番花言巧语骗得晓敏的信任，为避免人工流产后落下腿脚疼的毛病，晓敏掏了400元钱，换了两个小馒头似的黑乎乎的圆团子，夹在腋窝下。遵嘱，晓敏夹了3个小时。

当晚，她开始发高烧，同时从头到脚，直至五脏六腑，身体的各个部位，每一个关节都火烧火燎地疼痛。最后感觉自己有如落进一个火盆里，烧得要死要活。

晓敏知道上当了，懊悔不迭。让她更没想到的是，第二天大小便都排不出来，吃饭喝水都火辣辣的，烫出大泡的感觉，即使有排便的感觉也不通畅，热得难以忍耐，且周身浮肿，脸色变成暗黑色。原来的衣服穿不了，更麻烦的是一双脚肿得出奇，鞋都不能穿了。

晓敏时年35岁，是唐山市玉田县远近闻名的大美人，结果一剂偏方，没几天就将她变成了丑八怪。她像个大胖娃娃，脸肿得如硕大的南瓜，两条腿肿得迈不开步，在玉田集市上这么一走，大家都以为来了个胖大汉。她是玉田县啤酒厂的职工，同车间的妹妹认出她，脱口而出："你这是怎么了，脸色跟死人色似的？"

趿拉着拖鞋，穿着十分怪异的套装，由此，她变成一个怪人，大家都知道她一夜之间变了模样。

晓敏由爱人陪着干两件事，一是治疗疾病，二是找那卖偏方的江湖骗子算账。

玉田县、唐山市医院跑遍了，河北省的大医院也都去过。CT、核磁、彩超、造影等各种检查，怎么查都找不出病在哪儿。如果不是胖头肿脸，整个身子跟馒头泡在水里似的肿了一圈，法院没准儿得说她装病，岂不是有病也说不明白？那周身上下火烧火燎的滋味、高烧不退的煎熬、吃啥啥辣的痛苦，使晓敏对生活失去了信心。她常常在投医的路上，在接受法院讯问时痛得实在忍不住，倒在爱人的怀里，痛苦地呻吟："太难受了，我受不了呀。"

治病和打官司成为常态，一晃五六年过去了，病因找不到，官司没头绪，家里的积蓄全花光不算，还欠了一屁股债。

病魔把晓敏逼到了绝路，她两次割断肘腕动脉。

被救过来的晓敏被爱人小吴强拖到北京。应该说小吴是个好丈夫，他说："我不能没有你啊。我有一口气也要下井挖煤，挣钱给你治病。"爱人的一番话感动了晓敏，她说："如果不是他对我好，我早就一了百了啦，活不起呀。"他们带上干粮和咸菜进京，晚间住进北京火车站。冬天太冷，就假借吃饭躲到车站旁的肯德基。她把求生的希望寄托在协和医院，病症实实在在摆在这儿呢，怎么就找不出来？

想法归想法，现实是诊病的号挂不上。一连两天，进了协和医院的楼，却进不了医生的屋，急得小吴团团转。

"你是什么病呀？"协和医院本院一位年长医生拿着饭盒准备打午饭，看到晓敏这副凄凉状态，动了恻隐之心，"怎么大冬天穿个拖鞋来看病呀？"这位好心大夫帮晓敏挂上号，带着她查这儿看那儿，一连两天检查流程全走完了，协和医院医生也迷茫了：各项指标都正常，连疾病影子都没摸着。所谓"病人不张口，神仙也难下手"，那好心的协和专家想了想："要不，去宣武医院神经科看看吧。"小吴带着妻子去了宣武医院，从宣武医院出来又去了朝阳医院，从朝阳医院出来又投向东直门医院。两口子第一次进京城，哪儿也不去，就是一个劲儿地找医院。连北京大医院都查不出来病在哪儿，玉田县法院那头怎么能认定是这个偏方惹的祸？法院最后判决：晓敏医疗费等项支出，双方各承担50％。二三十万的花销，一半也承担不起呀！晓敏再次想到自杀。所谓一了百了，那时晓敏的理解是再深刻不过的了。

在东直门中医院，晓敏再次碰上同情者："我建议你们去中医科学院看看。"他们夫妇也没有想到，在中国中医科学院又折腾了两年

175

多。那时，晓敏夫妇绝望极了："是癌症也得有个说法吧？怎么什么也查不出来呢？人被折磨成这个样子了！"

就在快要山穷水尽之时，第三位好心人出场："你们找没找曹教授呀，就是这里的曹洪欣院长。"那位好心人怕他们夫妇不信，讲了一个病例：都江堰有位76岁的退休教师，得了一种怪病，每天夜半嗓子痛，整夜不能安睡，大部分时间是坐着到天亮。18年来，四川各个医院看个遍，就是没治好。2007年，他找到曹院长。听完患者自述病况，曹院长当时就判断出那老先生的病根，当着患者的面，他对跟诊的学生讲，这个病属于瘀血证，做出了与此前所有中西医不同的判断。服药7服后，老人家症状基本消失；又巩固21服药，完全治愈。那位老先生返川前找到曹院长感谢，说："如果早找到您，我就不会遭这18年的罪了！"

曹教授认真倾听晓敏的叙述，阅读化验单等检查结果后说："别急，吃中药试试吧。"

后来，晓敏与笔者绘声绘色地回忆当时服用曹老师的中药的情景："当时也没相信也没不信。吃着吃着，就觉得有一股股气从脚踝这儿往外出，气从里往外，全身这么多气串着出，从汗毛孔往外冒气。我当时就觉得浑身舒服多了，知道人家曹老师找到我的病根了，我就跑到外边喊我爱人，我跟他说这种感觉，他非常高兴，就跟中了大奖似的，直蹦高儿。"小吴帮腔，做着手势："就跟抹了清凉油似的，一个劲儿地往外出气。""感觉特别好。"晓敏又抢过话头，提高嗓门，"感觉可舒服了。"她突然站起来，用手指比画着，"从脚背开始往头上一点一点地出气。"想了想又补充道，"有时候跟气管子打气似的，哧哧的，特别好受！"晓敏说到这儿，泪眼汪汪地望着我，好像在判断我是否相信她的叙述。停顿了一下，她抹了一把

176

眼泪："你信吗？这不是神了吗？这个排气不是一次，后来曹老师给我调方，又出现了好几次这种情况。现在，我的发热退了，疼痛逐渐消失了，脸色也比从前好看多了。我这个变化，曹老师看了也高兴。有一次，我跟曹老师说，吃了您的药，什么都好了，能给家里做饭了，也能照顾孩子了。就是停药后，有时还有点痛，虽然不像以前那样，但还是有些痛。曹老师笑了，对我说：'你有信心，我就有信心，一定给你把这个病治好。'"

3　生命呼唤　孩子健康有保障

　　妈妈胡梅莹是位教师，她抱着自己的孩子冬冬来到曹教授面前。此刻，7诊室变得更为宁静。

　　冬冬睁着一双惶恐的大眼睛，望着曹教授，那对眸子忽闪忽闪，盛满太多的恐惧、困惑和好奇……小脸蛋因为紧张有些走形。孩子的母亲心里七上八下的，一颗心紧张得提到嗓子眼了。

　　3岁不到的孩子来看中医，这本身就有一定的新闻性。这个医案同样值得中医临床史上记下一笔。现代医学的科学技术对冬冬的病情做出不留情面的结论：换肾。而在曹教授这儿出现了转机。

　　曹教授笑了，笑得是那样的和蔼自信："多乖的孩子呀，别怕，让爷爷摸摸你的脉搏。"

　　冬冬在惊恐中，左手被轻轻地拉到脉枕上。曹教授将自己的手指轻轻地搭在了冬冬的手腕上。曹教授对小孩子表现出特别的亲昵，他的微笑证明了这一点。

　　此刻，曹教授慈祥的笑容慢慢地收敛起来，脸转向前方，表情随即变得有些凝重。

冬冬的右手紧紧地搂抱着妈妈的脖子，紧张的小脸贴紧妈妈的脸。胡老师微笑着，可年轻母亲的紧张与惶恐都表现在脸上。她怎么也不会想到，冬冬生下来就是一个重症病人。此刻，她望着曹教授，那是一种惶恐和祈福交织在一起的心境，复杂极了。

曹教授还是微笑道："伸出舌头，让爷爷看看舌头。"

说起来是有些奇怪，尽管冬冬一脸的紧张，但配合得非常好，让怎么做就怎么做，是一个非常懂事的乖孩子。

曹教授拿起胡老师带来的几家大医院的检查资料，快速地阅读其中的重点部分：母亲怀孕 30 周查出胎儿肾偏小，左肾 33mm×14mm，集合系统宽 5.1mm，右肾大小 26mm×9mm，集合系统宽 3.6mm。胎儿 32 周的影像检测结果，肾脏对比同期胎儿小……

往事不堪回首。那是 2012 年的春夏之交，胡老师怀孕了。

"胎儿肾脏有点偏小。"那天，胡老师独自一人做例行产前检查，B 超大夫告诉她。她从 B 超室那张诊床上坐起来，惊诧的目光望着医生："为什么会肾小，肾小会有什么后果吗？"

晚间，她把检查结果告诉丈夫。丈夫除了困惑还有惶恐："怎么会呢？肾小会有什么问题吗？将来会不会带来别的健康问题？"

那一晚，胡老师和丈夫讨论了半夜。

毕竟生命的出现带有偶然性，而某些特殊问题是不可忽视的，人是极其复杂的生命体。

他们一起去咨询。ZH 市其他医院的医生认知似乎过于乐观，那医生告诉他们小两口儿，肾小不一定会有问题。那位医生打了一个形象的比喻："人的身材还有高矮之分呢，生下来再长呗。比如富商××，个子不高，智商却是出类拔萃。"这个看似合乎生活常识的比喻，其实违背了科学常识，这本是不同概念的两码事，却等于告诉

178

他们：没啥事，这孩子留下吧。

这对年轻夫妇，关键时刻做出了选择。由此引发的事情远比当时的取舍复杂得多、曲折得多，那种艰辛是无法想象的，代价超乎寻常。

孩子在母体内继续生长着。胡老师和丈夫对孩子充满了无限的期冀。这对"80后"父母在各自的岗位上勤勉且努力地工作，他们以从未有过的积极态度面对生活，拥抱即将出生的孩子。

喜得贵子，那种喜悦还没过去，一些症状引起了他们的警觉。冬冬这孩子柔弱多病，似乎有些不对头，比如每一次流感来袭，冬冬都逃不脱。这让他们重新想起当年有关肾小肾大的问题。

他们再次走进医院，这次不同的是，胡老师抱着的幼儿，是一条活生生的生命。这一次，医院不再坚持肾小可以后长的意见，他们不置可否的态度让小两口儿没了主意。

于是，小两口儿带着孩子在 ZH 市妇幼保健医院跑来跑去，模棱两可的诊断让这对年轻夫妇无所适从，陷入崩溃的境地，恐惧和焦虑缠绕住他们。那一刻，他们如大梦初醒，懊悔不迭，喜得贵子的欣悦被冲击得荡然无存。

北上，北上，ZH 市几家大医院都跑遍了，可却没有准确的答案，他们渴望北京的医生给出权威的意见。他们像丢了魂似的，去了北京。

北京的妇幼保健医院、北京儿童医院、北京儿童疾病研究所等，全都看了个遍，结论居然高度一致：换肾。只能等待某一个时候，肾功能衰竭，换肾，除此之外，别无选择。

那天，北京儿童医院的贾大夫给孩子做的 B 超，毕竟事关重大，他们请出这位北京儿童医院 B 超第一人，想必是对此前的结果不甘心。然而检查结果同样糟糕。

北京大学人民医院的一位资深大夫拿着孩子不同时期的 B 超片子比照，最后摇摇头。

那天，北京的天空是铅灰色的，雾霾给初冬的京城平添了压抑感。欲哭无泪的小胡夫妇从来没有这么沮丧和无奈。

小两口儿崩溃了，彻底地崩溃了。他们从百度上搜索，得到的解释跟自己找过的大夫的结论大体一样。

这种打击，对小两口儿来说无异于核弹级的毁灭：这也太可怕了！我们怎么这么倒霉，怎么就能出现这种遗传基因方面的重大缺陷问题？他们还是相信了是遗传方面出现了问题。

那天，他们不知道是怎么回到宾馆的，不知道是怎样度过的那个雾霾笼罩的北京之夜……

怎么办？当他们回到 ZH 市，回到自己家之后，开始苦思冥想，寻求其他信息路径，思路始终从北京各大医院给出的"判决"出发，徘徊于痛苦和沮丧之中。

孩子一天大似一天，却又明显比同龄孩子发育滞后，那虚弱的小身子骨抱在怀里，母亲会心痛得泪洗脸颊，父亲会产生深刻的愧疚。年轻的父亲相信是自己的基因出了问题，让孩子一来到这个世界就遭罪，甚至怀疑自己是不是上辈子做了坏事，不然怎么就会发生这种事情啊？对不起孩子，对不起孩子呀！冬冬这么小，等待他的是必然的换肾手术，至于换肾，他们有时连想都不敢想下去。

孩子是无辜的，孩子永远都是无辜的。特别是当冬冬第一次奶声奶气地叫他们爸爸、妈妈，那稚嫩且并不清晰的语音，一下子就击倒了他们夫妇。他们在泪眼模糊中意识到，无论是什么原因，都没有再查找下去的必要了，当下只有抓紧时间给孩子看病，请最好的医生，把创伤降到最低。"80后"父母一下子苍老了许多，年轻父亲的两鬓早早地钻出了白发。

就是想尽一切办法，也要给孩子治病。他们达成了一致的意见，也得到了双方老人的支持。

是怎么从西医转向中医，又是怎么找到曹教授的？他们说这要感谢互联网的传播，是现代传播工具的力量。

2016年5月28日，小两口儿带着孩子来到曹教授诊室。曹教授迅速阅读完冬冬的各种相关检查报告，不忘安慰年轻的家长，对他们说道："对于这个病，不要有太多的心理负担，先吃一段时间中药看看。"显然，曹教授发现了家长的这份紧张。

胡老师眼睛一亮："曹教授，您是说这个病您能治？"

曹教授微微一笑，没有直接回答，他将问题转给了自己的学生："如果让你们治，怎么治呀？这个病应该从哪里入手呢？"

跟诊的七八位中医博士、博士后，你一言我一语，谈了自己的认识。诊室顿时活跃起来。

曹教授道："男孩8岁为一个生命周期，现在是第一个生命周期，冬冬此时前来求治，应该为时不晚。"

曹教授的学生们都在认真聆听，他们知道，老师对生命的认知有其独到的认识，两精相搏谓之神，阴阳和合孕育了生命。中医非常重视养胎、安胎、保胎、寿胎，胎儿在母体孕期内活得长一点、精神一点、舒服一点，生出来就健康。现在这个患儿在母亲体内这个过程完成得不是很好，那么老师能后天改变这个现实吗？

曹教授接着叙述：患儿4岁，先天性右肾发育不良，近1年尿素氮升高，4月19日尿素氮12.07，肌酐74，目胞肿，皮肤瘙痒，下肢疼痛夜间加重，时恶心呕吐，倦怠乏力，舌淡红，苔白，脉滑。

接着下了处方。

这一切，胡老师都看在眼里。她心里一块石头似乎落了地，她的理解是，曹教授能治冬冬这个病。想到这儿，她的脸上不禁流露出开心的微笑，随即眼中迅速蓄满了泪水。

小两口儿双手接过药方，向曹教授道谢，在门口的药房前排队抓药。他们带着曹教授开的中药，飞回 ZH 市，那个中国东南部的海滨城市。

ZH 市没有草药吗？冬冬的爷爷、奶奶、姥爷、姥姥都问。四位老人都把自己大孙子的病看作头等大事，都愿出钱出力，甚至是倾其所有也在所不惜。小两口儿认为，中医科学院中药的质量更可靠一些，既然作为头等大事来做，就要保证每一个环节不出差错。回到家的当天，中药就煎上了，奶奶和姥姥给煎煮的，可谓刻不容缓。爷爷和姥爷也站在一旁监督，一家人一个心思地做一件事。而冬冬却懵懵懂懂，不知道大人为什么这般忙活，但也似乎懂得是为自己。

喝药时，冬冬是那样的懂事，没有半点执拗，不哭也不闹。这让爸爸和妈妈，还有爷爷、奶奶、姥爷、姥姥非常感动，甚至有些受不了。奶奶在门外抹起了眼泪，走进里屋，将儿媳妇叫了出来："梅莹，冬冬的病是大事，是我们家最大的大事，经济上有什么困难，爷爷、奶奶全力相助。"奶奶特别强调了"最大"这个词。

"谢谢妈，我妈刚才也这么说，我们全家都非常感谢你们。"胡老师闻听此言，泪水又不禁夺眶而出。她接着解释："现在用中药，开销就大大降低了，一个月左右去一次，主要花销是在交通费和吃住上，减少了不小的开支。现在看没有太大的困难，有困难，我们会找爷爷奶奶的。"

"梅莹，我听说中药需要不断地调换药方，一个月的时间是不是太长了点，能不能短一点时间呢?"奶奶紧接着追问了一句。

"妈，你们不知道，这还得一环不落地排队预约才行呢，一个月能挂上一次曹教授的号，就很不容易了。"胡老师见婆婆还是一脸的疑云，就笑道，"妈，您不知道吧，冬冬找的这位大夫可不是一般的医生，人家有多忙，常人是想不到哇。"于是，她把从百度上搜索到的曹教授的相关资料，一五一十地跟婆婆唠叨了一遍。

一个月的药服完后，胡老师带冬冬去医院检查，几项主要指标的细微变化，特别是尿素氮降到10以下，这如同拂晓天际的一丝光亮，让他们看到了希望。

2016年7月10日，小两口儿带着冬冬再次飞到北京，选择东城区海运仓的《中国青年报》的宾馆住下来，这里离中国中医科学院门诊部不远。排队、就诊，一切都在紧张又有条不紊的节奏下进行着。

胡老师向曹教授报告病情变化：服药30天后，冬冬的下肢基本不疼了，皮肤瘙痒、目胞肿减轻了许多，恶心呕吐次数减少，只是仍觉得没力气，不愿活动。曹教授调整处方，嘱咐冬冬一定要继续好好服药。

第三次服用曹教授的药之后，化验和检测的结果让小两口儿感到惊喜。尿素氮降到正常范围，他俩从那张检测报告单上看到了这个确切的改变，这是此前连想都不敢想的。他们露出欣喜的微笑。晚间冬冬搂住妈妈的脖子，悄悄地说："妈妈，我爱你。"

胡老师惊呆了，第一次听儿子这样向自己表达爱意，她意识到，这个孩子懂得大人的努力。

丈夫听妻子跟自己说这番经过时，也不禁流下热泪，这一刻突然觉得当年留下这个孩子没有错，这个孩子太乖巧太聪明了。

2017 年 1 月 8 日，夫妻俩带孩子来京诊病，胡老师说："冬冬没有什么不舒服的感觉了，有时会在睡梦中惊醒。"为此曹教授四诊调整了处方。

两年多的时间过去了，经过曹教授诊疗，冬冬的身体逐渐地发生改变。他的生长速度开始加快，也明显健壮了许多，饭量增加，性格似乎都跟着起了变化，好动、好玩儿、淘气的小男孩特性展现了出来。

冬冬去了幼儿园。这本来是再普通不过的一件事，但对于冬冬来说，这是一个带有标志性的事情，它证明冬冬跟其他小朋友一样，从现在起没有什么不同，如果非要说有什么不同，那就是冬冬更活泼、更聪明、更懂事了。这让小两口儿时不时想起那句话："上帝给你关闭了一扇门，就会给你打开另一扇窗。"冬冬的聪明和懂事，让他们夫妇从另一个角度坚定了把孩子的病治好的信心。而这个信心是建立在对曹教授医德医术的高度信赖的基础之上。

2017 年 5 月 2 日，在曹教授诊室外，笔者见到了这个活泼可爱的 5 岁男孩。他的母亲讲起儿子的治疗过程，十分兴奋。她说在曹教授的中药调理下，冬冬的肾脏随着身体的成长，居然不断地缩小了与同龄孩子的差距，各项指标开始趋向正常，就是说冬冬这孩子的肾的生长逐渐改变了先天不足的问题，不用做肾移植手术是肯定的了。可当她讲到当初医院告诉她必须要换肾时，还是失声痛哭，哭得是那样伤心。随后，她又破涕为笑，她告诉笔者，那天曹教授跟她讲："有希望，不用太担心。"胡老师说，曹教授说有希望那就是有希望，这句话不仅仅是让他们两口子充满了信心，也让全家人都得到了极大的安慰，在重要和关键的节点上，重新点燃了他们心中的希望，唤醒了对未来美好生活的憧憬。

2018 年 8 月 1 日北大一院检查，超声：左肾 7.1cm×3.8cm，右肾 6.7cm×3.5cm，形态结构未见异常，化验指标均在正常范围。

胡老师对笔者讲："这是一个生命的奇迹。现在看，我儿子不仅不用做肾移植手术了，而且各项指标趋于正常，身体显得比其他小朋友更健壮。"这应该是中医治疗的一个经典案例。

那天，胡老师对我讲了她心里的一个想法，她说："等孩子长大了，我一定让他学中医，有可能的话就跟他的曹爷爷学中医，当他的博士生。"她接着说，"曹教授医术这么高明，救了这么多的患者，按照佛家的理论定能高寿，一定能超过百岁，我家冬冬是有这个机会的。"她说这番话时，充满了一位年轻母亲对儿子的期望，充满了对曹教授的感激，是真情实感的流露。

没过多久，我在朋友圈里，看到了胡老师发出的一组照片：在 ZH 市同仁堂一个活动中，冬冬穿上了白大褂，模仿中医，给患者开药，站在药柜前的那个憨态可掬的小模样、一丝不苟的神态，让人忍俊不禁。真是可怜天下父母心哟！曹教授的慈心仁术将这对年轻父母的爱心升华至极致。

曹教授用他无比强大的智慧和力量，在悄然无声中化解了冬冬的病痛，取代换肾手术的不是别的，就是普通药店随处可购的廉价中草药。

如果我们的思维跳出冬冬这一个案，相信这天底下一定还有刘冬冬、王冬冬、张冬冬……那百度里不是说了吗："近年 B 超产前诊断检查法的普及，发现羊水过少的胎儿、一侧或两侧肾发育不良的胎儿出生前诊断越来越多……"

蔚蓝色的海洋拥抱了 ZH 这座海滨城市，它的自然景观和地理位置都决定了它的不同寻常。海洋的浩瀚和神秘常常给人以更多的联想，胡老师一直在想，假如没有找到曹教授这等中医大家，他们该怎么办？从必须做肾移植手术到不用手术，这中间究竟有什么不同？

在曹教授这儿你看到了什么，发现了什么？同样的中草药，同样的看病，为什么这个本质上的最大的不同，会被许多人甚至是许多医疗机构所忽视？

冬冬医案是典型的先天不足后天补的问题。从家长四处寻医问药的奔波经历，我们可以清楚看到中医药的伟大和曹教授的医术造诣。可在笔者看来，如果仅仅停留在这份感动和这样的感叹上，有些浅尝辄止。难道它不应该引起从事人类生命科学研究的人的重视吗？他们应该首先在胚胎筛选上拓展自己的思路，更应该在筛选不当的后天补救问题上提出新的命题。笔者还相信，社会学界只要稍微关注一下，也会从人口质量、社会与家庭稳定方面开始新思考，提出新话题，我们这个世界上，无论是哪个国家哪个人种，都越来越重视人口质量的问题，曹教授这个突破难道不可以启发或改变我们的思路吗？

相信业内人士总会比笔者这样一个门外汉提出更多的问题，只要稍加注意并重视曹教授的这个突破，而不是将此视作曹教授他自己的一个成功医案，必然会得到更多启示。

4　神奇案例　医术难以想象

程国平老人从都江堰飞来。

2007 年 3 月 19 日，北京的春天开始变暖。

位于北新仓的中国中医科学院门诊部的门前，排起了不规则的长队，他们都是来找曹教授的患者。老程站在队伍中间，细心地观察着这一切，在等待中体会这个人群的心态。

眼前这些，都证明此前自己在网上搜集的资料所言不虚，这位中医专家应该名不虚传，这里排队挂号求诊的多半与自己一样，是找这里的院长曹教授，患者的多寡很说明问题。

早上6点30分，中医科学院门诊部的门从里边打开，人们蜂拥而入。原先于室外排好的顺序被打乱，一些年纪轻轻、腿脚利索的人迅速蹿到了挂号室窗口前列，不免有些得意。于是，一场争吵就此展开。

老程在队伍的末尾，努力排除周围的干扰，开始盘算是否能挂上号。曹教授是这里的院长，全国顶级的中医大家，利用双休日出半天门诊，这半天能看多少人呢？20人？30人？可轮到自己至少有60人啦。想到这儿，老程有些心灰意冷。排不上，就得等下一次，那下一个周六、周日，曹院长出不出门诊还不一定，住在总参招待所的费用就会陡增。可转念一想，18年来在四川各大医院跑来跑去，北京多住一段时间也算不了什么。老程是教师，四川都江堰市一位知名老师，他习惯遇事在心中盘算成本，有时间成本，也有费用支出等。

步入曹教授诊室已是下午2点10分，曹教授为了不让后边的患者失望，没吃午饭，甚至一个上午加中午都没喝一口水，因为喝水就要去如厕，就得占用时间。

老程略显激动，第一次见曹教授，一种难以说清楚的兴奋和期盼涌上心头。18年来的千辛万苦，苦不堪言，那个生不如死的折腾是如此的刻骨铭心。

曹教授微圆的脸膛，典型的知识分子形象，那副高度近视眼片背后是一双充满关怀与同情的眸子，薄薄的下嘴唇，或许让更多人联想到他对中医药学的满腹经纶，还有对中医药事业的远大抱负……

"您怎么不舒服呢？"没有等老程打量完，曹教授已经开始问诊并诊脉。

"曹教授，我得了一个怪病。"老程有些沙哑的语音带有明显的四川口音，他的表情很复杂，无奈和乞求解救的心情溢于言表，"就是每天子夜时分，嗓子就开始疼，疼痛得很厉害，没法子入睡，喘不过气来，一宿一宿无法入睡。"老程将最后的一个"睡"字挑得很高，然后又向下滑落下去，给人以很深的印象。讲到这里，他望了一眼曹教授，长吁了一口气："已经 18 年啦，四川的大医院基本都跑过啦，许多办法也都试过，就是治不好哇……"老程的四川口音很浓，长吁短叹起来颇有些生动，"每天后半夜都无法睡觉，真是苦不堪言，苦不堪言哪！"

"咳嗽吗？"

"对，对，时常咳嗽。"

"咳嗽带血吗？"

"对呀，有时还带血。"

"一夜能睡几个小时？"

"最多也就三四个小时。"

"睡觉时出汗吗？"

"对对对，还出汗，睡着了出汗。"老程的眼睛瞪得老大，仿佛在问，您咋个就知道的呢？

曹教授又问道："您多大年龄？原来做什么工作呢？"

"今年 76 岁了。我原来在都江堰一所中学教书。退休后，就无缘无故地得了这个病。"老程平和的语调里，夹着许多的困惑。

"伸舌头看看。"曹教授将自己的身体往前移了一下，认真看过他的舌象。

曹教授转过头来，面对着自己的博士生。学生们发现，老师的脸上瞬间闪现出一丝微笑："这种病中医应该能够治疗。"

老程简直不敢相信自己的耳朵，将眼睛瞪得老大，耳朵竖得很高，心脏在怦怦地打鼓，他真想问：您说能治？

曹教授没有注意老程的这个表情，他对跟诊的博士生们讲道："这应该是体内瘀血阻滞经脉引起，应从瘀血内阻着眼，从活血化瘀治疗入手。"讲到这里，他又把头转向老程，"我先给您开7服药，吃药试试吧……"曹教授平缓和气的语调，像唠家常似的交底，却是一下子惊呆了老程。这得有怎样的自信、临床经验和高超医术才敢说这个话？旋即，老程又犯了嘀咕：曹教授说能治，这还不到5分钟呢，他知道这个病消耗了我多长时间吗？18年了。当时，它来得蹊跷，病程又这么长，四川省的中西医院我都领教过了。曹教授就这么一诊脉，就说能治，这可能吗？老程将信将疑，毕竟18年的漫长治疗毫无效果，且越治越重，谈何容易呀！

曹教授望了一眼老程，表示您的顾虑可以理解，可也不再做什么解释，遂示意学生开始记录："咽痛18年，每于夜半发作，时咳痰带血，血色暗红、量少，睡眠3~4小时，盗汗，耳鸣，善太息，舌暗红，苔白，脉弦滑稍数。"博士生小张按照老师的口述，迅速地在处方纸上用规整的楷书写病历。旁边另外两位博士生在电脑上快速地记录着老师口述的全部内容。接着，曹教授开始开方，同时用眼睛审视着小张的书写，而另外两位博士生同时记录处方。

曹教授开方，余光还在观察着他前后左右其他几名博士研究生的跟诊状态，他们都在低头抄录老师开的这个方子，此刻绝无半点

189

的走神。这架势还真有点像作战指挥部，首长下达命令，各系统都各司其职。这紧张有序、有条不紊的态势，也让老程看得入了神，他或许想到自己当年在课堂上授课的情形，老爷子脸上流露出一种敬佩的表情。

3月26日，老程如期前来复诊。他又是很早赶到中国中医科学院门诊部，见到曹教授，老人家首先作揖："谢谢曹院长呀，我遇到神医了，我真的遇到了神医！"老程笑容满面，那由心底释放的欣然将他一张满是皱纹的核桃脸全部舒展开来，声音也比此前洪亮了许多，那四川口音更加悦耳。

曹教授见状，也是喜上眉梢，从座位上站了起来，伸手扯住老程的胳膊肘，示意老先生坐下："别客气，别客气。"曹教授的几位博士生也跟着站了起来，向老程行注目礼。

"曹院长您真的神嘞，只服用您的7服药，就7服，哎呀，别提这个神劲儿了。"老程坐下后，伸出右手，把大拇指和中指、食指并拢到一块儿，向诊室其他几位候诊患者示意，绘声绘色地接着讲了下去，"曹院长，说老实话，您给开的这14味药方，回到宾馆我认真地研究了一番，觉得都不陌生呀，肯定也是吃过的呀。可这一回这些药就灵验了。第一服药下去，我的喉咙疼痛明显减轻；第二服药，我从来没有体会过的一种贯通整个躯体的力量，是一股不可阻挡的力量，带着一股子热气从腹部往上蹿上来，逐渐扩散开去，最后到了脖子这个位置，咽部像被撕裂开一道缝。18年的陈年阴涸化解了，整个嗓子通畅了，一下子轻松了许多，痰里的血也不见了，夜晚睡眠自然也好多喽，整个身体都感觉轻松多了，连走路都不一样，觉得自己年轻了，不说回到18年前，也是真的大不一样呀……"

四川人夸起人来，那声调颇有些不同，这跳动和起伏较大的语音语调多少带点滑稽。老程的情绪燃烧起来，他的感激由内向外地自然流露，一时忘记了自己的病痛，他想尽量表达出自己的这种感受，感谢曹院长。他说："我突然发现我国中医药的神奇和伟大，突然给我展现出一片崭新的世界和绚丽美好的生活。"18 年东跑西奔，久治不愈之顽疾，在曹院长这儿，却只有几分钟，就抓住了病之症结，真可谓立竿见影。

曹教授也是欣然面对这位 76 岁老人的夸奖。病人得到了如此快速的转机，是医生职业上的终极追求，是自己在职业认知方面有力的检验，是医术最有说服力的证明，是再高不过的奖赏、再幸福不过的事情。

所有在场的博士生也暗暗惊喜，为老师喝彩，为中医骄傲。他们都在心中牢牢铭记这一病例的诊治过程，同时也不免会想，为什么这一病症 18 年来在许多医院都没有治好，可在老师这儿，短短几分钟的初诊，就能准确地抓住病症，这里的差距究竟在哪里？

曹教授将话题适时拉回。一番详细的问诊之后，曹教授还是照例观察老程的舌象，暗红之象略有化解，证实了老人家前边的主诉。曹教授又看了一眼对面的博士生小张，再次开方。整个诊室迅即恢复肃静的气氛，只有曹教授一个人的声音。伴随着他的开方，几位博士生同时启动心、脑、手，将这一典型案例记录下来。

小张将自己抄写的第二个处方递给老程。此方是第一个方的加减，这个配伍应该更接近现下老程的病势，能够使其气机条达，血行畅通，通则不痛。

老程站起来，双手接过这个药方，眼圈红了起来。他没有再说话，他不能再说话，他知道自己不能占用曹教授太多的时间，诊室内外候诊的患者在等待，同他一样等待着奇迹的出现。

老程回到住处，再服曹教授药方21剂，所有症状全部消失。于是，他再次陷入思考：这些中草药，是有哪一味不知道，还是没吃过呀？怎么到曹教授这儿，就不一样了，大不一样了！

2007年4月最后一个周六，是曹教授的门诊日，老程第三次来到这里。这次不仅是来看病，更要登门向曹教授致谢。老人家还是早早地等在门诊部的门口，像上两次一样，期盼着曹教授的出现。

"您的嗓子怎么样啊？"刚进入门诊部的曹教授先发现了老程，主动向他打招呼。

"哎呀，曹院长，我的病完全好喽，完全好了呀！我是来跟您道别的，飞机票都订好了。"老程向前迈了一步，向曹教授深深地鞠了一躬，"一点不舒服感觉都没有了，我……我怎么也没有想到，18年的病，在您的手上就这么几服药，不到两个月，就治好了，治好了呀！"此时，老程不胜感慨，眼眶里蓄满了泪水，"如果我18年前就找到您，何苦遭这份罪呢！"

老程怀着无限的感激，跟曹教授进了诊室。

曹教授同前两次一样，有条不紊地给老人诊脉、望舌，一番问诊后，开始开方：桃仁15g、红花10g、桔梗10g、生地……

老程站起来，双手接过处方，又将身子转向曹院长。泪水从他饱经风霜的脸庞流淌了下来："曹院长，我回家了，我可以安度晚年了。今生今世，我忘不了您的大恩大德啊！"

"不用客气，回去再吃15天的药，巩固一下。"曹院长也站起来，目送着老程离开。曹教授的博士生们也齐刷刷地跟着老师站了起来，深情地目送着这位来得快、离开得也快且给人留下深刻印象的老人家。

一年后，小张博士按照曹老师的嘱托，回访老程。

老人家在电话那头激动不已，他对小张博士说："你们老师真是我们国家的中医大家。我这个病再没犯过，就这么好了呀，神奇得不可想象呀！我始终在想，18年跟1个多月，怎么比较呢？这里有多少差距，就有多少学问！作为一位从事教育事业几十年的老教育工作者，我说句题外的话，你们能投身在曹院长门下做他的学生，是你们一生的荣幸，一辈子的大事呀，一定要好好跟老师学好本领呀！中医有多么神奇，有多么了不起，在曹院长这里，可以找到再准确不过的答案……"老人最后不忘补充道，"我们国家和人民多么需要像你们老师这样的优秀中医呀！"

小张无法阻止老人的这份激动，他懂得老人这诚挚的期盼，他是希望能有更多的患者摆脱像他过去那样的不幸，能够有遇到自己老师这样的幸运。电话那边是一位患者的真诚心声，他老人家希望我们能学到曹老师的本领，正是一位老教师的角色和责任感使然。

老程是有资格说这番话的。

5　生命奇迹　我又活了

2008年10月5日子夜，北京东城的某家大医院急诊走廊里，一个场面令人有些意外。值班医生打开房门，见是一位穿着病号服的比丘尼，惊恐地大叫起来："你别进来，你别进来，我不是医生！"随即，"咣当"一声，将门重重地关上。

那比丘尼像被房门重重地撞击到，打了个趔趄，她有些发蒙，怔怔地站在医生值班室的门外，用手扶住门框，绝望地瞅了瞅那块"医生办公室"的标牌。那一刻，她几乎要倒下去，似乎已无力支撑自己往下滑落的身体，难以名状的痛苦笼罩了她。过了好一会儿，她渐渐地调整了自己的情绪，决定放弃自己的诉求，扶着医院走廊的墙壁，一步一步艰难地朝刚才来的地方挪去——那是一楼大堂中间用白布围起来的隔离区，像一顶临时性的白色大帐篷。

亲属们此起彼伏的号啕声似乎在告诉她，这里是一群重患病人集中的地方。每当这时，她都会自觉转换角色，在心中为亡者默默诵经超度，祈愿逝者往生净土。这位比丘尼就是隆彦法师，40多岁，从山西五台山寺院专程来京城看病的。

回到那个白布围起来的空间，她望见不远处刚刚故去的病友腾出的那张空床，家属的哭泣声已消逝在走廊的尽头。躺在自己的病床上，她感到四肢散了架，周身无力，疼痛难以忍耐。接着，此起彼伏的哀鸣与哭泣，意味着又一个生命的结束。前来陪她的另外一位比丘尼被吵醒，发现隆彦出去了一趟，嗔怪为什么没叫醒她，一个人出去该有多危险。

隆彦怎么也无法入睡，她思考并猜测着：自己周围的病人或是被医院判了"死刑"的重患，或是没有治疗价值的重症病人，难道自己也是不治之症？她不禁吓出了一身冷汗。不对呀，太原几家医院的医生诊断都是风湿病呀，风湿病能死人吗，是不是搞错了？

10月8日国庆节长假后，医生恢复正常工作，隆彦向医生提出自己的请求，她语气平和地说："我是风湿病，没那么严重，帮我转风湿科吧。"彼时已是命悬一线的隆彦说这番话时，心里也在打鼓，一个风湿病，为什么会这么难受？送走医生，环视周围，死寂的白色围帐内，是几位尚有一口气却被放弃治疗的病人，这会儿，没有半点响动。一股股萧瑟秋风从窗外袭来，秋日的寒意让她感觉到身体异常沉重和无力，她不禁打了一个寒战。

隆彦被转送到风湿科。接着来了四五位医生，至少有两位是主任医师级别的专家。隆彦在同伴的搀扶下去进行例行检查，几管血液被抽走，送到化验室。两天后，化验数据出来了，毋庸置疑，这些数据是现代医学科学技术的结晶，可得出的结论却是可怕甚至恐怖的，隆彦确诊了"系统性红斑狼疮"。

什么是系统性红斑狼疮？此前，隆彦对这个病一无所知，好奇怪的一个病名，听起来就有些不祥。再往下打听，委实让她吓了一跳，什么叫免疫系统癌症呀？虽说出家人对生死早已看淡，对于死亡有着自己的认知，可这种事情真的来了，且又如此突然，她心情不免沉重起来。怎么，生命即将结束？怎么得的这种病呀？好奇怪呀！她慢慢回想自己的一些往事：从吉林去了五台山，剃度出家，这份坚定是对尘世的看透……而如今生命快要结束，隆彦多多少少还是有些不甘，她想起了父母，他们得知她执意要出家时的眼神浮现在眼前，她突然觉得此生最对不起的是父母……

吊瓶悬挂在头顶，药是治疗红斑狼疮的，可是几天下来，她依然不能进水进食，人就像一个被水泡大的胖大海，整个大了一圈儿，原本不太高的身子肿得变了形，尤其是胳膊、腿、脸颊和脖子都肿得面目全非。胖大海似的身体，让她躺都躺不下去，那种痛苦是一般人难以承受的。进一步检查，病情越来越重：胸腔积液，心包积液，腹腔积液，肝功异常，心衰，肾衰，血肌酐200多，超出上限一倍有余，空腹血糖12……一些检测指标提示，隆彦随时有生命危险。

主治医生早晨查房，隆彦直言不讳，坦承自己的想法：还有更好的治疗方案吗？这个方案效果不明显啊。主治医生听后，很快请来一位专家，为她进行会诊，提出用激素+环磷酰胺+长春新碱治疗的方案。隆彦望着大夫，一脸的困惑。大夫又接着讲下去，虽然这种治疗方案有一定副作用，但若不用，很难控制病情。

患者有选择吗？没有选择。她从五台山寺院出来时，没想到会是这样一个严重的结果，她将自己的生命彻底交给了医院。服用了一段时间激素，一番免疫抑制剂化疗过后，病情并无改善，唯一的变化是，可以稍微吃一点饭了。除此以外所有的检测结果都表明，隆彦生命垂危，她的脉搏微弱，血管僵硬，血都抽不出来了。那天，四位主管医生来到她的床前。其中一位个子稍高一点的医生告知她："师父，你可以出院了，回去调养吧。"最后的解释是："不是病治好了，而是此病没有更好的治疗办法。"

京城寺院又请来了北京两位著名军医专家给隆彦做了会诊，结论是一致的，系统性红斑狼疮（心、肾功能不全），目前尚无有效的治疗办法，与东城这家医院的意见一样。医生明确告诉她："这种病治不好，不仅我们治不好，哪家医院也治不好。今后用激素和化疗维持吧。"他们最后还不忘强调："今后无论是西医还是中医，谁要告诉你停了这两样药，你都不要信。停了，你就没命了。"

隆彦绝望了。医院内外专家共同做出了一个结论：系统性红斑狼疮在当代是不治之症，患者只能勉强维持生命，能治到哪儿就到哪儿。从那家医院出院后，她向五台山寺院住持汇报了自己的病况，同时也做好后事安排。

隆彦想换个环境，由同事陪同前往深圳弘源寺疗养。她的这个想法得到批准。

此刻的隆彦身体没有一点热乎气，眼睛和耳根周围呈现一块块暗斑。她撑着极度孱弱的身躯，南下深圳弘源寺。凡世的喧闹没有引起她任何兴趣，现代化大都市的繁华也没有唤醒她对生命的期盼。

生固欣然，死亦何惧。

每日太阳还未升起，隆彦会尽力平静心情，笑对新的一天。她会感念佛陀的大慈大悲，还让她面对这个世界，她没有将自己的不治之症作为得过且过的理由，她一如既往地恪守着佛家的各项戒律，坚持早5（点）晚10（点）的作息时间，坚持与其他僧人一样修行，每日早晚功课、诵经、拜佛、禅坐。她自知来日不多，除了诵经，还抓紧时间研修经文，静度余生。

一切都放下了，一旦放下，所有的事情都是那样坦然，她宽恕了所有恩怨，原谅了过往一切的不快。她每天遵照医嘱服用化疗药物和激素，除此之外，她不再企望其他任何的医疗救助。

世间的事情有时是不可思议的。后来发生的事，让她感觉这或许是上天做出的特别安排，是前生注定会有的这份因缘。这天，隆彦在寺院发现一位年轻的女居士，她神情恍惚，情绪低落，吃饭时连筷子都拿不好，有时还独自一人在寺院的角落发呆。出于悲怜，她主动前去询问，期望帮一下这位女居士，因为她太年轻了。交流下来，得知姑娘叫晓敏，隆彦以佛家的洞察力发觉晓敏有些心结缠绊，需要给予点化解系。出于对人世间生命的敬重和悯怜，隆彦与晓敏开始交友交心，倾心疏导晓敏。从出生到生命，从生活到责任，从功名到利禄，从生活琐事到人世间的世态炎凉，乃至佛家的大慈大悲、仁义礼信，隆彦深入浅出、循循善诱。说来也真奇怪，京城诸多心理医生都无法让晓敏释怀，遇见隆彦，竟让她仿佛久旱逢甘露，心灵深处泛起层层涟漪，荡漾起了微妙的心绪波澜，许多往日解不开的心结好似一夜春风吹散，蓦然的醒悟，让晓敏重新找回了自己。她发现自己与这位隆彦师父很有缘分，十分依赖隆彦师父。隆彦陪她爬山、看海、洒扫庭院，一边散步一边聊天，领悟佛家之真谛，洞开自己的心智，那些往日的郁闷终于像春天的冰河，一点点地融化。一个多月下来，晓敏的心理发生了很大变化，基本恢复了正常人的心态。原本是到寺院散散心的晓敏，意外得到了佛家的启悟和开导，她像换了个人一样，活泼和开朗又回到了身上。

晓敏向隆彦师父告辞时，意外得知师父是带病陪伴自己一个多月，不禁潸然泪下。隆彦为了与晓敏交流，一个月掉了6斤体重。这位本该卧床的重患，生命无望的出家人，为了拯救尘世的一个灵魂，付出了常人难以想象的健康代价，而这个付出的结果是抚平了一位姑娘心灵上的创伤，隆彦虽苦犹甜。

晓敏回京城了，隆彦的心归于平静，她恢复了寺院的正常生活模式。当她一个人面对静静的夜空时，有时也会想起晓敏姑娘，想到她的笑颜及跟自己讲的悄悄话，她感到晓敏对自己的信任，是人世间美好的交流，是千金难买的真诚。

真可谓是心有灵犀一点通，那天，隆彦心里正想念着可爱的晓敏姑娘呢，晓敏就从北京打来电话，她十分恳切地请隆彦师父来北京看病。晓敏说，她认识一位很好的医生，医术非常高明，有些疑难重病是能够治好的。隆彦不胜感动，她为晓敏姑娘同样惦念着自己而感到无比幸福。不过她马上想起北京那家大医院医生的结论，于是婉转地谢绝了晓敏姑娘的这份好意。其实，这就是民间说的福报，懂得感恩的晓敏姑娘不忘隆彦师父对自己的帮助，她也要帮助隆彦师父。

第一次没有说服师父，没几天晓敏的电话又打来了。为了说服师父，她在电话那边开始介绍这位好大夫："他是曹洪欣教授，您可以在百度或者搜狐上搜一下，他擅长治疗疑难重病，就连有些癌症患者也都治好了。"晓敏姑娘发现自己的说服能力真的很有限，怎么能把曹洪欣曹叔叔的医术讲得更清楚呢，她在电话那头都快急哭了，

"师父，您来吧，我求求您啦。我保证曹叔叔能治好您的病，我保证！"晓敏在电话那边急得直跺脚，差一点就哭出声来。

隆彦觉得，这是一个年轻人为了回报自己的一种心情。出家人懂得人世间所有的事情都是有一个定数的，既然京城那家大医院已经给自己下了生命即将结束的结论，那就该是天意，而天意是不可违背的。

晓敏的真诚，隆彦真切地体会到了，可是也不能因为她的真诚和好意，就再去北京做无谓的努力。这里还有一个关键的环节，那就是晓敏姑娘知道师父有病，但并不知道是系统性红斑狼疮。因为隆彦觉得晓敏本身已经是位病人，不能再把自己的痛苦让她知道，给她增加不必要的心理负担。

隆彦还是没有动心，她继续婉言谢绝："你的好意我深深记在心里了。不过，我的病情我自己知道，还是不去北京了。"

事已至此，似乎应该画上句号了。

令隆彦万万没想到的是，2010年6月的一天上午，深圳燥热，弘源寺院经声朗朗，隆彦坚持与其他僧人一起在寺院的大殿诵经。这时寺院的悟晓法师的电话响起，请隆彦接电话。

这个电话是曹洪欣教授打来的。电话那边，曹教授称自己是中国中医科学院的医生，然后就问隆彦："师父，您得的是什么病呀？"

隆彦望了一眼悟晓，然后告诉曹教授："我没有给晓敏讲实情，因为她也是病人，其实我得的这种病很重，不打算治疗了，已做好最后的准备。"

这时，曹教授在电话那边叹了一口气，接着问道："那是什么病呀，确诊没有？"

"其实我得的是系统性红斑狼疮，是治不好的病。"

听说是系统性红斑狼疮，曹教授在电话那边沉吟了一会儿，接着讲道："师父，您来吃中药试试吧，这种病中医药治疗应该效果不错。"

"谢谢曹医生的好意啦，我就不去了。"隆彦仍然坚持自己的意见，她的心里依然笃信北京几位大专家的结论，这种病是不可能治愈的，谁也治不好。既然治不好，再去北京还有什么意义？隆彦还是在电话这边婉言谢绝。

"这样吧，我先给您开个药方，您先吃几服药试试。"曹教授听罢，不好继续劝下去，停顿了一下，再一次打破"医不叩门"的行规。他详细询问了隆彦的病情之后，随后通过手机短信的方式，将药方传给隆彦。

末了，曹教授还是叮嘱了一句："师父最好还是来吧，要相信中医药啊！"

"好，那我们商量一下。"这时，隆彦突然觉得再继续坚持下去，有些失礼了。

"滴水顿悟，慈悲为怀，心种菩提，禅悟人生。"隆彦放下电话不胜感慨，作为出家人是以慈悲为怀，长期以来都是她助人为乐、行善一方，譬如对待晓敏。可与北京的这位曹教授素不相识，人家主动找上门来要给自己医病，让她感觉到了真真切切的温暖，所谓"医不叩门"是坊间都知道的规矩啊，出家人也是懂得的，自己何德何能让京城的这位中医大夫如此看重呢？

放下电话，隆彦和悟晓谈起这位主动找上门的京城大夫。她们不知道中国中医科学院是什么样的机构，更不知道这位曹大夫是干什么的，只是各自谈了对这位中医大夫的印象。悟晓说："这位大夫说话平和，语气舒缓悦耳，不像普通医生，他坚持让你去，一定是有些把握吧。"

隆彦说："是呀，从他的语气里，找不到半点江湖医生的感觉，是有些与众不同啊。再说，晓敏三番五次地让我去，这回又请大夫亲自出面，是不是真有点什么道理在其中呢？"

二人最后决定先吃几服曹大夫开的药再说。

这时晓敏再次打来电话，说曹医生后天出门诊，问隆彦师父能不能来。

放下电话，去与不去北京看病的话题，在悟晓与隆彦这儿再次提起。

悟晓深知隆彦对京城几位专家的结论和叮嘱深信不疑，可直觉告诉她，去北京看病值得一试，于是她想尽量劝服隆彦。她沉思了一会儿，对隆彦说："你知道医不叩门的规矩吧？人家能主动把电话打来，说明是有些把握的，你至少应该去试一试。"见隆彦仍然拿不定主意，悟晓劝道，"就算为了我，你也去试试吧，我还没有去过北京呢，就算替我了却一桩心愿。"按照出家人的规定，僧尼外出须结伴同行，况且隆彦又是重病在身，必定要有一个比丘尼陪护。

"我在五台山最先找的就是中医，前后 4 年多，也没少吃中药，都没有什么效果啊。"

悟晓建议道："你看这样好不好，我们去北京拜访这位医生，看看这位大夫水平怎样，再决定是否治疗如何？"

"那好吧，听你的，如果这位曹大夫是个慈悲之人，就给他一次治疗机会，试试中医到底行不行。"隆彦说这番话时，潜意识里觉得这位曹大夫是有些与众不同，与她这几年接触过的医生，无论是中医还是西医，都不太一样，至于哪个地方不一样，她一时也理不清楚。

2017 年 4 月 28 日，7 年后，隆彦与悟晓法师在与笔者谈这段经历时不胜感叹："当时我们并不知道曹大夫是中国中医药最高科学研究部门——中国中医科学院的院长，也不知道他是中国中医界的顶级专家，不光是他本人没讲，晓敏当时也没有讲。更重要的是，我们也不知道曹大夫每天都有数不清的患者排着长队等待就诊，当然更不知道他的医术是这样的神奇。我们还讲看人家水平，给人家一次机会，多么可笑啊！"隆彦说："这种大慈大悲、仁心仁术，令我此生无比感恩和感动……"

2010 年 6 月 26 日，悟晓陪隆彦抵达北京。晓敏到北京站接她们，将她们安排在位于西城的北京地铁一号线旁边的一家小招待所。

2010 年 6 月 27 日，早上 7 点前，曹教授已经来到办公室，开始处理当天的事务。这些年来，曹院长几乎都是来得最早的人，有时会比清洁工还早。今天他要等待一位特别的病人，一位素不相识的出家人。

隆彦与悟晓由晓敏引领进入他的办公室。曹院长站起身向师父致注目礼，并请她们入座。一套佛家的礼节过后，隆彦才落座于那条紫檀色木制的长条椅上。

在这个过程中，曹教授已仔细地观察了隆彦的面色和神情。这是一张典型的患有红斑狼疮的面孔，其鼻翼两侧紫色和红色相间的斑块清晰可见，两侧面颊有轻度水肿性红斑，鼻梁附近的红斑与两侧面颊部红斑相连，形成一个蝴蝶状的皮疹。由于周身浮肿，脸部的青筋隐约可见，面色灰青没有血色，眼眶四周呈现蝴蝶状暗紫色阴影……

曹教授在快速捕捉到这些信息的同时，也迅速地回忆起一些自己治疗的同类病人。而这位比丘尼面色青灰、目无光泽，说明她是一位重病缠身的患者。他做出这样的初步判断。

经过简单的问诊，看过以前的检查资料后，曹院长将脉枕轻轻地放在隆彦的右手腕下，然后眼睛略眯，向前平视，进入一种忘我的状态。他每次给病人诊脉，无论心中有什么事情，也不管身后有多少复杂事情需要处理，他都会进入这样一种忘我状态，这是他30多年来行医培养出的一种境界，是职业操守使然，也是他诊病疗疾时的一个标志性行为。他已经感觉到病人的脉象极弱，轻按不应，重按始得，邪郁于里，气血阻滞，阳气不畅，脏腑虚弱，阳虚气陷，脉气鼓动无力，而这种弱脉表明患者的多个脏器有严重损伤……

此刻，曹院长产生了一点犹豫，这位法师的病是自己治疗的所有红斑狼疮患者中最重的一位，因多个脏器衰竭，随时都有生命危险。毕竟她的病太重了，而长时间服用的激素和化疗药物对内脏有严重损伤，同时还有经血不止……

很快曹教授就恢复了平静，他觉得刚才的想法太过于谨慎，只有勇于挑战才可能实现突破。此刻，他蓦然意识到自己没有任何退却的理由。

端坐于曹院长左侧的隆彦，思绪依然徘徊于一年半前去过的那家大医院，就是在那里被确诊的这个不治之症，也是在那里差一点示寂的，当时住院和出院的情形一股脑儿涌上心头。

曹教授诊完脉后，让隆彦伸出舌头，他仔细观察：病人舌体肿大，舌伸出后偏歪，舌体黏膜可见溃疡，舌淡暗，舌边瘀斑，苔黄……

他将目光移至悟晓，说道："师父的病拖的时间太长了，不应该这么重呀！"

"曹大夫，您说得太对了，确实是这样！"两位出家人异口同声地赞同，隆彦不禁泪流而下，悟晓也跟着落下了眼泪。她们从心里佩服眼前这位曹大夫的诊脉和结论。其实，曹教授一点没讲病的严重程度，唯恐对治疗不利。

曹教授起身，回到办公桌前，开始伏案处方。他用相当过硬的硬笔书法写下：知母、黄柏、黄芪、秦艽、生地、熟地、山萸、丹皮、茯苓、泽泻、山药、白花蛇舌草、白茅根、土茯苓……

曹教授这第一次处方只开了7剂药，他是在紧急处置，以便及时调方。

他站起身来，把开好的药方递给晓敏："让师父抓紧时间吃药吧。"随即，他又将目光转向隆彦和悟晓法师，将一张写有自己电话的处方递过去，"这是我的电话，服药期间有什么情况，随时和我联系。"

显然，曹院长对服药期间可能出现的不测有预判。

曹教授将两位法师送至电梯口。电梯里，两位法师不约而同地问起晓敏："曹大夫是这里的领导？"

"对呀，曹叔叔是这里的院长。"晓敏会心地笑了。

隆彦和悟晓不再言语，用眼睛注视着对方，一切都在不言中。

下午，晓敏将煎好的第一服汤药送来，还外带两份午饭。在地铁一号线旁那个小招待所的二楼，隆彦双手从晓敏手上接过盛满中药汤的瓷碗，按照医嘱，将汤药分为三次服。隆彦将那碗汤药端起时，泪水在她的眼睛里开始蓄积，她喃喃地念叨："我真的修行到这个份儿上了吗？佛陀派出这样大慈大悲的大医生给我诊病，看来我的病还真的有希望？有希望！"她泪水流淌下来，因不愿让晓敏看到自己落泪，她顺势将汤药服下，借机擦了一把脸。

变化出现在隆彦的身上，是第二服药的第一汤。汤药喝下去约半个小时后，她就感觉半边身子如汩汩细水漫过一般，接下来，身子骨开始凉爽起来，缓缓地变得轻松了。周身疼痛这么多年，这是此前从来没有过的体验，而这种体验，没有患过红斑狼疮疾病的人是无法体会到的。多少年后，当隆彦深情地讲到这一刻时，还是情不自禁地激动起来："不可想象，不可想象呀！我当时马上意识到，曹院长不仅品德高尚，而且医术更是高明。"这种奇妙的身体反应，让隆彦在惊喜中兴奋不已，她说曹院长就是观音菩萨派来救她的。这次用药的感觉和体验分明在说，这个药在起作用，而且相当对症，不然怎么会出现这样的清爽和轻松？这是多么了不起的事情。

7天后，第二次给隆彦诊病，曹教授竟亲自来到她们的住处，陪同的还有晓敏和她的父亲。那家小招待所二楼的房间一下子热闹起来。这显然证明，春天在深圳弘源寺隆彦对晓敏的开示，晓敏家人深领其情。晓敏的父亲一番嘘寒问暖后，嘱咐隆彦一定要和曹教授多联系，有利于疾病治疗。

她们哪里知道，曹院长是在日理万机的情况下抽空来看望她们，他的候诊患者队伍已排到半年之后。曹院长照例给隆彦诊脉、看舌。这次，没等曹院长问诊，隆彦就情不自禁地讲述了自己服药后的感受，她说自己的身体从右半边开始，一点一点地像清水漫延似的透过整个身体，大约到了傍晚，身体真的像一个脱了壳的冻梨，蜕掉了一层"硬痂"，让她感觉到了久违的舒服，就像脱胎换骨似的轻松。她感受到希望正朝着自己缓缓走来，这种感觉，犹如平生第一次看到太阳从大海的那边冉冉升起，既新奇又舒畅。

曹教授一直在静静地听隆彦的叙述，脸上也不免露出欣悦的笑容，还不时用目光与晓敏的父亲交流。作为中医专家、中国中医科学院院长，他特别看重每位患者的疗效，特别是一些重患的治疗出现跳跃式或是本质上的改变，这是他的追求。每每听到患者病情出现好转，他会无比高兴，因为这可以证明，他的思考和探索获得了临床实践的支撑，他带领的团队在中医治疗心血管病、肾病等方面的研究和探索在临床上得到了验证，也证明自己在继承先人经验的同时，在现代医学框架下的实践实现了某种突破。中医的有效性与不可替代性，为治疗百姓的疑难疾病提供了可靠路径，为推动中医事业发展，实现"了解中医，享受中医，发展中医"的构想奠定了坚实基础。疗效是关键，是永远的不二法则。曹教授开的药方，在隆彦这里，仅服几服药就出现明显效果，这不能不说是一个奇迹，说明曹教授把握疾病与用药的精准达到了很高的境界。

了解曹教授的患者，特别是得到过他的救助并康复的患者会说，如果这也算奇迹，那么曹院长的药方给我带来的变化，让我得以脱险并获得新生的过程也是奇迹，也应该载入我国中医临床实践的历史。2017年4月至5月，笔者在采访中得知有好多位红斑狼疮患者在隆彦之前得到过曹教授的有效救治，但由于各种原因，他们不愿意再讲这段往事。譬如一位京城的小姑娘被治愈后，她不愿意再讲这段治疗经历，理由是可以理解的，因为将来要工作、要选择配偶，多有不便。

曹教授的临床研究成绩，不仅体现在国家科技进步奖的奖项上，更多的是写在无以计数的患者心间，写在他们的心灵深处，写在他们或远或近的记忆之中。

曹教授在感到喜悦和宽慰的同时，并没有告诉隆彦和悟晓，其实隆彦病情已进入晚期，各个脏器严重衰竭，各项检验指标都警示着隆彦依然随时都可能因为某一脏器的突变，危及生命。

他深知，这种危险还是不告诉患者为好，增加患者心理负担不利于疾病的治疗。只有抓紧救治，一环紧扣一环、一刻也不耽误地治疗，才可以让患者摆脱危险。

曹院长之所以将隆彦视为家人一样地对待，采取特殊的处置，是出于他对隆彦慈悲与善良的肯定，是被她对晓敏姑娘的善心良助所感动。

晓敏的父亲在一旁自然是非常高兴，一位素昧平生的出家人，能对自己的女儿鼎力相助，让孩子的抑郁症好转，好人理当有好报。

诊察病情后，曹院长在处方上这样写道：服 6 月 27 日方 7 剂，心前痛、胸闷未作，周身浮肿与疼痛明显减轻，力气增加。时头昏，畏寒，肢冷，舌淡稍暗，苔黄，脉沉滑。调整了处方的同时，曹院长嘱咐隆彦：逐渐减少西药用量，直至停用。

"好的，听曹院长的。"隆彦几乎毫不犹豫地应允了曹院长的建议，因为吃药后自己身体上出现的神奇变化，使她迅速相信了中医，相信曹院长能治好这个绝症。

7 年后，隆彦谈起当时自己的这个决定，还是相当感慨，她说："是曹院长的高尚医德打动了我。东城区那家大医院几位教授留给我的医嘱我并没有忘记，他们的意见也是言之有据，记住医生们的话，对我都是有益的。可是，当时我想，一个出家人，既无权，又无钱，人家曹院长图我什么呢？实在也想不出他图的是什么，只图一个我们佛家讲的大慈大悲，普度众生。我没有任何不相信他的理由。没几天，我就停服了化疗药物，激素的用量也开始逐渐撤减。"

如果说曹教授主动出面邀请隆彦来京看病是莫大的诚意，那么仅仅 7 服药就让隆彦做出这个选择，不能不说是曹院长在医术医德上表现出的难得魅力，患者良好的依从性也是对医生医德医术的最佳认同。一位被西医断定生命难以延续的出家人，把生命安危完全交给了中医，交给了曹院长，仅仅是 7 服药，几天的时间，不能不说是值得人们思考的命题。至少有一句评价中医的话，在曹教授这里是不成立的，即："中医疗效来得慢，是慢郎中。"

一股强大的力量迅速改变着隆彦的身体状况，同时也改变了她的认知，一个无可争辩的医学奇迹在隆彦身上得以逐步证实，也验证了她最初的判断：曹大夫是一位了不起的中医大家，一位德才兼备的顶级大夫。

按照曹院长的嘱咐，隆彦果断地停了化疗药。这等于迅速打破了那些药物为她建立并维持了近两年的生命平衡，主要反应是她浑身上下开始剧烈疼痛，四肢麻木并失去知觉，走起路来，一双脚跟针扎一样，钻心地疼痛，这种反应也是她始料不及的。出家人将一切苦痛都视为此生的修行，都是宿世累积的业力所致。隆彦恪守自己对曹院长的承诺，她坚定不移地相信中医药，即使痛不欲生，也咬牙坚持继续服中药，她知道这是曹院长在对她的健康负责，再痛再苦再难受也要坚持下去。其实，这些痛苦只不过持续了几天就开始逐渐减轻。

隆彦与悟晓商量，在北京租了一间小房。租下房子的那天，悟晓还与隆彦开玩笑："怎么，这是给人家一次机会吗？"

隆彦笑了，笑得是那样开心，是有病以来从没有过的欣悦，随即又呜呜地大哭了起来："咱们原来哪里知道人家曹院长是这么高水平的中医呀！而我们当时又是多么的可笑和幼稚！"隆彦突然问道："悟晓我问你，如果没有碰到曹院长，我现在是不是差不多该没命了？"

悟晓闻听此言，收起笑容："不说没命，也差不多了。那时，你是一个什么样子呀！真危险啊，想想都后怕。也难怪 2008 年北京那家医院的值班医生会那样害怕你，你当时的状态真是太吓人啦。"

两个人不再言语了，都陷入了深深的思考。

定期请曹教授诊疗，是隆彦这一段时间里生活的全部。在曹教授的精心治疗下，她身体的疼痛和不适感逐渐消退，身体也越来越轻松，面部臃肿基本消失，各个部位的暗斑和红疹也逐渐退去，面色出现星点的红润。

她严格遵照曹教授的要求，每周到他那里看病一次，按方取药、熬药、服药，次次不落，不折不扣地执行着曹院长给自己制定的治疗方案。因为每一张处方都是曹院长精深的智慧，每一碗汤药都是他慈悲的心血，她无限感激。悟晓也无比敬佩。

曹院长根据隆彦不断变化的病情，以及身体各个器官发生的变化，依据病性、病位、病势不断地调整药方，主方后边药味的加减，是曹院长针对性极强的下药玄门。

其实这是一个复杂的中医临床思维过程。曹教授接手治疗时，隆彦出现多个脏器不同程度的衰竭，治疗过程中，根据心、肝、肾等脏器检测指标的变化，必须随时调整处方用药，"标本兼顾""急则治其标""缓则治其本"，循序渐进地调理治疗，是一门相当精彩的诊疗艺术。曹教授像一位运筹帷幄的将军，在布阵排兵上有条不紊，精准打击，出奇制胜，一步一步地收复"城池失地"，维护和改善着隆彦的身心健康。

悠悠岁月，在长达 4 年的治疗过程中，一件件往事让隆彦难以忘怀。那一个个看似平常却充满温暖的瞬间，使她们看到人世间的真善美。

有一次，曹教授临时有外事任务，来不及与她们联系，诊疗延后了几天。曹教授刚从国外归来，就及时通知她们来看病。诊脉时问隆彦："师父，吃别的药了吗？"她们都很惊讶，这个都能摸出来呀？于是解释说因曹院长在国外，断了几天药，俩人商量，就按照以前吃的药方抓了几服药。

隆彦讲这桩事时，笔者联想到民间一句话："西医往往是明明白白地让你死去，中医往往是稀里糊涂地让你活着。"其实，这话不怎么准确，至少在曹教授这里就非常不准确。他的博士生告诉隆彦："曹老师诊病开方时，不仅知道你得的是什么病，这个病是什么类型的，与其他同类病人有什么不同，他还知道这个病在什么位置，它的病源在哪儿，应该从哪里入手治疗。老师还知道自己所下之药，会产生什么作用，甚至知道服几剂药后，患者病情会发生什么样的变化，会在哪儿发生变化。这些他都了如指掌。"

2011年秋天，曹院长作为中央党校中青班学员，到中央党校学习。上学前，曹院长给隆彦的诊疗做了细致安排。一天，曹院长打电话通知她们，来中央党校看病，因为他心里还惦念着，药马上用完了。曹院长在隆彦和悟晓赶到时，在党校大门外的汽车里给隆彦诊脉处方。

后来得知，4个多月的学习期间，曹教授为党校老师和同学诊治1800多人次，而且都是课余时间完成的。还有一次，隆彦和悟晓法师清晨赶到曹教授家，还不到7点钟，问诊时得知隆彦有些脚肿，曹教授让她将袜子脱掉诊察，这时发现隆彦的那双僧袜补丁摞补丁，很往心里去。开完药方后，曹教授对隆彦说："师父呀，你们生活是不是很艰苦呀？如有困难告诉我，我可以帮助你们。"其实，那天早晨曹教授要出差去外地，接他去机场的车子早已等候在门外。

还有一次特别的看病经历，隆彦和悟晓都说，想起那次看病，就禁不住要落泪。那应该是2011年元旦后，按照曹教授给出的地址，她们找到了望京医院。起初，她们并没有在意，因为曹教授是中国中医科学院的院长，在那里开会也是情理之中的事。可走着走着，悟晓觉得不对，越走越不像会议室，怎么像病房呀，怎么约到病房看病呢？迈进那间病房，她们看见曹教授正躺在病床上，右下肢已打上石膏。当时，她俩呆呆地怔在那里，隆彦的眼睛里很快蓄满了泪水。她心里想，阿弥陀佛，普济众生啊！

曹教授请隆彦坐在他的病床前，好像无事般给她诊脉、望舌，询问病情……隆彦的心情是何等的沉重，以至于忘记告诉曹教授，她每顿可以吃一碗米饭了，还可以绕着小树林走四五千步了。她光想着为曹教授难过了，忘记向曹教授汇报自己病情好转的好消息啦。曹教授给她的药方又做了一次调整，并建议她做一次检查。

隆彦的心在滴泪，可又说不出来，她那种难以当面表达的感激和感动，让她难过得快速离开，她将手上仅有的 2000 块钱塞给曹教授，结果曹教授让学生追上退了回来。后来，隆彦与笔者谈起这件事时说："只有佛菩萨才能做到这一点。世间只有父母才会这么做，连兄弟姐妹都做不到呀，他也在病痛之中啊！"

从 2010 年 6 月至 2013 年，曹教授无论多忙，都坚持给隆彦诊病。除了周六、周日正常的门诊，在出差、开会、学习、做报告时，甚至在执行领导保健任务的间隙，他都会千方百计地调整出时间给隆彦诊病处方。每次都是那样有条不紊，一丝不苟，望闻问切，综合调治。曹教授开的药方在隆彦身上不断创造奇迹。对于隆彦而言，她清楚地感受到自己的健康在一步一步地恢复，表现在力气增加，饮食好转，精气神足了；看病的间隔时间也逐渐延长，从 5 天、7 天到 15 天找曹院长看一次病，说明病情逐渐稳定，进入常态，脱离了危险。从外表上看，隆彦臃肿的体态消失了，看起来像正常人一样，

211

脸上那些红斑没有了，眼睛周围和后耳根周围暗红的红斑不见了，面色出现了红润。就诊前检测尿中大量红细胞、尿蛋白，空腹血糖12以上，血肌酐升高，肝功异常，还有子宫出血不止、心包积液、腹腔积液等均恢复正常或消失。隆彦感觉自己完全恢复了正常，为了验证这个自我感觉，她再次做了全面检查，检测结果出来，均在正常范围，与健康人没有任何不同。

2014年6月，她们告别了曹院长，离开北京到湖北恩施，她们将以崭新的建设者身份和面貌去建设一座新寺院。

隆彦又活过来了。在几年的生与死的拉锯战里，曹教授不断取得胜利，终于打败了缠绕隆彦的病魔，展示了曹教授的强大能力和中医药的伟大。在这个生命争夺战中，曹教授付出的努力和艰辛不言而喻。不因为别的，仅仅因为这位比丘尼在挽救一位年轻女性时所表现出的善良和奉献。当这个生死轮回重启，隆彦终生不会忘记曹教授的主动"叩门"，更不会忘记他这4年中一刻都没有停止的对自己的救治和精心调理。这是上天派曹院长来解救她，是因果，更是天意。

回到医学角度审视这个医案，曹教授在救治过程中没有惊天动地的动作，与日常诊病一样，给隆彦诊脉、望舌象、问病情，既没有什么出奇程序，也没有使针动刀，没有，都没有，却在不声不响中，实实在在地产生了摧枯拉朽般的疗效。这种疗效，从数学计算上讲是挽救了一个普通女子的生命，是一个典型的医案个例，可是从整个临床实践上讲，它是一个教科书般的经典案例，一个极具现实意义的医案。从微观分析，证明中医药治疗红斑狼疮具有无可争辩的指导作用；从宏观视野来看，那就是打破了红斑狼疮不可逆转的结论。据我所知，曹教授治疗了许多患红斑狼疮的病人，有恢复生活自理能力的，有重返工作岗位的，显效率在70%以上，体现了中医治疗系统性红斑狼疮的优势与突破性进展。从重大疾病防治角度出发，应该将曹教授这些医案加以整理、深化研究、推广应用，将曹教授的智慧变成更多医生的医术，让更多红斑狼疮病人像隆彦一样重拾健康。

生命是宝贵的，如果我们对生命珍惜敬重，对生命意义看得透彻，就会由衷地重视曹教授在这方面做出的成绩。

那年，基本康复的隆彦法师登上泰山，登高望远，浮想联翩，不胜感慨。她和一位居士讲述了自己在曹教授那里的治病过程，那位居士感动不已，于是决定制作一块匾赠给曹教授，以表达她们的敬意。匾额之上是弘一法师的话：大慈念一切，慧光照十方。

她们认为，这句佛语概括了曹教授的境界。

6　我的挪亚方舟

2010年11月9日，S公司荣登中国A股市场的中小板。

S公司之所以能在这座发达城市成为热点，不外乎两个原因：一是S公司是这座城市的标志性企业。1978年初，22岁的云鹤在这里兴办起一家作坊式的私有环保产品工厂，企业不大，属于小型企业，却格外地引人关注。年底党的十一届三中全会召开，再后来国家号召大力发展乡镇企业，云鹤走在了全省乃至全国的前头，成为当地的新闻人物也是顺理成章的事情。S公司成为这座城市的明星企业，那时年轻的云鹤是新闻界追逐的目标。经过32年市场经济的大浪淘沙，有些企业盛极一时而今已悄无声息，有的企业发展到一定规模后则难以再上台阶，而S公司在云鹤的带领下从当年名不见经传的作坊式小工厂发展壮大为威震一方的集团公司。云鹤作为湖滨市的成功人士，成为该市大街小巷、千家万户的焦点、热点，自不必细说。

S公司在中小板的表现靓丽得很，当地人都知道，云鹤治理企业的特点是稳扎稳打、步步为营，从不投机取巧的风格有口皆碑。不少人通过资本市场购买了S公司的股票，S公司一波接一波地稳步上涨，更像是云鹤的人生写照。企业的蓬勃向上，人生的如日中天，让云鹤很是欣慰。

公司上市成功的庆功宴上，云鹤满心欢喜地举杯向前来恭贺的市政府领导致谢，感谢政府对S公司各个历史阶段的支持；向董事会各位同人致谢，感谢他们在几轮的市场竞争中恪尽职守，为企业的不断发展壮大奉献了自己的青春、智慧和汗水。云鹤作为公司的董事长，真的感觉到脸上很有光彩，幸福的脸庞抑制不住流淌着由内至外的喜悦。他走到宴会前台，开始了他一段颇具鼓舞性的演讲，那极富磁性的男中音在那家酒店回荡："我们S公司从1978年初开始创业，32年来，从几个人的小作坊式的乡镇企业，发展成现在的上市公司，产品走遍全国并出口换取外汇，可谓是乌鸡变凤凰。我和几位在座的合伙人也因此改变了人生，我们的五六百名员工也过上丰衣足食的小康生活。"云鹤讲到这里，停了下来，他深情地望着台下的员工和来宾，想了想，话锋一转，"但是，我在这里要跟大家讲，我们并不是车到码头船到岸啦，我们要打造自己的百年企业的辉煌梦想始终没变，百尺竿头更上一层楼，要把这次公司上市作为新起点、加油站……"

庆功宴上，云鹤多喝了一点酒，还引吭高歌，唱了一首刘欢的《从头再来》，员工们被云鹤董事长的演讲激发了热情，个个是信心

214

满满，心中充满了无比的激动和喜悦。S公司上市A股的成功，对于云鹤个人和企业都是一件划时代的事情，对于公司五六百号员工也是一件关系到今后前途的大事，而对于整个湖滨市无疑是件值得骄傲的事情。

湖边开阔的广场相当宏伟，云鹤董事长漫步在与湖湾平行的湖滨大道上，心中久久不能平静，他想尽可能理清自己的思绪，好好考虑企业下一步如何加快发展。

湖水一波波不紧不慢拍打着湖岸的声响好似战鼓，敲打着云鹤的心岸，一个更大的发展计划在他的脑海反复推敲着：创建一个百年公司，一定要有一两个被市场认可的拳头产品，要有被整个市场高度认同的信誉，像海尔产品那样。他打算从三个步骤入手，加速推进他宏伟的创业新征程。当下京津冀大气污染严重超标，给S公司以巨大的市场发展空间，S公司是做防止大气污染的环保企业，一个朝阳产业，至少在当下发展的空间巨大。

带着这种雄心勃勃的冲动，还有幸福的喜悦，云鹤走进人民医院做例行体检。

毕竟大战之前都要进行身体健康的检测，一个健康的体魄才能保障在市场上打拼。其实这里还有一个潜意识在里边，为了企业上市，一段时间的过度劳累让云鹤常常感到有些体力不支，隐隐约约的忧患意识让他走进医院。毕竟还属于例行检查，云鹤并没有想很多，一直以来身体都很好，有点头痛感冒，就去点个滴，吃几粒药，很快就投入了工作，没有太多的问题发生。

几管静脉血被抽走后，云鹤并没有在意，哼哼着《我爱这蓝色的海洋》离开这家熟悉的医院。

第二天化验结果让他意外，血红蛋白102，血小板62，明显低于正常值，特别是血小板，为什么这么少？拿着化验单，他怔在那里。按医生解释：血小板减少，常见于血小板生成障碍，如再生障碍性贫血、急性白血病、急性放射病等；血小板破坏增多，如原发性血小板减少性紫癜、脾功能亢进等，消耗过度如弥漫性血管内凝血、家族性血小板减少、巨大血小板综合征等。他在医生那里并没有听懂，一大堆的专业术语，一系列疾病，让他觉得摸不着头脑，但有一条是千真万确的，那就是血小板太少了。

回到自己车里，云鹤心绪不宁：会不会搞错了？我的感觉还好啊，怎么一下子血小板就出了毛病？家族中从父母到兄弟姐妹身体状况都很好，父母都长寿着呢，怎么就冒出来这么一个毛病？

想归想，做归做，下午的董事会照常进行，作为董事长的云鹤开场白带有很强的感染力，董事会全体成员的情绪也被带动起来："当下北方城市大气污染呈现日趋严重的态势，特别是在秋冬更替季节，大雾锁城成了常态，国家和群众对城市烟雾排放标准更加关切与重视，这等于给我们打开了更宽阔的市场大门，S 公司将有更大的用武之地。作为一家公众企业，我们有责任也有义务承担起这份社会责任，为减少有毒有害气体排放做出贡献，企业当然要借势发展壮大。"他提出企业科研策划部每年研发出 2~3 种新产品，从初始的排放口做起，最大限度地减少城市有毒有害气体的排放。

云鹤董事长似乎也没有将这个血小板问题太放在心上。旗帜已经扬起，队伍轻装上路。正当云鹤董事长踌躇满志向更高目标进军时，这天，他突然感到一种下沉的力量偷偷袭来，一种说不清道不明的难受感觉降临了，接着胸口开始发闷，他发觉自己的气息通道出现了故障，说话明显有了阻碍，像是气流的阻滞，语言发送的力气突然变弱。

他再次去了人民医院，血液科的科主任丁医生告诉他："董事长，您的血小板在继续下降，比上次检查时又下了一个台阶。"血小板51，短时间内下降了11个点，怎么讲都是一个病情不良的征兆。

云鹤知道自己遇上了麻烦，而且是个大麻烦，然而他现在的健康状况不仅属于自己，还属于那个上市公司，他的健康出现问题，股票必然会引起很大的波动。

走出湖滨市，云鹤来到北京。中国最权威医院的血液病科的专家称：只能服用十一酸睾酮软胶囊、皂矾丸、沙利度胺片等三四种药。北京的专家与湖滨市医院的大夫意见高度一致，只能用这些药物维持，用一段时间再看血小板能否改善。专家随后跟上一个补充意见：服用这种药效果是一半对一半。什么是一半对一半呢？有人管用有人不管用，由于个体差异，结果会有很大的不同。云鹤呆呆地站在那里，半晌才醒过味儿来，麻烦真的来了。

之后他又多方打听和咨询，最终得到的结论是，目前对这个病就是两个治疗路径：一是用那几种西药维持，维持到哪儿算哪儿；二是骨髓移植手术，而骨髓移植手术的成功率也是一半对一半。

三种进口药服下去，副作用之大出乎意料。头晕、便秘自不必说，周身皮肤还出现一些小疙瘩，这种疑似皮疹带来的瘙痒难以名状，搅得他彻夜难眠。

这完全打乱了他原本快乐幸福的生活状态，企业的大事小事也无心顾及，他的整个生活和工作都受到严重影响。云鹤把S公司所有的管理工作都交给了董事会其他成员，这是自1978年创业以来从没有过的事情。

身体的痛苦让云鹤的生活陡然变得苦涩无比，这无疑冲淡了企业成功上市的喜悦。难道上市不好吗？为什么企业一上市，病祸就来了？自己的家族没有这种病的基因，父母长寿，兄弟姐妹身体都很健壮，为什么偏偏自己会得这个病？

反复思考，他终于弄明白了，这跟企业上市确实有关。为了早日上市，使企业做大做强，几年来他可谓是殚精竭虑，严重地透支身体，那种自以为身体很健康，怎么折腾都没事的认识是错误的。此时，他想到了"必要成本"这个概念，难道企业成功必须以个人健康为代价吗？他真的后悔不已。

可他还是咬牙坚持下来，因为别无选择，只能期望会出现转机，成为有效的那一半。用药一月，再一次验血，结果让他沮丧，血小板不仅没上升，反而继续下降，这说明服用这三种进口药疗效为零。

云鹤求助人民医院的丁主任，对方的回答是："一个月时间太短，至少需要三个月。"

"三个月，那就是说还要再服用两个月，不服用不行吗？"

"那只有等待做骨髓移植手术了。"

云鹤的心情沉重无比，他清楚服药无效，那只有面对下一个选择，如果此时放弃用药，就等于自己主动选择做骨髓移植。它的不可更改与不可商量的刚性原则，让云鹤领教了这个疾病的残酷，自己已处在一个复杂且危险、无奈和无助的境地，他深深地倒吸了一口凉气。

这时，云鹤已感觉到身体每况愈下，说话已经相当困难，有气无力，气息阻滞，发音受阻，周身没有气力。

又用了两个月的进口药，这两个月是何等的艰难，却没有任何疗效。很不幸，他属于没有疗效的那一半。他的身体状况更差了，情绪更加低落。这时他说话更加困难，于是越发不愿说话，一是气息阻滞，二是心情极度绝望和悲哀，这是一种难以名状的苦闷。他找了一个僻静的地方，躲藏起来，一个人静静地躺在那里，因为太多人的慰问不仅增加了心理负担，也让他无法应对，语言表达已成为最难的事情，他已无法应对来自各方面的关心。

躺在床上，他的心情、他的情绪，在这种从未体验过的病苦折磨下，都在悄然发生着改变。这时他已无力管理这个企业，可作为公众企业、上市公司，没有董事长怎么能行呢？于是他产生了卖掉企业的念头。这个念头征得其他董事的同意之后，便开始了操作，毕竟这是降低风险、减少损失的一个最佳方案。

有人开始劝他看看中医，都说中医只要找对，往往能给你带来意想不到的神奇疗效。

他自己也没了主意，那就看中医试试。他始终坚持一个想法，不到万不得已是不能做那个移植手术的。尽管湖滨市人民医院主刀的是一位著名医生，在全国骨髓移植领域是绝对一流的专家，可是那上不着天、下不着地的恐惧和无奈是他无法坦然接受的。而且即使是手术成功，还要面临五年的观察期，期间不可想象的麻烦事自不必说，稍有不慎可能会带来更大的风险啊！

民间有句老话叫作"病急乱投医"，作为S公司的董事长，企业之所以能够做大做强，是因为云鹤做事不仅勤奋而且认真，不仅乐于学习，而且善于思考，遇事他总要打破砂锅问到底，他的精细、追求完美的特质，在当地是出了名的。可现在摊上这个病，他也只能摸着石头过河，有机会就得碰一碰。他太不甘心了，企业正蒸蒸日上，自己却要倒下去。

董事会董事周经理陪同他去了北京一家中医诊所，那应该是一家私人诊所，一位年近花甲的老中医，一眼望去好似满腹经纶，懂知识，有经验，侃侃而谈。这位老中医认真听过他的诉说，随即给他诊脉，又仔细看过相关化验单等检查资料，然后主动向他大致讲述了自己对这个病的看法，并讲了自己治这个病的理由和根据，还讲他们诊所就是主治这个病的。最后告诉他诊所就有一个要求，那就是必须吃他们准备好的药，而且比较昂贵。

能治那就治呀，走投无路的云鹤，其实也没有其他选择了。药贵不是问题，关键是药有没有效。

他似乎看到了希望，很理解诊所的经营，与自己的企业是相似的道理。但是有一点不能认同，真正的名医是不会靠卖药赚钱的。这一点，让他对医生的医术有点儿心生疑窦。不过他怎么能断定人家的药行还是不行呢，只有喝了看呀。

钱不是问题，只求有疗效，他渴望"一分钱一分货"的逻辑会在这里得到验证。

他渴望奇迹会在这儿出现。真的，企业刚刚上市，有望借助资本市场做大做强，他的目标是把企业做成一个百年不衰的企业，同时五六百号员工就是五六百个家庭，都是依靠企业养家糊口，30 多年来都是这样过来的，这种时候自己怎么可以倒下去呢？于是，那浓浓的中药被云鹤一口喝下，一日两次，天天不落，他做人做事都认真的特质在中医药治疗这里再次体现。况且这是在治病呀，他将能够自己把握的细节做到最好，譬如服药，严格按照医嘱去做；再比如抽血化验，每一阶段的服药效果，都要通过化验的指标来检验，而每一次的化验结果即治疗效果他都做了记录。与服用那三种进口西药时一样，在坐标纸上画出曲线，他从一开始就记录下自己生命的走向。云鹤善于用笨功夫做实基础工作，在反复比较各种参数中寻找答案。

服药两个多月来，身体没有任何好转的反应，血小板和血红蛋白两项指标继续下降，他清醒意识到那中药并没有让他走出病区。

紧急刹车后，他又飞到云南。有朋友介绍那边的瑶医是把好手，擅长治疗这种病。一番把脉、问诊之后，照单抓药。第一个月，似乎有一点点变化，化验的结果好像有那么一点点好转，可是接下来，那条生命的曲线又开始掉头向下。也是三个月过后，云南瑶医主动放弃了原来的信心，很负责任地坦言："还是赶快找别的专家治疗吧。"

大山深处的少数民族医生的纯朴与诚实令人感动，可医术是第一位的，是不可替代的。

这些努力都毫无效果，确切地讲，都失败了。他再次陷入迷茫之中，自己该怎么办，怎么办？

不甘屈服的他把最后的希望投向了境外，在夫人的陪同下去了境外某知名医院，照例是一番血象检查和骨髓穿刺，几天后的诊断和处置意见与国内医院几乎一样。

身心备受煎熬的他终于跌入了绝望的深渊。12月初的寒潮阵阵袭来，苦难中的他却高烧不退。一向理性而刚毅的他此时有了自己的判断：目前此病在国际上也没有更好的治疗手段，就连美国安德森中心这等高端医院也概莫能外。

他拔下点滴，直奔机场，他要回国，回来做手术。夫人在一旁怎么劝都没用。

当许多事情真正要面对时，心情心态都可能发生改变。他意识到必须面对这个手术时，表现出相当的沮丧：难道必须进那个手术室？尽管那是目前国内一流的手术室，丁医生是国内一流的专家，其结果，还是一半对一半。另外一半的结果是下不了手术台的，直接走向死亡；就算手术成功，还是要面对五年的观察期，随后的折磨不胜其烦。

死亡可怕吗？当然可怕。公司刚刚上市，它在中国的资本市场表现得尤为亮眼，尽管整个资本市场环境很一般，可诸多投行的调研发现：S 公司是一支没有一分钱外债的绩优股，产研超前，产品符合环保市场需求，属于行业龙头企业，于是市值扶摇直上，已跨入 30 多亿的门槛。这在当地是路人皆知的佳话，熟悉的人都说，人家 S 公司自创业以来，稳扎稳打，步步为营，越做越好，好就好在董事长的舵掌握得好。这时《上海证券报》还专门发表了一家知名券商的调研报告，称 S 公司是具有相当大发展潜力的环保设备制造行业的绩优股，并对未来三年的利润和企业的发展趋势给予很高的评价，向投资者提出"买进"的建议。企业进入 30 多岁的壮年，英姿飒爽，朝气蓬勃，这是云鹤多年梦寐以求的呀。现在 S 公司的产品已经成为市场的拳头产品，企业的绩优股品质已经形成，铸造百年企业的征程已经走在路上，鸿鹄之志只是刚刚开头，却要与自己切割？他真是不甘心啊！

可事已至此，别无选择，别无选择啊！血小板数值继续下滑，自己这条生命之舟的"吃水线"已近沉船的边缘。有时他在房间踱步，却像是走在去往手术台的那条走廊，他清醒地意识到已无回天之力，没有别的选择。

既然别无选择，那就把握好这个选择。找最好的配型，做最好的手术，好在人民医院的丁医生是全国这一领域的领军人物。他努力调整自己的心态。

此前，关于配型的问题家人都为他做好了准备。自从他得了这个病，他一大家子都牵挂着他，有血缘关系的都自愿去医院做了配型比对，宝贝女儿是 50%，姐姐是 90%，唯有自己的哥哥是 100%。

哥哥表态：时刻准备着，随时服从他的手术要求。兄弟姐妹、侄子侄女几十号人一齐将亲情投给了云鹤，他感受到了患难见真情，这暖暖的爱意，让他内心十分感动。

那些日子，他的脑子里塞满了这个手术的事情，后来想想自己都觉得有点好笑。与操办企业上市那会儿一模一样，他事无巨细，刨根问底，每一个可能出现纰漏的环节都尽量想到，做出应对预案。

正如丁主任说的那样，最多维持三个月，2016 年 6 月 21 日化验的结果比上两次更糟，血小板降到 23，血红蛋白也只有 64，这等于说，血小板是正常值下限的 1/4 还不到，而血红蛋白是下限的 1/2，两个参数已经远远低于正常范围。

他放下所有的事情，赶到了人民医院血液科找到丁主任，向丁主任做术前最后一次的咨询。丁主任例行公事，将可能发生的问题、最好的结果和最不好的可能和盘托出，要求他要做好思想准备，这等于术前的必要交代。最后，丁主任开始翻办公桌上的台历，将目光落在 9 月 26 日，沉思了一会儿，他抬头微笑道："如果 9 月 26 日没有别的什么事情，咱们就定在这一天怎样？"

云鹤默默地点头："那好，我提前住进来。"

事情发展到这儿，似乎只有等待，没有再改变的可能。

生命被逼到一个死胡同，云鹤心中充满走投无路的恐惧，夜里他似乎已经感觉到了死神在敲门。当生命必须交给那张洁白无瑕的手术台，那就意味着 50% 的死亡风险不可避免，尽管手术台前掌握柳叶刀的人是全国业内的翘楚，要想成为他的手术对象也是挤破脑袋的难事，可他还是觉得这条路太难走。他一直不相信天下唯有这一条"华山之路"，毕竟眼下科学技术的迅猛发展给人留下太多的想象空间。

云鹤对一些事情做了必要的安排。家里这边,女儿已结婚生子,生命延续的链条已经形成,无须牵挂。比较难办的是企业,自己为之奋斗近40年形成的产业,是迎着改革开放的第一缕曙光,白手起家,从小到大,是一点点、一步步攻坚克难做大做强的,亲如自己的骨肉,怎么能割舍呀。可必须割舍,不做处置是对企业不负责任,也是对广大投资者(股民)不负责任。

听到风声,欲购企业的买家闻风而动,可自己总要找一个好"婆家"吧。他要求董事们可以同买家接触,但必须是真心实意想将企业做大做强的正经买家,而不是从资本市场上捞一把就走的投机商。几轮谈判下来,他选择了重庆一家同类企业,考虑到是同行业兼容性好,跟骨髓移植手术是一个道理,人家接过去也轻车熟路,一切都可以衔接得好些。

那天,他支撑着虚弱的身体,将自己和董事会成员的大部分股份转让给那家企业,云鹤的股权降至第二位,董事长的位子交了出去。三十几年的企业,自己看着长大的,像把养育成人的俏丽姑娘送到了婆家,云鹤的心里可谓是五味杂陈,真有些不是滋味。

他做好了手术的一切准备。

酷暑难挨,天上流火。他在本市一处很少有人知道的住所躺下,闭上双目,静静地思考这个手术。与其说这是一次手术,还不如说是一次生与死的抉择,他发现人到了这个时候真是无奈,没有选择,没有可以逃避的地方。可他真的有些不甘心。此前,他始终相信当代医学科学技术,相信迅猛发展的现代医疗技术会找到其他途径。现在连卫星都上天了,难道找不到其他的路径?难道索道不是路吗?可是送生命抵达彼岸的"索道"有吗?

躺在那里，他静等着时间的裁决。身体不断反馈出的虚弱信号，告诉他血小板和血红蛋白两个指标很不乐观，生命的警钟已经敲响，他却没有任何能力拒绝面前的这一切。

S公司将企业卖给了一家外地企业，这引起市委和市政府的重视，毕竟S公司是该市的支柱企业、利税大户，企业的兴衰关系到整个城市的GDP，亦影响到城市的发展步伐。市委和市政府主要领导同志决定委托市委副书记专门去看望云鹤，毕竟云鹤也是城市经济建设和社会发展的有功之臣，此番探望慰问也是要表达市委市政府对民营企业和民营企业家的重视和关爱。

慰问性的看望，很快进入了治疗这个话题，书记向他推荐："你再试试看，不一定非得做骨髓移植啊，当然我们相信丁主任，不过就算手术成功，后边的麻烦事还有很多。"

云鹤无奈地点点头，表示自己知道这个情况。书记想了想，随即说道："北京有一位中医很厉害的，唐仲英先生（著名美籍华人、美国钢铁大王）每年回国就是找这位名中医诊疗，他叫曹洪欣，是中国中医科学院的领导和著名专家，给唐先生治病效果非常好，市里好多领导也经常谈论这位中医。唐先生你见过的，他的身体现在很好，快90岁的人了，年年都要从美国回来住一段时间，每次都是那位曹教授都给他诊病。"

书记无疑提供了一个重要线索。云鹤突然意识到，前两次找的中医可能医术还不够，他觉得有必要找找北京这位曹教授，他想在手术前做最后一次努力。此刻，距离原定手术的时间只剩下2个月。

云鹤的朋友多，他找到了可以联系上曹教授的人，从朋友那里得知曹教授是中国中医科学院原院长，现在是国家中医药管理局科技司的司长，著名中医专家，全国政协委员，有30多年的从医经历，治好了无数大病重病和疑难杂病。

云鹤很快与曹教授取得了联系。这天是2016年7月21日星期四，曹教授爽快地告诉云鹤，后天星期六到北京找他，随后一个手机短信将中国中医科学院门诊部的具体方位发给了他。

云鹤是幸运的，他没有想到这么一个电话就约到了曹教授，当时他并不知道曹教授的患者已经排到一年之后，更没想到找曹教授看病就是他生命的重大转折，不仅成功避开了手术风险，而且重新扬起了生命的风帆。两年多后，他对笔者感慨地说："曹教授对于我的挽救让我想起陆游的一句诗：山重水复疑无路，柳暗花明又一村。"

讲起两年来自己在曹教授那里看病的经历，他感慨颇多："起初并没有想到那一刻就是我生命的峰回路转，我的血小板和血红蛋白停止了下降，开始缓慢回升。而那种明确无误、无法形容的神奇是此前难以想象的，特别是经过一段国内外西医和中医的治疗之后，我对这个起死回生倍感欣慰。"

那天他很动情，想了想，告诉我："其实我真的很相信佛家的那句话，人与人的相识，必定有某种缘由，而与曹教授相识，成为他的患者，是我前生今世的大事。曹教授就是我生命中的贵人、我们家的贵人，也是我们企业的贵人，他的出现改变了我，改变了我的家，改变了我们企业。"

他强调了"三个改变"，我相信这是他由心底发出的声音。

与曹教授电话联系后，第二天他空腹抽血，化验结果显示：血小板35，血红蛋白68。后来他在自己的那张病情曲线图上标下这个结果，那是一个历史性的标记。

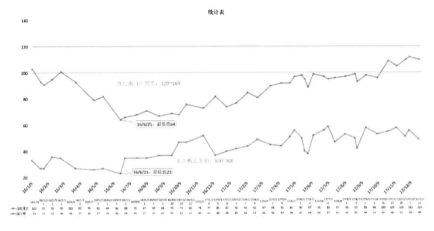

2016 年 1 月~2017 年 12 月血红蛋白与血小板变化图

7 月 22 日，云鹤由女婿陪同赶到北京，他们首先找到中国中医科学院门诊部，然后就近入住一家宾馆。

7 月 23 日早上 6 点多钟，他们赶到中国中医科学院门诊部。门诊部还没有开门，所见情形有些意外。那门外已然排起了长队，随便了解一下，才知道都是找曹教授的患者，而且都是事先预约成功的。云鹤先是吃了一惊，接着他马上意识到曹教授的医术肯定不同寻常，患者的选择是最直接的。联想到去过的中医诊所，相形见绌啊！那么没有挂号怎么能看上病呀？还没见过面呢，怎么能联系上曹教授，他和女婿一时都犯了难。

女婿在走廊候诊处为他找到一个空座坐下来，他们的眼睛一直盯着那个 7 诊室，其实此刻曹教授已经进入诊室。诊室门上插着一个出诊牌，上面写着"主任医师曹洪欣"7 个字。这时是早上 7 点刚过，只见 7 诊室有人出出进进，想必曹教授已经开始给患者诊病了。怎么能让曹教授知道自己在外边候诊呢？云鹤一时不知如何是好。

大约又过了20多分钟，他想到写一张便条，请一个学生模样的人转告。

云鹤被请进诊室候诊，是早晨7点半，是非正式开诊时间，显然曹教授注意到了网上预约患者的感受，为了体现这里的公平公正，他提前一个小时，先对云鹤这类患者进行特别诊治。

云鹤第一次坐在曹教授诊室，一种莫名的神圣感油然而生，哪来的这种感觉，他也说不清楚，或许是第六感，让他发现诊室有一种特别的气氛。这里没有玄而又玄的矫揉造作，也没有大山深处那种深不可测的神秘感，却有一种全新的且实实在在的现场感。七八位学生坐在曹教授身边，与之相配合的是两台电脑在同时工作，记录下曹教授望闻问切的过程，中间或有曹教授向学生传授自己对病人的认知和判断，偶尔也有提问，学生的回答、老师的诵方、学生的抄方（两台电脑和人工手写处方，各有各的用处）等细节和过程，都是在静悄悄的氛围中进行，没有虚张声势的排场、故弄玄虚的张扬，只讲平和认真的场面，彰显的是一种严谨扎实的行医风格、求真务实的理念，治病救人是唯一宗旨。云鹤觉得这里更像学堂，看到的是古老文明与现代科学的合理结合，行医和教学的有效兼顾，中医学这个传统中华文化精粹的传承方式在这里得以创新。

后来他了解到，这确实是曹教授的医疗与教学实践，每一次出诊都是按照中医老祖宗的传统方式，糅进现代思想、理念，吸纳近现代医学科学可供参考的技术、可资借鉴的检验手段，将古为今用、西为中用切实落实到教学实践。

有时曹教授会选择典型病例留下作业，跟诊的博士生或博士后都要在限定的时间内，通过互联网"师生群"把自己的认识和处方交到老师手上。曹教授会在批改作业的过程中进一步发现学生的理解程度、思维方法、解决问题的能力、对中医的悟性，还有认知方面存在的差距。曹教授会在规定的时间内对大家的优缺点进行剖析，结合自己对典型病例的理解和判断，有针对性地进行循循善诱的教授，同时将自己的理解和判断依据、自己的思路和盘托出，传授给学生。有时他还会结合自己30多年的临床经验，从多个同类相关的典型病人的不同角度进行归纳、比较、分析，进而抓住病源病机变化，确定或推翻病患原有诊断的理由。最为关键的是，他会一五一十地讲明自己的理论根据、经验推理，使用经方或是时方的依据，配伍化裁的思考，毫无保留地传授，从根本上交底的方法，使学生避免走弯路、做无用功。这些知识点是学生几年甚至十几年都难以自悟的关键所在。这种实践与教学融为一体、课上和课下相结合的教学实践，也是曹教授门下弟子们在最短时间内跨越障碍、一步到位学到真谛的关键所在。一句话，就是学到了真本领，甚至是终身受用的安身立命的本领。应该讲，每一次的师生之间的这种交流都是一次公开课，有时课题是针对当天跟诊的学生，却是向所有学生开放的，不管是毕业多少年的学生，也无论现在在哪个城市，哪怕是在国外，只要愿意增加和丰富自己的中医理论和实践经验，都可以进群听课，还可以参加讨论。中国中医的传承还有这样的方式方法，这恐怕是历代先祖圣贤们万万想不到的事情。

在这里诊病次数多了，云鹤真切地感受到"求真务实"四个字的实质，再联系到诊室外熙熙攘攘求医者的情形，他坚信自己找对了医生，而且找到的是一位大医。

30多年的市场打拼，在大浪淘沙的游戏规则面前，云鹤不可避免地要磨砺自己对人和事物的判断能力，否则，他怎么可能将一个手工作坊式的乡镇企业发展到上市公司。这个世界所有存在的事物都有它存在的道理。今天云鹤在 7 诊室看到的这些也是这样，只要一琢磨就会明白：曹教授的医德医术不同寻常。

一旦坐到曹教授的面前，就觉得似乎一切都没有那么复杂，更没有此前预想的那么烦琐，更像是一次朋友之间的造访。这次看病，云鹤做了认真的准备，尽管是在身体极度虚弱的状况下，他还是在最短的时间内将自己患病，服西药产生剧烈的药物反应，找中医、看瑶医都无效，以至于血小板和血红蛋白不断走低，最后不得已决定做骨髓移植手术的求医过程，向曹教授叙述清楚，而自己在当地人民医院和北京的医院的检查，医生的确诊意见及相关医生的治疗方案都是说到为止。云鹤是一个聪明人，他发现曹教授诊治一位患者大概在 5 分钟左右，自己显然不能占用过多的时间，虽然是初诊，但也要简明扼要，将宝贵的时间留给曹教授、留给其他患者。

最后，云鹤讲到计划于 9 月 26 日做骨髓移植手术，配型已找好了，可就是不甘心，想找个好中医治疗，"我相信中医，相信我们国家的中医总会有办法"。

正在给云鹤诊脉的曹教授听到这儿，露出微笑。诊脉后，曹教授又认真查看最近的血液检查。7 月 21 日血常规：红细胞 1.8，血红蛋白 68，血小板 35，白细胞 5.83（标准国际单位）；同时了解服用西药的时间、当时产生的副作用等。最后，曹教授轻松地笑着对云鹤说："别急，应该吃中药看看。这个病比较特殊，中药治疗有一定优势，但吃中药时间要长一些，起码要三年以上。这种病，我也曾治过几位病人，效果很好。其中一位现在 80 多岁了，打高尔夫球，一次能打 80 多杆呢。"听到这儿，云鹤心里突然扑通一下，脑海里立即闪现的是：有救了！或许不用做骨髓移植手术了？

曹教授望了一眼云鹤喜形于色的笑脸，似乎猜到了他的想法，但并没有直接做出什么承诺，而是叮嘱他："这种病60岁左右的人得的多，年纪偏大，又因为劳累过度，抵抗力降低，所以要注意休息。"这话是讲给云鹤的，同时也在向现场的学生传授自己的见解。曹教授随即将目光转向对面的学生，示意记录："骨髓异常增生综合征。"曹教授是认可此前医院的诊断的，一位学生在电脑上快速地记录老师的诊断意见，而另外两位学生则是用硬笔书写着老师的处方。14味药，除鳖甲、龟板、鹿角胶之外，其余11味药均是常用中药。

曹教授从一位学生那里接过处方，看了一遍，递给云鹤说："认真吃中药看看吧。"

云鹤忘记自己是怎么走出曹教授的那间诊室的。扑面而来的暑气围拢过来，刚才这个桑拿天还让他感觉到胸闷难受，此时他却感觉到一丝清爽的舒适。这种轻松感，许多患者从曹教授诊室出来都曾经有过。其实人对于环境的感受会因为心境不同而不同，境由心生嘛。那一刻曹教授给予他的鼓舞是非常之大的，特别是曹教授说的有几位一样的病人，坚持吃中药，都治好了……此前悬在心上的一块石头应声而落。

在中国中医科学院门诊部抓好中药，他们径直去了机场。一路上，女婿有些不解，岳父跟前几日比起来简直判若两人，这个药还没有用呀。

下了飞机，他们直奔家里，夫人开始给云鹤煎药。

云鹤兴奋地坐在沙发上，望着药壶冒出的缕缕热气，情不自禁地讲起去找曹教授看病的过程："曹教授看过我这种病，他曾治好过我这种病，而且是很有把握的，这才是希望！"他高兴地告诉家人，"曹教授的意思是治好这个病需要三年。"

一家人围坐在云鹤身边，听他讲北京看病的过程，他的喜悦和兴奋感染着全家人，大家的脸上都露出无比欣喜的笑容。

家人们觉得，这比公司上市成功还让人高兴。没错，大家牵挂着他的这个病已经很长时间了。此刻云鹤说话底气当然还不够，可他还是要讲，他要把自己的喜悦和兴奋分享给家人。夫人和女儿都十分欣慰，见他如此，家人几次欲劝他休息一下，别这样消耗精气神，可他们很快意识到劝说是无用的。

夫人将汤药端上来，云鹤特意站了起来，双手接过药，神情很庄重。

夫人一愣，不解其意。云鹤笑着说："这不是对你，这是我对曹教授的敬重，是对这碗药的敬重。我相信曹教授，相信中医药，我相信这药一定能挽救我于危难之中。"说罢，将小半碗褐色汤药一口倒入口中。

药的苦涩在他这里都忽略不计了，他重新坐回到沙发上，闭目慢慢地体会这药汤顺流而下的运行状态。先入胃，慢慢地流入小肠，通过肝的分解，向五脏六腑一点点渗透，甚至他想象到这药在慢慢地按照曹教授的设计寻找病源、病灶，按照曹教授的思路对重点脏器进行调理。那么这个鳖甲、龟板、当归、生黄芪、茜草、生白芍都有什么作用？为什么曹教授讲这个病多见于 60 岁左右劳累过度者？他开始在手机上用百度搜索这些药的药性和作用。譬如鳖甲，就取自他吃过的那个甲鱼，它主要是养阴清热，平肝熄风，软坚散结，治劳热骨蒸，阴虚风动；龟板，是滋阴潜阳，益肾强骨，养血补心，退虚热……

中医重视个体化特征，同样的病，同样的药，效果或许有很大的不同。由于个体差异，云鹤服药后有点腹泻，曹教授告诉云鹤，改成饭后喝药即可。照做后，药效得以保证，腹泻的问题也解决了。

这些用药前后的调整变化，使他的身体很快适应了中药治疗。

这本是一些用药过程中的反应，绝大多数人是不会太往心里去的，可云鹤是个有心人，经过思考，他理解到这就是调理。既然是调理，总要有反应的，只不过每一个人的情况不同、反应不同、感受不同，把这些反应及时报告给曹教授，让曹教授知道你用药后的反应，是使这个药物调理达到最佳状态的必要条件之一。这个认识，不管对错，都说明云鹤的确有不同之处，至少是一位头脑清醒的患者。

那些日子里，他把搜索到的有关中草药的药效等粗浅的认识与就诊的情形联系到一块儿思索，潜意识里感觉到曹教授药方的不同寻常。他的这个认识，不仅是来自诊室外看到的长长的患者队伍，也不完全是从第三者的褒奖中受到的影响，而是经过具体的感觉分析与思考后得出的结论。

云鹤在用心服药，同时也开始研究起骨髓异常增生综合征的一些常识性问题。

一开始曹教授就对他讲，曾治愈过这类病例，他立马相信了曹教授，双方互相信任，这在当下的临床实践中其实是并不多见的。这种医患关系的迅速建立，无疑也是非常宝贵的。

15 服汤药即将服完，云鹤提前同曹教授联系，为下一次看病做准备。去找曹教授之前，8 月 6 日，他照例去市人民医院做了化验，检测结果是血小板 35，血红蛋白 71。云鹤对着那张化验单凝视了许久，陷入思考。他还是在那张"生命曲线图"上标记下这个结果，血小板和血红蛋白两个指标数据与具体的时间形成了两个坐标点，这张生命曲线图，是云鹤早在 2015 年从人民医院血液科治疗时就开始制作的。这个原始数据的记录无论在当下还是在未来，对患者和医生都是有意义的。

他面对着多出的 3 个血红蛋白，反复比对和思索，这是治疗的结果，还是一种正常的波动？

经过思考，他十分肯定地告诉妻子和女儿："这是曹教授的中药起作用了。"并告诉她们，"这半个月来，我身体的感觉告诉我，中药正在发挥作用，身体也在悄然改变，比方精神头明显好转，身体似乎有了点儿力气。"见她俩都没有吱声，于是又反问，"难道你们看不出来吗？"

夫人笑了，笑眼里充满了泪花："看出来了，看出来了。"

云鹤带着满意和自信，揣着幸福和感激，第二次赶往京城去找曹教授诊病。

2016 年 8 月 8 日，北京的天气正热。还是在 7 诊室，还是患者包围，曹教授的博士生们围拢着坐于前后，诊室的寂静和有条不紊的秩序是曹教授的特殊气场。曹教授听过云鹤服药的经过和感受，接着诊脉，并不时问诊。

曹教授似乎通过脉象、舌象获得了信心，他微笑着对云鹤说："别急，坚持吃药。"说完，他就转过头开始开处方。曹教授的声音很低沉，却带有明显自信的膛音，读出的一味味中药，就像那好听的音符，拨动着云鹤的心弦，他从心灵深处感应并承接下一种鼓舞的力量，拉动了自己这个向死亡泥潭慢慢坠落的生命。

云鹤步出中国中医科学院门诊部，站在这幢陈旧的楼宇下，他的感觉依然是像第一次站在这里一样，北京的天仍然是这么湛蓝，燥热的日头刚从东边爬起，却大有烤焦京城的架势。云鹤习惯性地左右扭动一下脖子，观望了门诊部坐落的北新仓胡同的两端，路上的行人和车辆依然不多，或许人们还在梦乡之中，他拿着药方的手突然感觉到了沉重。城市还没有完全苏醒，有的家庭趁这个双休日要多睡一会儿，有的家庭或许正在准备早餐，只有今天需要工作或者办事的人才会走出家门……京城正处于节奏放缓的周末，曹教授却总是利用周末给百姓看病，而且又总是这么早，这让人想起"大医精诚"那句话，大医的风范不仅表现在医术的高明，还体现在特别的精神风貌。他这样想，精神豁然明朗起来，心情更加舒畅。

这次到北京诊病，是董事周经理陪他来的，跟他一块儿创业 30 多年的周总也是个心细的人。走出北新仓胡同，就是东四十条，他们在附近吃了早点，随即奔向机场，同时周总将药方传回到公司，并附言嘱咐："一定要去同仁堂药店抓药。找到名医看病不容易，一定要保证每一个细节，绝不能在药的质量上出现问题！"

飞机还没起飞，家里那边已经开始照方抓药了。当地那家同仁堂药店抓药的是一个精明的小伙子，拿着这个药方开始认真地阅读起来："党参、炒白术、生黄芪、黄连、法半夏、陈皮、茯苓、防风、柴胡、白芍、当归、鳖甲（先煎）、生龙骨（先煎）、生牡蛎（先煎）、生甘草……"

小伙子问："这个方子是治什么病的？"

"骨髓异常增生综合征。"董事长手下的人这样回答。

"骨髓异常增生综合征？"小伙子一愣，"这个病吃中药能行吗？"

那位职员没再吱声，他似乎意识到自己不该回答抓药以外的问题。

云鹤回到家里已是中午，夫人已经按时将药煎好，饭后就可以服用了，这种丝丝入扣的无缝隙安排证明了家中非同一般的保障力，还说明云鹤的紧迫感和重视程度，他相信曹教授的中药可以在 9 月

26 日手术前给他一个明确的答案。与上次一样，他与夫人复述了找曹教授诊脉的整个过程，而这种信心和喜悦的呈现是无法阻挡的，夫人挡不住，其他人更挡不住。这种自一开始就有的信任和自信弥足珍贵。

自从开始服用曹教授的中药后，他清晰地感觉到了自己身体某些器官发生的某些积极的"响应"，而这个响应是最初病苦的释放。那一段时间时隐时现的轻松、精神状态的改善、胃口的逐渐好转，他都细心地记在心里，而化验结果的细微变化是让他兴奋和信任的基础，也让他产生好奇心。

2016 年 8 月 31 日，云鹤服用完曹教授第二诊的药后，在去京诊病前，照例做了抽血化验。这次变化是明确的：血小板比上次增加了两个。就是这两个血小板，引起了他的高度重视，甚至是异常的兴奋。他在那个生命曲线图上记载下这样的数字："血小板 37，血红蛋白 67。"同时也在他的心里写下："我终于找对了医生，我的病有救了。"

那天，夫人见他这等高兴，便忍不住劝道："你太敏感了，两个血小板也不能说明什么吧？"

他马上面呈不悦，有些激动地纠正："应该说我很敏锐！"

他发觉自己的情绪有些不对劲儿，于是放缓了语调："所谓'春江水暖鸭先知'，我的这个感觉是从自身的体验中得到的呀。服用十一酸睾酮软胶囊、皂矾丸、沙利度胺片，有多么痛苦啊，浑身长满了皮疹，奇痒无比，大便都排出不来，血小板最后降到了 23 呀！"

他的反应把夫人吓了一跳，赶紧改口："是的是的，别的不说，这个胃口是不一样的啦，比前几个月吃得好多啦。"

"你们应该感觉到的呀，原来我能跟你们这样交流吗？这呼吸上发生的细微改变，我的这个感觉是千真万确的，原来那种上气不接下气的阻隔，好像一堵墙横立在那里，有多么难受哇，中药形成的力量好似强劲春风，一点点地推倒了这堵墙，胸口憋闷的感觉明显减轻了，身子骨不再那样无力，气力增加了，吃饭也香多了，精神头不是也足了吗？这种变化你们看不到吗？"

夫人这时连连点头称是："这个我们看到了，看到了。"

其实，云鹤对曹教授的这种信赖和感激，对中医的认同和信心，与配合治疗是正相关关系。这种认真的态度和积极的心理配合，会使中医药的作用放大，这种自觉意识在有意无意间配合治疗。

与夫人交流后，他又陷入思考：自己恐怕与多数患者不同，主要不同的地方是与医院和医生有约在先，手术日期是9月26日，距离骨髓移植手术的时间只有一个多月了。那也是全国著名的骨髓移植外科专家，这个安排是相当程度的照顾，也是有深厚情谊在其中的。在曹教授这里一个多月的治疗，效果是明确的，那么在血小板37、血红蛋白67的状态下，自己该怎么选择？是继续在中医这里治疗，还是选择骨髓移植手术？毫无疑问这是一个重要的选择，非此即彼，必须二选一。他心里很清楚，这些日子自己一天接着一天地服用曹教授的中药，一环扣着一环的中药调理，就是要在手术前拿出一个确切的依据，放弃那个已经纳入市人民医院血液科计划之中的手术。他在与时间赛跑。他蓦然想起改革初年，刚创业那会儿经常喊的口号："把耽误的时间抢回来。"怎么会想起这个口号，他不禁会心地笑了。

还是上午10点左右乘坐回程的飞机。飞机上，他的思想依然活跃：这次的方子后边几味药有了变化，增加的几味新药，如三七等都很常见嘛，那么对于我有什么意义？他通过百度搜索，查询它们的作用和功效，他需要增加一点了解，搞搞明白，总比什么也不知道要好吧。

还是和上次一样，回家吃过饭，服下曹教授开的中药，躺在床上，他的大脑在不停地运转，时而判断药到胃里的运行态势，时而思考企业的未来，卖掉的不过是企业在资本市场上市的这个壳，实体企业仍然留在自己的手上，企业还是要向前发展的，怎样发展……自己的病刚刚有了点滴改善，他就开始操起这个心。用夫人的话说就是，操不完的心，干不完的活儿。这是他的职业习惯，也是生活习惯，挨累的命。

第三个药方服完时，到人民医院做定向化验，这天是 2016 年 9 月 23 日。这其实是一个十分重要的时间节点，原来与人民医院约定的是 26 日进行骨髓移植手术。按照原来的预约，此时他应住进人民医院，哥哥也要一起住院，需要哥哥的骨髓配型嘛。现在他走进这家医院，仅仅是想做一个例行的血液检查。而这个检查结果决定着他的选择：接受手术，或是中医药保守治疗。选择不同，后果不同；后果不同，此生的命运、今后的生活，一切的一切都不同。

"咦，董事长，您的脸色蛮好嘛！"采血室的护士惊讶地脱口而出。云鹤伸出胳膊，笑而不语。此刻他清楚，这是曹教授的中药使自己的身体从内到外产生了诸多的变化，连抽血的护士小姐都看得出来，那么化验单肯定也错不了的，用化验结果说话嘛，他充满信心和期待。

下午化验结果出来，结果是血小板为 37，血红蛋白是 69。它们并没有迅速走高，而是稳定在 8 月 23 日的化验水平。那么怎么看这个化验单？他心里十分清楚：37 并不高，距离正常人的上限还差很多，但是这两个月里自己的身体状况和精神状态有了明显改善，仅仅三次诊病开方就有这样的效果，这是一股多么强大的力量！正是这个力量将自己的生命之舟托起，稳稳地离开了那条"沉船"警戒线，让自己转危为安。

明白人永远是明白人。云鹤有三个月服用进口西药的经历，还有中医与瑶医治疗的比较，他知道自己这个病不可能一蹴而就，能够扭转下滑的颓势，并成功稳定在这里，就说明曹教授治疗方向准确，所服中药疗效确切。大的趋势是积极向上的，这一点毋庸置疑。支撑他这个认知的是他身体的内在反应，那是一种力量，他称之为"曹教授能量"。不是吗？连护士小姐都发现了自己的外在变化！

现在必须要对丁主任实话实说，以诚相见：这个骨髓移植手术可以先不做了。

他来到血液科丁主任办公室，丁主任见状，先是一怔，马上站了起来，说："哎，董事长你蛮好哇，气色不错呀！"丁主任的神情里多多少少流露出一点诧异，他停顿了一下，"怎么回事？跟前几个月大不相同了嘛。"应该说专家就是专家，人家从你的脸色上就发现了这个重要的变化。

"找您正是要汇报这个事。"落座后，云鹤微笑着将化验单递给了丁主任，"我现在正在吃中药。"

"噢，噢，蛮好，蛮好。"丁主任迅速地扫了一下化验单，想了想，用很真诚的目光看着云鹤，"再等等，再观察治疗看看。这个情况就先别做移植了，用中药再调理调理。"

丁主任主动提出来，事情一下子就明朗了。丁主任作为国内血液科顶级专家，我国著名的血液学科带头人，当时给予了云鹤很大的帮助和关照，于情于理云鹤这个话都有些不好启齿。现在，云鹤顿时觉得轻松了许多。

一番感激与客气话之后，他离开了丁主任办公室。跨出门那一瞬间，他再清楚不过地意识到，自己肯定不用做骨髓移植手术了。他想到了丁主任的真诚，这种真诚不仅仅表现在人家对自己的诚恳，还有一位西医大家对中医的态度，他没有否认中医，而是实事求是地接受了这个治疗事实。其实，作为这个领域的西医外科专家，持这种态度是难能可贵的。难道丁主任以前碰到过此类情况？值得回味的是，丁主任并没有追问中医治疗的细节，甚至连是哪位中医的医术都没有问。这让他觉得西医与中医之间还是有一堵墙，而且是一堵很高的墙。

他的身体犹如度过隆冬，越过惊蛰，正在萌生着春暖花开的活力。2016年9月30日，按原计划他应该躺在医院的观察室，被若干现代医学监测手段密切监控着术后的各种变化。因为曹教授的出现，他的命运发生了根本性的改变。

回归到一个没有危机感的生命常态下，一切似乎都变得平和，归于静寂和有序，那心态想不好都不可能。云鹤在这种状态下，一心一意、集中精力喝曹教授开的中药，这种身体状况从内到外的渐进改变，由里及表的推动过程，从心灵深处生发的一种超常规的信任，自觉调动人体自身免疫功能的内生能量，由此治疗在他这里产生了1+1>2的效果。全身不再被难以名状的病苦缠绕，病痛的折磨悄然离去，这是令他无比欣悦的事情。

没有什么事比找曹教授看病更重要，他再清楚不过了，而要保证这场近乎抢救式的治疗，他必须抓住每一个环节，紧随曹教授不放松。然而，曹教授的身份和社会角色决定，他不可能固守在京城，更不会保证每个周六、周日都会出现在门诊部。曹教授是在天上"飞"的，他一方面需要按照要求去完成必须完成的医疗保健任务，履行全国政协委员参政议政的职责（曹教授是第十一届、第十二届全国政协委员），还要参加各种学术会议，开展学术交流，传播中医药知识与文化。他还经常参加中国志愿医生组织的健康扶贫义诊医疗活动，还会到革命老区为群众义诊，支持偏远山区建立县级中医医疗机构，整理研究中医药古籍，培养博士研究生，指导博士后研究，评审论文与科技项目等。

曹教授飞到哪儿，他就跟到哪儿求诊。有一次，曹教授到上海参加一个中医药会议，他就被邀到会场候诊。第一次近距离地看到曹教授在诊室外的工作状态，他不胜感慨，以前总以为自己忙得不得了，没有想到像曹教授这等中医专家还有这样的事务，不禁感叹：曹教授身上得有多大的社会责任感和家国情怀，才会让他这等忘我地为我国的中医药事业奔走呼号！他在去往主席台的通道旁等待。会议一散，曹教授找了一个稍微安静的地界给他诊脉，看过舌象，然后开方。

还有一次是曹教授在南京参加一个全国中医药学术研讨会，他又跟了过去。按曹教授微信里的安排，他赶在 7 点早餐前，在宾馆房间诊脉开处方。

这种走到哪跟到哪的就医方式，对于他们双方来说都是比较特别的事情，核心的问题是他的病情特殊而紧急。

云鹤对笔者讲："曹教授不仅医术精湛，而且医德高尚。他如此操劳，时时处处挤出时间给我看病处方，我发个红包总应该吧？可是他从来不要，最终退回，这样让我更加不知如何是好。"

云鹤的心情很能代表因为患病与曹教授结交成朋友的那部分人的心情，此类状况很多很多。

在病苦渐行渐远，焦虑和恐慌的情绪随之逐渐消散时，云鹤就诊于曹教授门下两年多所记录下的那张生命曲线图，画出了两条悄然平缓向上走高的曲线，如同慢牛的 A 股市场，奏响的是一曲生命的乐章，记录了他从危急到平安的过程。曹教授那一剂剂中药似挪亚方舟，将他载入一个安全领域。从那两条曲线的变化中不难发现，曹教授每一个时段所采取的中医处置或者说调理方式都是切中其病机，在他的肌体迅速生成有效且神奇的力量，所以血小板和血红蛋白两个参数形成的曲线，才会一点一点地沿着一个略微向上的斜率稳步上升，使云鹤的肝脾逐步得到调理并渐渐恢复原有机能，而与骨髓造血机能相关的内脏功能的逐步改善，都为云鹤的自我再造能力的提升做出了各自的努力。在这样的每一次的调整中，各种中草药的配伍确实展示了难以形容的科学力量。

2016 年 10 月 6 日化验，血小板 47，血红蛋白 68，虽然比正常值还低很多，可是与 23、63 是一种明显的对照，让人看到了希望，生命重新起航是一个不争的事实。

10 月 20 日，血小板 47，血红蛋白 76，指标小幅抬头上扬，而这个台阶的攀升，对于他同样重要。他懂得，生命的曲线不可能一直向上，只要慢慢攀升，就证明曹教授治疗的方向是正确的，处方是准确无误的，中药是有效的。

11 月 20 日，血小板 52，血红蛋白 73，两个指标保持平稳。

当这个疾病的威胁悄然无声地慢慢降低时，他重振企业雄风的想法又开始萌生，他又逐渐关注起企业的兴衰，有意开始参加一些活动甚至于是一些会议，特别是到了年底，各种事务集中，他突然也跟着忙乎起来。那段时间，除了看病吃药，他忘记了自己还是一个病人，常常去外地参加一些会议。

12月12日化验出现了一点波折，血红蛋白82，血小板出现下滑，跌落至37。这是曹教授诊治以来第一次出现血小板下降。云鹤略微有些紧张，带着一丝恐慌去见曹教授。那天他同样很早赶到中医科学院门诊部，在门口与曹教授一位博士生唠起自己的病情变化。

"你遇上我们老师真是你的福气，这种病老师治疗，效果都非常好，别着急。"博士生说。

"那我应该注意什么呢？"

"关键还是要注意休息。"博士生告诉他，"我们老师曾经治疗过一个与你一样的病人。开始身体恢复得很好，确实是转危为安了，他以为自己没事了，于是又全身心地投入工作，没承想前功尽弃，前边的治疗效果丧失殆尽。"

听到这些，他真的吓了一跳，伸了伸舌头。

曹教授还就是有经验，诊脉时问道："最近是不是过度疲劳？"

他非常惊讶："是呀，我连续到外地参加了几次会议，是有点劳累。"

曹教授叮嘱："这个病要注意休息，特别是这段时间一定不要过于疲劳。"见他有些紧张，曹教授又补充一句，"不过没事，以后注意就是了。"

这次的波折让他提高了警觉，他重拾此前那种认认真真治病的态度，小心翼翼地恪守一个病人须遵守的各项起居作息时间，将企业的事情压到最低限度。

在这种多少有些忐忑不安的情绪下，迎来了2017年。1月2日的化验结果又让他受到鼓舞，血小板回到40，血红蛋白74。这次化验说明两个问题：一是此病经不起劳累的折腾，只要一累立马给你"上眼药"；二是曹教授开的药没有问题，始终保持着温和的调理，只要患者本人不出错，疗效是可以保证的。

2017年1月至4月初，先后6次服用曹教授开的药方。这期间他十分注意劳逸结合，更加仔细地配合曹教授的治疗，共化验6次，血小板保持在40～49之间，再没出现"3"字头，这使他心里更加有底。

2017年4月至2018年7月2日，血小板保持在50～60之间，血红蛋白在95～100之间徘徊。两年来，他每想到自己的这段治疗经历，就感觉像乘上挪亚方舟，驶向自己生命安全的彼岸。

生活往往会出现戏剧性情节，在云鹤这儿，至少也出现了两次。一次是2017年10月，经过一年多的中医治疗，他的身体基本恢复到原来的状况。身体状况好转，心态也就不一样了，于是他同当年与他共同创业的兄弟商量，用卖掉上市公司的资金，把自己先前卖掉的企业股从上市公司的资产中买回来，企业的产权买回来，上市公司则按其新注入的其他产业由原买方经营，上市公司留给了对方。所不同的是，他因此避开了此间资本市场一段上下波动的过程，原来买主却获得了上市公司的全部经营权，成为公众企业，可谓双赢。云鹤董事长说，曹教授的中药救了我的同时也救了企业，正应了那句话，人在企业在。

另一件事也是再巧不过了。应该是2017年年底，他在北京诊病后，照例乘飞机前将曹教授开的药方发回去，家里那边开始照方抓药。登机落座，他正欲闭目安神，准备休息一下，这时，一位女乘客提出换座的请求，理由也简单，他们一行三人，被云鹤隔开了，他们想聚在一处，交流比较方便。他本想拒绝她，因为身体不好，不想折腾。可他说话的声音引起了一个人的注意，此人正是人民医院血液科的丁主任，丁主任有些惊诧地说了一句："怎么是你呀，董事长？我都认不出来了。你的变化很大呀，恢复得不错嘛！"这时云鹤也发现是丁主任，大家凑在了同一个机舱，便站起走出座位。

丁主任的确有些惊讶，稍微思索了一下，便开始介绍双方："这位原来也是我的病人，本来是准备做骨髓移植的，现在他用中医药治疗，效果很好。"丁主任随后又指向自己的两位同行，"这位是北京人民医院血液科的主任，这次刚刚获得中国科学院院士称号。这位女士也是血液科专家。"于是，那位人民医院的新晋院士也抢着介绍："丁主任这次就是在骨髓移植领域成绩突出，获得了国家科学进步二等奖。"云鹤也没有忘记对丁主任表示祝贺，之后他便爽快地主动提出与那位女乘客调换位置。这就是那天在头等舱发生的一段有趣的插曲。

世界上的事情就是这么巧。在三位中国骨髓移植方面的顶级专家面前，他恰恰没有选择骨髓移植，却以一个令人难以置信的健康状态出现，无意中扮演了一个中西医空中碰撞交流的重要角色。中国骨髓移植方面的顶尖人才集中在这个小小的头等舱，丁主任能肯定云鹤的健康状态，就是对中医药疗效的赞誉。

2020 年 2 月，不到 4 年，1300 多天，他书写下这个治疗记录。从这张生命的曲线图上，我们看到一种平稳向上的力量，是曹教授大医精诚支撑起来的力量，是他集我国先祖圣医的中医药智慧，对生命的科学诠释。

这是一份有着重要意义的记录，它记录的是人类战胜"骨髓异常增生综合征"疾病的一段佳话，是中国中医界顶级专家战胜这种疾病的曲折历程，是大医精诚的"精"在具体案例的体现。

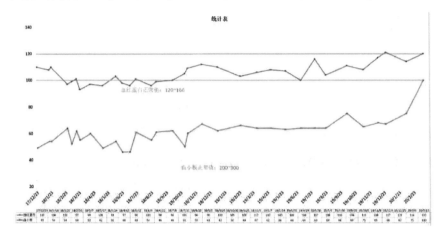

2022 年 5 月，笔者与云鹤联系，得知他的血红蛋白已达到 120 左右，血小板 80 左右。我们未必能认识到这是一个什么样的指标，但内行知道，血红蛋白 120 左右属于正常值，血小板 80 左右距离正常值还差 20 个点，还不能说完全康复。云鹤的解释很真实也很有说服力，他说这个指标比他 10 年前体检的结果还要好呢，10 年前体检就发现自己的血小板比正常值低，在 70~80 左右。对照他本人身体的情况，这个指标就算好了，因为感觉上都很好，饮食、睡眠与精力都很正常。他还坚持吃曹教授的中药，争取将血小板升至 100 以上，估计这是可以做得到的，因为 2020 年 2 月开始，他的血小板曾经达到过 100 以上，但后来下来了，他相信它曾经上去过，就一定还能再上去。他和曹教授有一个共同的愿望，那就是让血小板重返 100 之上，那是他们共同追求的一个百分答卷。

当云鹤重新出现在董事会的办公桌前，走向全国行业协会的换届大会并再次当选为协会主席时，许多人会觉得这简直就是人间奇迹。有人甚至惊呼："董事长的那个骨髓异常增生综合征是假的，那

246

个病不做移植手术怎么可能好呢?"

他笑道:"造假? 上市公司造假,直接退市;这个病造假,直接去死。有谁会给自己编造这样一个要命的疾病? 况且又是上市企业老板!"

面对如此这般的议论,他触景生情,甚至感动落泪。人生在这五年中发生巨大的变化,不能不让他思考太多的问题。假如没有找到曹教授,那么去做骨髓移植手术是不可更改的事实,这是毫无疑问的。那么结局呢? 结局是什么? 即使是在丁主任那样的业内带头人的手上,自己又属于成功的那一半,又能怎么样呢? 一个系统性的手术工程,对于生命是一次大拆大卸,比企业上市还让人揪心挠肺,何况还要搭上自己的哥哥。人不是汽车,不是汽车发动机换机油,换过直接上路了,人此后的"维护"和"保修"应该是无时无刻无休止的。还有一个五年的窗口期,人生有多少个五年,特别是在花甲之年的当口,这意味着此生不可能再像以往那样去关注企业,去规划或调整企业的发展和步伐。

曹教授运用中医药绕过了这么多的道道坎坎,甚至是"崇山峻岭",从根本上捉住了病魔,一步紧似一步地降伏了这个病魔。这个降妖除魔的过程是一个没有动刀动枪的哑剧,它不露声色地一幕接着一幕上演,却展现了无比震撼的场面,让所有知情者目瞪口呆,乃至泪流满面。而它的剧本仅仅是那一个个药方。

那药方之中,于无声处听惊雷。

7 破解肾病这道题

我们都知道肾乃先天之本,非常重要,但可能并不了解肾病的严重性。慢性肾病已成为全球性的公共卫生问题，具有患病率高、知晓率低、预后差和医疗费用高等特点，是心脑血管疾病、糖尿病和恶性肿瘤等疾病外，又一严重危害人类健康的疾病。有报道预计，到 2040 年，慢性肾病引起的早亡所致寿命损失将从 2016 年的第 16 位上升至第 5 位。

当今社会许多人对肾病的了解并不很多，可它作为一种决定着生命能否健康运行的疾病，不管是谁患了，无疑都是一场灾难。

肾病对人体生命健康的危害，与随之而来的高昂医疗费用带来的沉重家庭负担，已经成为一个现实的社会问题。这个难题正亟待医学界拿出可行的解决方案。中医独特的诊疗以及康复、养生优势，正在迎难而上，承担起社会民众对于肾脏健康乃至生命健康的美好愿望。

笔者最初知晓肾病，或者说近距离了解这个病，是同院的一位发小不幸罹患肾病。那是 20 世纪 80 年代初，那位发小靠一台海鸥牌照相机，利用冬季哈尔滨兆麟公园冰灯游园会的机会，给观赏冰灯的游客照相赚钱，娶妻养子。小日子刚红红火火地过起来，他却患上了慢性肾病。发小家境是殷实的，他又是家族唯一的男孩儿，因此举全家之力拼力挽救，在那个年代，在我们那个院弄出不小的动静。谁也不曾想到，病情越治越重，最后发展到尿毒症，年纪轻轻就早于父母几十年告别了这个世界。

这位发小的命运震撼了我们那个院。从此，母亲经常为我们烤鞋垫，叮嘱不能让脚着凉，尤其是在冬天。

一晃 40 多年过去了，当我捧读曹洪欣教授的著作《中医心悟》时，偶然发现曹教授的学术文章《消蛋白八法治疗慢性肾病蛋白尿 34 例》，这不能不引起我的兴趣。读罢，心中不免生出一些遗憾与

曹洪欣著作

感叹：当年他为什么就不找中医呢？如能找到张琪教授，或许能起死回生啊！

当时，曹洪欣作为张琪教授的博士生，他这样写道："有26例经西医院诊断确诊。根据第二届全国肾脏学术讨论会制定的原发性肾小球病诊断标准，结合实验室常规检查进行诊断，其中慢性肾炎22例（普通型20例、高血压2例），隐匿性肾小球疾病7例，肾病综合征5例。所有病例尿蛋白均在一个+以上，且无明显的浮肿、血尿等表现。"

曹教授曾对笔者说过，肾病比较复杂，有多种分型，而中医治疗在辨证论治的基础上，选方用药十分重要。言外之意，尽管肾病是一种缠绵难治的疑难重病，也是可以治愈的。中医学认为，人体五脏之中，肾主藏精，维持生命活动所需动力，其充足与否决定了人的禀赋强弱以及生长、发育、生殖等各项生命活动。中医药具有"见一叶而知秋"的诊疗优势，可于复杂的病症中把握病机核心，追溯疾病发生的根源，根据病因病机综合治疗，不仅可以有效逆转病变的发展趋势，还可以恢复肾脏功能。

同样都叫肾病，由于分型不同，对其采取的措施理应不同，这无疑给医者留下太多的选择空间，甚至可以说是陷阱。如同一个水域存在千余种的鱼，在鱼类这个统称下，由于种群不同、习性各异，存在方式亦不相同，使你辨识它们时存有一定障碍。要想摸索出治病救人的方法，首先是辨识清楚疾病的不同种类。所谓对症下药，对症是下药的关键，更是难点，对肾病而言，这是最难的事情。所以，我们得到的大量反馈信息是，肾病不好治，很少听说谁得了肾病能被治好。

认真阅读曹教授《消蛋白八法治疗慢性肾病蛋白尿34例》这篇文章，可以得知，张琪教授的八法治疗慢性肾病蛋白尿是从一个识别区域进行的归类，为肾病找到了治疗的切入口，这是其一。第二是至少在张琪教授这里，在张琪教授的博士生曹洪欣这里，肾病是可以治，甚至可以治愈的。我不能不为我那位发小的病逝感到遗憾。

我们从曹教授当年的这篇文章里不难发现，他的导师张琪教授对治疗肾病有自己的办法，堪称中医在这一领域的翘楚。早在20世纪80年代，曹教授就比较成功地掌握了治疗肾病的办法。这个办法是什么呢？他告诉我们：运用导师张琪教授治肾病经验的消蛋白八法。具体八法是：1.益气养血、清利湿热法，以清心莲子饮加减；2.补气健脾、益胃升阳法，用升阳益胃汤化裁；3.益气健脾、补肾固摄法，用参芪地黄汤加味；4.补肾壮阳摄精法，用金匮肾气丸加味；5.滋阴补肾固摄法，以六味地黄汤加味；6.温肾利湿清热法，用右归饮加减；7. 清热利湿解毒法，用八正散加减；8. 祛风胜湿益肾法，以独活寄生汤化裁。

每种治法都有相应的方药。如益气养血、清利湿热法，用药 12 味：黄芪、党参、地骨皮、柴胡、石莲子、茯苓、麦冬、黄芩、车前子、益母草、白花蛇舌草、甘草。对应肾病气血不足、湿热下注的症候。稍有点中医常识的人都知道，中医诊疗疾病的关键是整体观与辨证论治，整体观视角下对人体疾病进行全面认识，掌握个体化病因及病机演变本质，根据患者的表现从而进行客观诊断，明确诊断的基础上确立相应的治法和处方，发挥"治病求本"的临床优势，并根据临床表现的不同与变化灵活加减。曹教授在文章里这样介绍："比如毒热盛者，酌情加入金银花、连翘、山豆根、射干、败酱草、蒲公英等。有瘀血征象，酌加益母草、赤芍、桃仁、红花、丹参等。尿检红细胞多者，酌加海螵蛸、茜草、龙骨、牡蛎。病程日久、虚象明显者，重用黄芪、党参。下焦湿热者，减参、芪用量，加白茅根、土茯苓、瞿麦、萹蓄等。邪气渐去，以脾肾虚弱为主，可加芡实、莲子、金樱子等固摄精微。有表证者，当先解表，再施常规治法。"

曹教授在这篇文章里有这样一段概括性文字："参照第四次全国中医肾病学术会议通过的肾小球疾病疗效评定标准，34 例中，完全缓解 13 例，占 38.24%；基本缓解 11 例，占 32.35%；好转 6 例，占 17.65%；无效 4 例，占 11.76%。总有效率为 88.24%。"

怎么看这 88.24%的有效率呢？在这个常见病、多发病、疑难病面前，总有效率达到这样一个水平是相当不简单的，而且是在 20 世纪 80 年代，中医面临着相当多的困难，面临诸多困难的主要原因是相当一部分国人不相信传统中医。

进入新世纪，黑龙江省医院一位哈尔滨小伙的肾病引起人们的注意，不是因为别的，是因为他娶了一位俄罗斯媳妇，这样一个跨国婚姻的背景成为他向社会募集医疗费的一个切入口，然而社会上一些好心人的善款最终也没能够挽留住这位尿毒症患者的生命。这一事例再次让我意识到肾病难以治疗、难以挽回困局的可怕。那小伙有没有找过中医呢？如果连这样的尝试都没有做，是不是有些遗憾呢？

之所以提出这个问题，是因为20世纪七八十年代，国医大师张琪教授凭借治疗肾病名扬海内外，他的博士生曹洪欣教授在肾病治疗方面善于传承，勇于实践，积累了一定的临床经验，医术得到社会的广泛认可。这个结论，不仅仅体现在88.24%这样一个统计数据中，更体现在一些具体的临床实践里。

段某，男，32岁，工人。1990年6月4日初诊。段某告诉曹大夫，自己患慢性肾小球肾炎5年，近段时间加重，腰痛甚，周身疼痛、乏力，时尿道疼痛。化验结果：尿蛋白++，红细胞5~7个，尿素氮35.7mg/dl，二氧化碳结合力29.1Vol%。段某颇有些为难地说，人家都说这是个富贵病，得了这个病什么也不能干了，可自己是工人，家里没本事给自己调一个工作，甚至连个工种都动不了。在单位，在车间与班组，每天就是那么一堆活儿，任务就摆在那里，大家都一样，你干得少人家就得多干。一天两天可以，大家同事一场，可以互相帮衬和照顾，可是时间长了，大家不说，自己都不好意思呀，是大家帮助自己完成这个定额，替自己多出汗多受累，自己觉得对不起大家。咬牙干吧，可真是干不动啊！

段某所面临的不仅是治病问题，还涉及怎么能端稳养家糊口的饭碗。曹大夫十分理解和同情段某，诊脉后看过舌象，舌紫，苔白腻，脉弦滑。他认为应以解毒活血汤化裁治疗，沉吟了一下，随即落笔开方。段某接过药方，并没有太在意，也没有立即去抓药。只是那一日，在车间干活儿时，腰酸背痛难以忍耐，下班后顺便去药店抓了药。谁身上有病谁知道，这肾病搞得人没精打采、筋疲力尽，真像活不起似的，带来的病痛与苦闷是多层面的，既有身体不适的折磨，更有工作难以承受的压力。

常言道，人不该死总有救，这是段某后来与妻子的一句由衷的感叹。7剂药下肚，段某的周身疼痛基本消失，乏力的感觉也明显减轻。那天，段某夹着饭盒去上班时，那种重新找到自己往日精神的感觉，给了他希望，也让工厂门卫吃了一惊：这段师傅怎么了？满脸的喜悦，像是摸着了什么奖似的。段某在门口跟门卫和颜悦色地唠了几句家常嗑儿，拍了拍对方的肩膀，微笑着走向自己的车间。

第二次段某找到曹大夫时，很是兴奋，他意识到自己的病有了转机，大概这位戴眼镜的年轻人能够救自己，所以他那天的话比较多，一种喜不自禁的兴奋无法掩饰地挂在脸上。他告诉曹大夫，药效很明显，这是这几年来第一次出现这么明显的感觉，这对于一位车间工人已经是相当重要的改变，他可以像以往那样干活儿了，不然在工友面前是抬不起头的，他本就不是偷懒的人。一种恢复轻松和找回自尊的喜悦，让这位工人师傅感激不尽。尽管此时腰还有些酸痛，小便还有点黄，还有口干咽痛、小腹胀痛的症状，但尿素氮降至 11.3mg/dl，二氧化碳结合力升至 58Vol%，尿蛋白++，红细胞 20~30 个。段某说："我还是觉得你这个药是对症的，这个身体的明显改变告诉我，你能把我这个病治好。"一位最基层的车间工人敏锐地意识到，找这位年轻的曹大夫看病是再正确不过的决定，如同在车床面前一上手就知道这个车刀行不行，这种精准的体验让段某有了这等的信任。

正在诊脉的曹大夫闻听此言，笑了，向段某解释道："中医说法是属于湿热毒邪蕴结下焦，用清热利湿解毒法治疗。"段某赶紧回复："我相信你，你能给我治好。"段某的信任也让曹大夫感动，同时也感受到基层工人的质朴。这种质朴与信任也鼓舞了曹大夫，他决心给人家治好这个病，女子对得起人家的这份信任。

曹大夫写下药方，段某双手接过，如获至宝，谢过曹大夫后，段某走出门外，又细细地读过处方。他想从这些陌生的草药中找到其秘密之所在，看了半天，一无所获，于是还是径直去药店抓药。那时还没有互联网，查个什么东西并不像现在这般简单，段某无法从两个处方中找出更多的不同，更无法发现秘密。之所以这两个处方会让段某产生兴趣，是因为那药力发挥的作用让他似乎发觉了什么，一种潜意识的东西，使他从心底升腾出一种期冀。

段某是怀着希望去抓药的，他聚精会神地关注着药师的动作，借此判断草药是否在这个环节上有差错。段某的理解是，用药和自己在机床上加工工件是一个道理，材质不能错，尺寸也毫厘不能差，差了就偏离了医生的用意。如此的虔诚与认真，跟他在懵懵懂懂中发现了中药的奇妙有关，与他对曹大夫医术的认同有关。

那是1990年8月24日，初秋的下午，段某再次走进曹大夫的诊室。段某的心情跟眼下的秋天一样清爽，他兴奋地跟曹大夫汇报：尿蛋白±，红细胞2~3个。腰也不怎么痛了，力气也恢复到病前的状态了，车间也正常安排他的定额了，感觉自己已不是病号了，一家人都高兴得不得了。"跟做梦娶媳妇似的，让人高兴，高兴得有些不敢相信。"段某对曹大夫这样说。

曹大夫也跟着开心地笑起来，来自患者的感激和信任使他感受到了一种真挚的鼓励。他讲："别急，坚持吃药调理，争取把这个肾病治好。"随即，他的右手搭在段某的左手腕上，这一搭有如几千年古老的中医文化脉络走上现代文明的便车道：脉弦。那只有中医讲得清楚、看得懂的一种走向展现在他的眼前。舌稍红，苔黄微腻。此时，曹大夫心中已生成了处方：以益气养阴利湿清热法，用清心莲子饮加减处方。

曹大夫的这种自信很快会通过这个处方转换成一种力量，一种驱动向上的力量。段某按照曹大夫的处方认真地用药，身体恢复如初，尿常规在正常范围，工作与生活步入正常轨道。

曹大夫半年后随访，得知段某病情稳定，身体很好，心里十分高兴。一则，段某可以恢复以往正常的工作，养家糊口，等于没有影响正常的生活，对于一位年轻人的事业和人生都具有一定的积极意义；二则，对于自己而言，传承导师诊疗肾病的经验，通过肾病治疗的尝试，打开一个新的局面，这对深化中医药理论与实践精华的理解，建立起高度的自信心，无疑也是具有历史性意义的事情。

李某，36 岁，女性，机关干部，也是那个时段曹大夫治疗的肾病患者，与段某是前后脚找到曹大夫诊治的。她向曹大夫介绍的病情与提供的检查报告表明，她患的是隐匿性肾小球肾病，病史 1 年余。尿蛋白++，红细胞 5～10 个，白细胞 3～5 个，颗粒管型 0～3。面部虚浮，下肢浮肿，困倦，乏力，腰痛，口干，舌淡，苔薄白，脉沉。

曹大夫根据李某的临床表现，结合化验结果，判断其属于气阴两虚、湿热留恋，应该以益气养阴利湿清热法治疗。

服药 12 剂，1991 年 1 月 6 日复诊时，李某讲："用药后真的有很大变化。"她停了一下，用感激的语气继续，"我最明显的变化是体力增加了，很明显。脸也不那么肿了，下肢浮肿基本消了。尿常规化验，尿蛋白+。这些变化是明显的，真了不起啊。"李某又补充道，"曹大夫，我不是当面奉承你，别看你这么年轻，可你开的药还真灵。这个病我得了一年多了，以前是越治越严重，很麻烦，说准确一点，让我心理上都产生了恐慌。可在你的手上就大不一样了，就一次，就这样。你看……"

这个过程如此简单，没有可以描写的细节，就十几味药，看上去跟其他郎中并无两样。如果非要找到不同，就是此方的药味较少，横向比较是人家药方的二分之一甚至是三分之一，可仅仅是30个汉字却组合成一个良药奇方，发挥了意想不到的神奇作用。从天人合一整体观的角度讲，那是中医药在这里拼凑成一种自然的力量，是中医理念指导下的一次实践诠释。假如李某是一位有心人，将这处方保留下来，现在看是有一定的研究价值的。此方作为曹大夫治疗肾病的早期资料，在时间轴线上的参考性、药物配伍上可资借鉴的研究价值，以及它对后来中医药治疗肾病这种顽固性慢性病的科研方向都具有不同寻常的意义。

每一次的出诊都不是简单的重复，每一个处方都有精妙之处，只不过当事人可能没有意识到。这仅是李某的二诊，曹大夫依然坐在那儿，一副厚厚的眼镜片后露出慈眉善目。他对李某的认同与赞赏报以微笑。"看下舌象。"曹大夫的温言细语里表现出的是宽厚的修养和豁达，他有意打断李某，因为李某的身后还有一批患者在排队。曹大夫硕士研究生毕业后出诊时就显示出与众不同，堪称门庭若市。

李某的舌淡、苔白，同上次比较有些改变。再诊脉象，还是脉沉。曹大夫略加思索，便在原方基础上略有加减，去掉萹蓄、瞿麦、五加皮、麦冬，加附子、败酱草、薏苡仁、寄生等4味药。7剂，水煎服。

1月13日三诊。李某讲，服药6剂后，症状基本消失。化验结果：尿蛋白±。她想了想说："曹大夫，这肾病在您的手上，如此驾轻就熟，它还会成为难为我们的大病和难病吗？"

"不像您想的这么简单。"曹大夫开心地笑了，"您这个病相对简单一点，也比较轻，让我碰上了。其实肾病很复杂，不同种类，有的缠绵难愈。具体治疗起来要因人因病而异，见效快慢往往也是因人而异。"李某服药两周，尿常规正常。半年后随访，病情稳定，未复发。

曹大夫治疗肾病如同他治疗心脏病、肝病一样，都会给患者以惊喜，让同行感觉到他的得心应手和驾轻就熟。特别是他的诊疗一上手就表现出的异乎寻常的灵气和与众不同的效果，常常让患者由衷感叹，使同行因此而陷入认真的比较与思考。每每有人问曹教授是怎么做到这点的，他都会很认真地回答："系统掌握中医理论，把握生命与疾病的变化规律，学习历代中医大家的独特诊疗认知与经典名方，传承导师的临床思维。许多病证古代大医都有临床经验与独到见解，最大限度地把临床诊疗思维与历代先贤和导师经验结合在一起，传承领悟先贤圣医的经典名方，是提高临床疗效的关键。"

这是肺腑之言，他在告诉我们中医同行：祖先已经给我们中华民族留下了丰富的中医理论与诸多经典名方，发掘其中精华，就是站在祖先的肩膀上，在先祖圣贤智慧的基础上，不断创新发展完善中医理论与实践。

这是一句再简单不过的解释，却需要理论思辨与临床上付出加倍的努力。这种努力是常人难以做到的，一种得过且过的意识，往往给一些忙碌一天的行医者找到明天再说的理由。可恰恰曹教授这样认识问题、解决问题，坚持着这种勤勉，从不懈怠，40多年始终如一，这是他获得成功的根本所在。

我想用这样的语言概括曹教授更为准确：他对中医药的理解与把握更接近于历史上诸位大医的认知。而这样一位中国中医的出现是在现代文明与科学技术高速发展的当下，这对于继承与发扬几千年传统中医药事业至关重要。他的患者是幸运的，包括笔者本人，这种幸运使患者规避了无数麻烦与痛苦，卸掉了大量的不可预见的节外生枝的风险，这一切与中医药简、便、验、廉的诊疗模式和确切的疗效形成的无法估量的优越性和先进性密切相关。即便是在人工智能迅猛发展的今天，中医药依然拥有不可替代的优势，这一点在曹教授这里得到完美的体现。

20世纪80年代末90年代初，曹大夫凭借超出常人的认知，坚持自己确立的临床实践与理论知识交汇融通的探索之路，不断深化自己对中医理论的认识，自觉夯实中医思维的基础，坚决排除面对浩瀚如海的中医书籍和多如牛毛的学派思想带来的畏难心理，一往无前地闯过所有的懈怠与消极情绪。从80年代初开始，他认真收集每一个病例，至今积累病历资料30余万人次，每一例病案都研究透、想得通、开好方、求疗效，这种一步一个脚印的努力，注定了他的起点高、进步快、医术强、医德佳。

他的病人越来越多，特别是在段某、李某这种被治愈患者的口口相传之下，许多人慕名找到曹教授。假如你是老哈尔滨人，假如你在20世纪90年代初在哈尔滨南岗区和兴路上看到曹大夫门诊前排起的长队，看到门前因他而引起的车水马龙，看到那里三层外三层的人声鼎沸，你或许会联想到古时药铺的坐堂郎中。自古郎中或

258

坐堂于药铺之一隅等待病人，或是行走于民间往诊疗病，更多的传奇往往是从药铺传出，得到乡里乡外乡亲们的认同。特别是在瘟疫流行的年代，中医发挥了至关重要的作用，医术高超的郎中大有人在，汉末医圣张仲景就是在扑灭瘟疫时表现出他的过人智慧，所著《伤寒论》作为中医经典流传至今。

如此壮观的场面，确实比较特殊，从导师张琪教授、傅世英教授、黄柄山教授这儿讲，曹洪欣是他们培养的高徒，他们脸上有光，无比自豪。于黑龙江中医药大学而言，这是学校教书育人成功的典型案例，是本校的骄傲，后来证明更是黑龙江省的骄傲。从中医药学界方面而言，这是一个值得骄傲和值得认真总结的实例。曹洪欣作为黑龙江中医药大学的翘楚，是40年间黑龙江中医药大学几代师生引以为豪的典范。

但对这些，曹教授从不去想，也没有时间想这么多，他在不断变换的岗位上更加努力、更加认真地履职，践行自己的初心，出色地完成本职工作，更加努力地为患者诊病疗疾。在本职工作和为民防病治病方面，他都做出了卓越成绩，令行业内外刮目相看。曹教授的学生范逸品博士有过这样的感叹："很少见到既能在繁乱复杂的管理方面做得井井有条，又能在自己的本行专业上表现出不同寻常的气定神闲的人，曹老师做到了。"

余某也是肾病患者，也是哈尔滨人，在黑龙江省的某机关工作。她的肾病治疗经历与后来找到曹教授的故事让人觉得多少有些不可思议，似乎是有一种力量在关键时刻出手相助。

2003年的一次机关单位组织的体检，给她送上一个不好的消息：尿检测出潜血+++。

潜血+++是什么意思？她急三火四地找到医院的体检中心。大

259

夫平静地告诉她，这说明尿中有血，简单点讲就是你尿血了。为什么尿中会有血，是哪个部位什么原因导致的，是偶尔还是经常，需要再观察，过一段时间再检查一下。

再查还是如此。医生告诉她，从医学上讲，应该属肾病范畴。

她跑了几家医院，得到的都是肯定的答案，是肾病。余某有些诧异，这病是怎么来的呢？是遗传，还是什么？为什么什么感觉都没有？她想不明白，但有一点是肯定的，没有那次常规性的体检，她是不会发现的。从这个意义讲，疾病早发现早治疗是对的。

问题来了，发现得早，可以早期干预，但治疗的方向或方法不正确，就会使宝贵的最佳治疗时期丢失。以后大约七八年的时间，余某就走了这样一段弯路，这段弯路没有让她早期发现的疾病得到及时有效的控制，而是让她东一榔头西一棒子，始终不得其法。

西医看过，再找中医。余某发现，几乎没有两位医生的诊断是统一的，可谓一个人一个看法，更多的时候是似是而非、莫衷一是，如果说非让余某讲这些医生的相同观点是什么，那就是肾病。后来她才得知，肾病是一个大而笼统的体系，医学界认定有多种肾病，其中的差异，是需要一定的功力和学识才能够辨识清楚的。若判断不准，则治疗的方向无从谈起。没有对路的治疗，势必走向越治越麻烦、越治越严重的结局。"病急乱投医"这句话落在那时的余某身上再准确不过，无尽的折磨和烦恼接踵而至，把余某折腾得不说是死去活来也是筋疲力尽。余某后来说，那段时间自己好似被遗弃在荒郊野外的孩子，不知道自己的归宿在哪里，望着眼前驰行而过的车流，不晓得应该搭乘哪辆车才对。

伴随着时间流逝，医药费用不断增加，她的肾病反倒是越治越重，这不仅是经济负担的问题，更重要的是心理层面平添的焦虑和恐慌，让她完全失去了自我。七八年下来，潜血+++，一个都没有减少，红白细胞逐渐攀升，而白细胞的增加引来的发烧让她不胜其烦，那是吃药都下不去的低烧，这迫使她不得不隔三岔五地跑进医院，甚至住进医院，通过打点滴将发烧"强攻"下去。其实这对于西药也并不是一件容易的事，那一瓶瓶药水一股脑儿地点滴下去，一点就是两三周，炎症与发烧像是被这些药水打败了，"落荒而逃"，问题似乎解决了，可不知道什么时候又突然冒了出来。这个低烧的反复出现，让余某恍然大悟，不要说治好肾病，就是这个白细胞的不断露头就让你无所适从，不胜其烦。

这般看不到希望的折腾，让她身心疲惫，而整个家庭也被这个肾病牵绊。余某在家不仅不能干活儿，而且每逢住院都相当于一次全家总动员，开家庭会议，研究求医方案，请大夫，找病房，从看病到护理，从抓药到吃药，事无巨细都要有人管有人跑，每个环节都不能落下。一个病人的住院治疗需要所有家人的配合，特别是在经济能力不够的情况下，家中有病人堪称是一场灾难。

住院一天两天还可以，可这一住就是两三周或一两个月，那对病人和家属都是一种折磨。从工作的角度，一年住院一两次可以，可是超过三次，那这种压力无疑会传至所在单位。在岗位负责制的机制下，每个岗位是定岗定员定量的，时间一长，次数一多，同岗位的同事就会感觉到压力，因为你的活计要由其他同事去做，这种额外负担惹人不快是显而易见的，久而久之，同事嘴上不说，那脸上却会写得明明白白的。余某的压力是多方位、多层面的。付出这么多的代价，如果真的将这个肾病折腾痊愈，也就认了，谁承想不但没治好，病情还逐渐发展，化验单箭头向上的变多了，关键的指标向不好的方向变化，这是最让人感到焦虑和恐惧的。

民间常常有因病致贫的说法，余某在事业单位工作，不至于因病致贫，但是因为身体差、请假多，必然影响工作，哪一个单位其实都不会喜欢一个病号。事业单位追求的就是晋升或被重用，职务是同薪酬挂钩的，几十年了，图个什么？又有谁不想奔个良好前程？因此疾病其实与一个人的生命与成长、家庭和事业都挂着钩呢，如此，余某与家人自然陷入不断的烦恼中。

只要躺在病床上，那所有这一切期望都会成为奢望。对于疾病缠身的余某，什么提拔与任用、工资的多与少，统统都遥遥无期。那段时间，余某只有一个心思，那就是把这个难缠的疾病治好。

可是，疾病不同于其他事情，不是你有个好心态就能改变的。余某在哈尔滨到处寻找可以治疗自己的医院和医生，可是这种寻找非常盲目。

后来每当不明原因的低烧袭来，余某都会有些恐惧，那种折磨不仅仅是身体上的消耗，还有从四面八方扑向她的压力。每当拖着病体、硬着头皮面对着人山人海的拥挤和喧嚣住进医院，她都会觉得活着真没啥意思。检查、化验、交款，在医院的各个部门前排长队，一通循环往复的折腾之后，又不得已躺回到医院的病床上，再重新挂起吊瓶。她就会想，尽管眼下进入血液里的药水可能不一样，但是跟以往没什么不同，都是暂时性改变了一个或几个指标，过不了几天，哪怕是一个感冒就会再把她送到这里。这种日子啥时到头呀？

时间和金钱顺着那一瓶瓶冰凉的药水流淌进肌体，本该用于生活和工作的美好时光，本该使用到生活上的支出，以无可抗拒的力量聚集到医院。有人讲，健康是人生最大的财富，可谓至理名言。那年，她再次因为低烧住进医院，在医生的劝说下，做了一次肾脏活检。因为经多年治疗，各项指标非但没有减少，反而一些新的变化不断出现，比如管型，几个管型的出现让她无条件地接受了这样一个概念，而肌酐突然跃过了现代医学划定的指标上限，迫使她意识到肾病的严重性与可怕性，肌酐超标的可怕后果更让她增加了恐惧感。手脚冰凉，整个身体呈现半身凉、半身热的怪象，体力逐步降低，精神萎靡不振，倦怠乏力。活检结果：系膜增生性肾小球肾炎。躺在病床上，余某想，人走到这一步，生命的意义其实已变得并不重要，生活与人生的向往都荡然无存，一种轻生的念头蓦然而生。

这个一锤定音式的病理学检查结果，当时让她产生了一个错觉，既然有了明确的定性，就应该有精准的治疗。但医院给出的意见是必须接受激素治疗。这是一位权威医生，一位当地相当知名的专家、肾病学领域学术带头人，她还经常出入黑龙江电视台一档健康节目。镜头前，她有关肾病的常识和预防肾病的科普宣传为她赢得了很多的支持者。余某在这样的情况下接受了激素治疗。她此前高度忌讳的激素不得不派上用场。为了详细了解情况，前不久笔者对余某做了一次采访。从她的一个记事本上获悉，她是2007年3月1日在哈尔滨一家大型医院化验，随即住进这家医院的肾病科；3月21日做的活检手术；27日病理诊断是系膜增生性肾小球肾炎。

百度百科上是这样描述这个病的："系膜增生性肾小球肾炎是根据光镜所见的一种病理形态学诊断的肾炎，是一组以弥漫性肾小球系膜细胞增生以及不同程度系膜基质增多为主要特征的肾小球疾病。系膜增生性肾炎是病理形态学的一个术语。系膜增生性肾小球肾炎可分为原发性和继发性的两类，所以系膜增生性肾炎发病于各个年龄，男性的发病率要高于女性。系膜增生性肾炎的特点在临床是比较多样化的……"百度的这种说法说明这是一种较为复杂的疾病。

医生的处置是以激素治疗为主。2007 年 3 月 31 日，余某开始服用强地松。每天早晨 6 点半左右口服强地松，半小时后再服用钙尔奇 1 片，晚间在休息时服用立普妥，因为余某的甘油三酯和总胆固醇一直偏高，白天在医院里还要点滴川青等。点滴都有什么药，余某并没有在意，人住医院，身不由己，一切都交给了医院。多少年后，余某接受笔者的采访时找到当年的这段记录，她也是一脸的迷茫。

在医院住了 20 多天，做了一个穿刺手术，唯一明确的是这个肾病确定为系膜增生性肾小球肾炎。至于为什么要用激素，为什么要使用跟心脏相关的药——川青等，她一概不知。

走出那家医院，余某真正地换了一个人，胖了几圈，原本的长脸硬生生地被拽扯成大大的圆脸，那双原本不大的眼睛被挤成一条缝儿，即使她的父母见到都会大惊失色，这是怎么啦？疾病是一股破坏力极强的力量，同时医疗活动中的干预手段对于人体带来的影响亦是不可忽视的，在疾病与相应医疗措施的双重作用下，人体生命机能被推到了一个临界点。

一句话，没有治到根儿上，所有的治疗可能都在周围转来转去，没有触及根本。

余某对笔者讲，肾病是很少有人治好的，至少相当比例的病人维持在一种动态平衡状态，就算是很不错的结果了。如果得不到有效治疗，那么病程迁延则必然会向肾衰方向发展，如果这个时候患者不想放弃治疗或不甘心这样死去，可能只有一种选择，那就是透析。讲到这里，她将话打住，反问笔者："透析你应该知道是怎么回事吧？"

我摇摇头："还真不太清楚。只知道那是一种机械辅助换血方式，很遭罪、很烧钱。"

余某长出了一口气，脸上绽开愉悦的笑容："我属于个别的、极少数的那一种。关键是我后来遇上了曹洪欣教授，是他给我治好了这个肾病，这是我相当一段时间里根本不敢奢望的结果。"她在这个地方停顿了一下，然后很认真地思索了一下，语音提高了说，"我也不是医生，更不是医学医疗调查机构方面的人员，可我深有体会，久患此疾，这些年不断地接触这种病人，寻找、选择、判断医生和医疗机构，看得太多，知道得太多，心中有数。像曹教授这样的中医不多见，很了不起，能让我碰上，是我三生有幸。"

"那你是怎么找到曹教授的呢?"我突然对她的这种幸运产生了兴趣，因为我也知道找曹教授看病是很难的事情，太多的患者包围着他。这里还有两个前提，一是知道曹教授，二是相信曹教授。

余某闻听此言，愣了一下，脱口而出："看来你还真明白这其中的道理。"她笑道，"其实，那是一次巧合。"余某平静的语气里带出某些神秘，她很动情地与笔者回忆了一段确实非常巧合的往事。

那天，余某代替处长去市委办公厅开会。这本不是自己的工作，只是临时帮忙，却十分碰巧地遇上早年一个大院的邻居李某，双方都为同在市委市政府两大机关供职，却几十年从未谋面而感到惊诧。在这样一个偶然的安排下相遇，那种孩童归来已是中年的感慨，几十年风风雨雨沧海桑田的心境，还有发小重逢的惊喜，让她们散会后在市委那条走廊唠了 40 多分钟。正是这 40 多分钟让余某有幸去找曹教授诊治，因为李某正是前文提到的肾病患者，是当年还是曹博士的曹教授给她治好了肾病。

唠家常，很快聊到身体与健康，这是关系亲近使然，也是余某

265

的身形体态引起了李某的注意。得知发小患有肾病，又辗转数家医院、多位医生都没有效果时，李某眼睛一亮，十分真诚地喊出对方的小名："××，听我的，你去找曹博士吧。"讲到这里，她用手亲昵地拍了一下余某的肩头，"我就是这个病啊。"李某眨眨眼睛道，"这个病确实不好治，我也是找了许多哈尔滨大医院的专科医生，最后是在曹博士这里治好的。我的体会是，肾病不是一般的病，看上去不会马上死人，可不好治，一般情况下只能维持，如果维持不好，那就会越来越麻烦，相当一部分病人，甚至可以说大部分病人的肾功能都会衰竭，一些毒素排泄不出去，就只能去透析。那样，整个人的生命就进入倒计时了，至于生活质量更是谈不上。"

李某讲到这儿，开始介绍起曹洪欣教授的一些情况，包括在京的一些事，竭力劝说余某去北京看曹教授。末了，李某对她强调说："有两点需要注意，一是你的肾病肯定比我的重，你都治了七八年了，跟我当时有所不同；二是不知道曹教授能不能给你治上，他的患者太多，顾不过来。不过，你绝对应该找他治，我就是最好的证明。"末了，李某再次喊出余某的小名，"××，相信我，听我的，一定要去找曹教授诊治！"

拖着沉重的病体，带上七八年来的化验单，余某去了北京。

时任中国中医科学院院长的曹洪欣教授在办公室接待了余某。余某的主诉是，七八年间，看了太多的医院，哈尔滨医科大学附属的几家医院都去过了，黑龙江省的几所中医医疗机构也都治过，包括曹院长母校好多医生也都找了。余某似乎在表达这样一个意思，这个肾病真是不好治，他们都没治好，所以才找您来了。您是中国最权威的中医研究部门的最高领导，就看您的啦，您再治不好，那我就认了，知道这个病治不了，就不再东找西找了。言外之意，就

266

是放弃了。余某的这番话是不太合适的，不仅有贬低他人之嫌，也是给曹教授压力。余某与笔者讲，当时没想那么多，只是认为都是老乡，有话直说。现在回忆起来，有太多的不合适。

曹教授并没有在意这些，而是迅速地浏览了余某过往的检查资料。长期的尿化验潜血+++，说明肾脏有渗血的病灶，不然红细胞也不会在30~50间徘徊；而白细胞和大量细菌间断性地出现，伴随着低烧不断，则表明炎症不断；管型等指标的露头，说明肾脏的某个部位有问题。刚才进门入座时，曹教授就发现她的形体不是正常的肥胖，而是激素的副作用，而余某面色的灰暗正是肾病在某一阶段上的特定反应。

余某自述，自己的尿混浊、多泡沫已很长时间了，随着肾病的发展，腰部疼痛、全身无力、手脚发凉，后来又莫名其妙地出现半个身子冷热不匀的现象。此时的身体像一辆破车，破损的部件太多，要修理的地方不少，交织在一起，很复杂、很棘手。

曹教授号了余某两只手的脉象，问道："嗓子痛吗？"

"对，经常痛呀。"余某回答。她在心里想，肾病怎么跟嗓子还有关系？其实，这个肾病真的有可能跟嗓子发炎有关。

曹教授接着又问："睡眠怎样？"

"不好。"

"怎么不好？梦多吗？"

"多梦，还说梦话，有时会在梦中喊醒，多半是跟人家打架，喊醒了就很难再入睡了。"

曹教授又让余某张嘴伸出舌头，看一下她的舌象。这个临床上的"问"与"望"，还有"切"都只用了很短的时间，大约五六分钟就完成了。基于这些，曹教授对余某的肾病已有自己的判断。

于是，曹教授站起来，没有再多说什么，而是回到自己的办公桌前落座，用相当工整的楷书写下了处方。曹教授双手把药方递给余某，轻声道："没事儿，先吃药看看，然后再诊脉调方。"

余某接过处方，装入衣兜内，转身走出院长办公室。在电梯间里，她的脑际突然想到院长递给自己处方的双手，那自己是不是双手接过来的呢？她有些记不清了。这样一个细节体现了院长对患者的尊重，是几十年职业操守使然，自己怎么记不得反应了呢，至少是个人素养不够。瞬间她又把思绪跳跃到曹院长讲过的一句话："没事儿。"没事儿是啥意思？曹院长是在告诉自己这个病没啥大不了，还是说这个能治好？能治好，会不会是一种安慰？她后悔当时应该跟上一句话，问个明白。直到火车从北京开进哈尔滨站，她都在琢磨这句话的真意。

处方上有 14 味药，它们组合在一起，要集中发起的是什么力量，要解决什么问题？作为外行，如同看天书一样。

按照曹院长的处方抓药，服完 14 剂汤药，她去做了尿常规化验。下午取化验单，看着看着，她就愣住了，红白细胞降下来这么多！是不是搞错了？半个多月前白细胞还是 60 多，怎么这次只剩下 3 个了？是不是化验得不准呀？于是第二天她又跑到哈尔滨医科大学附属一院做了一次化验，结果是一致的，红白细胞的确是大幅度下来了，白细胞尤为明显。这是一个非常好的兆头，不懂医术的余某反复核对两张化验单的结果，又很长一段时间望着两张化验单发呆。思来想去，这个结果是不会错的，那就证明曹教授的药方确实厉害，第一次用药就实现了"攻城拔寨"的效果，这个好消息来得有些太突然，以至于让她不敢相信这是真的。于是，她按照原有处方接着又服用了起来。这次服药之后，她自我感觉都好了许多，身体轻松了一些，不再有那么明显的身负重担、疲惫不堪的感觉，特别是腰部不再那么酸痛，走起路来也不再是那般迈不开腿挪不动步的感觉。这时，她想起了同院发小李某的叮嘱："××，相信我，听我的，你一定要去找曹教授！"

再去京时，余某赶到北京北新仓胡同 18 号的中国中医科学院门诊部。那是中国中医科学院北门一幢两层高的小楼，小楼其貌不扬，有些陈旧，有些古老，不显山不露水，不像京城一些大医院那样有气势，没有那种使人望而生畏且可望而不可即的感觉。小楼里，静悄悄，尽管挂号排的也是长队，可是这里没有喧哗、没有拥挤、没有恐慌和焦虑，在那条不长也不宽的走廊里，各路患者各种疾病，挂上号和没有挂上号的，都井然有序、彬彬有礼。在这里，人不分南北、患者不管老新、身份不讲高低，都像是在古老的中医文化面前表现出自己的敬畏。这场景让人想起慢火煮药，看的是耐心，需要的是时间。有一条过道，一条再普通不过的候诊通道，坐在那条长椅上的余某有意无意间对曹教授有了进一步的了解。

这时她发现坐在自己身边的是一位少妇。少妇不是静静地等待着，而是坐在那里一会儿摆弄手机，一会儿又站立起来，朝诊室的门口张望，有些与众不同。

余某坐在那里大概也是无事可做，便有些好奇地问道："你这么年轻是什么病呀？"

"我呀……"少妇用怀疑与警惕的目光望了一眼余某，略微思忖了一下，便打开了话匣子，"我是陪朋友来的。"然后慢慢抬起自己的手，指着诊室的门，"他真的挺神的。"

"谁？曹院长吗？"余某想确认一下对方的指向。

"我都结婚 10 年了，一直怀不上。我爱人独生子，三代单传，

269

这成了我家的头等大事。"少妇操着一口地道的北京腔，一张俊俏的脸蛋上是严肃且认真的表情，"你猜怎么着?"少妇故意卖了一个关子，然后自问自答，"我只诊脉一次，服了人家开的 14 服药，就怀上了。"她望了望余某，然后像是问一个熟人那样问余某，"你说神不神? 你说神不神?"

少妇那神情那个语调，就跟与你斗嘴吵架似的。余某被感染了，也禁不住笑了起来，随声附和道:"是，曹院长确实很神。"她懂得少妇那一刻的激动，作为女人，怎么会不懂这个事情呢。

"这 10 年，你没找过别的大夫吗?"余某被少妇的三言两语吸引了，被带入其中。

少妇用一种迟疑的目光望了望余某:"那怎么可能呢!"她停了下来，似乎是想平抑一下激动的心情，略加思索，"那几年不堪回首呀，不停地折腾，就差去国外了。钱没少花，心没少操，都是瞎折腾。"讲到伤心处，泪珠子在眼眶里打起了转，"找来找去，转来转去，谁承想神医就在自己眼前，我们家离这儿很近!"她的尾音很重很重，塞满了太多的遗憾。少妇把头扬起，眨了眨眼睛，微微笑了笑，话锋一转:"这不，这次我来请曹教授再给保保胎。另外，单位的一个姐姐比我的时间还长，十五六年都怀不上，被我带来了。"那少妇越说越高兴，有些手舞足蹈，她的周围开始聚拢起一群患者和患者家属。

突然，她像是察觉到什么，话头戛然而止，扭头望着余某微笑着解释:"算了，我还是别说啦，别惊着宝宝。"她情不自禁地轻轻地抚摸着自己的肚子，那种满满的幸福、甜甜的感觉写满了她的脸庞。10 年求子的艰辛与磨难和突如其来的喜从天降，此时此刻一下子都交织在她那张脸上，似六月的夏花那样绚烂和美丽。怀孕的女人最美，此言不假。

余某先是愣了一下，立马意识到这么多人的围观使她感觉到不适。余某下意识地望望少妇正在抚摸的肚子，并没有明显凸出，但必定深藏着她的秘密、她的幸福，唯有少妇自己知道的甜蜜，正在孕育着一个崭新生命的奇迹，是曹教授那神仙般的医术和点石成金一样的手段，铸写下一个生命。

余某笑了，周围的人也都跟着爽朗地笑了。那并不算长且有些狭窄的走廊里顿时充满了一种祝福新生命的欢快。

余某将目光从少妇的身上移开，转向诊室的门外。她想，看来发小李某的介绍是千真万确的，找曹教授是最佳的选择，怪不得人家能从黑龙江调到北京到中国中医科学院当院长。天底下许多事看似寻常，却在不经意间产生一种奇特的联系。余某替眼前的少妇高兴，替她展望，替她未来的孩子展望，也为自己的肾病治疗做出若干的设想……

余某由少妇的幸运联想到同发小的那次巧遇，好似有一种神奇的力量在给她们安排。没有那次意外替处长开会就不会碰见发小；没有发小的推荐，就不可能求到曹教授；不找曹教授治疗这个肾病，那么结果就很难说了。余某后来对笔者讲，如果不是后来曹教授给自己治疗这个肾病，肾衰竭是不可避免的，不仅是肾病治不好，由此而生出的其他毛病也会让自己生不如死。

曹教授学生的声音打断了余某的联想，她走进曹教授的候诊室已近傍晚时分，落座在曹教授的面前，讲述自己的化验结果，叙述了自己的腰不再那么酸痛和无力等变化。余某的叙述并不很激动，不像多数患者表达出那么多的感激之情。她说自己是一个反应迟钝的人，也是多年坐机关养成的习惯使然。

曹教授询问余某的饮食与睡眠情况后，开始给余某诊脉与观察舌象，然后便向学生口授处方。

接过药方，谢过曹教授，余某步出诊室，看到患者依然是两大行，估计有三四十人，除去陪护的家属，怎么也得有二十几名患者。余某看了一下手表，已经是下午5点多了。曹院长这得看到什么时候呢？她在心里盘算着。

走出中国中医科学院门诊部，她开始阅读这张处方。这是一张32开的中国中医科学院中医门诊处方笺，它分为两部分，左侧占1/4大小是"病情诊断"，上面写有：服3月8日方60服，腰酸痛、足跟痛不显，夜间半身汗出，舌淡胖，苔白黄，脉滑。显然，这是曹教授跟诊的博士生写下的。右侧约占3/4大小的正是曹教授刚刚口授的处方。

余某回到哈尔滨，找到一家同仁堂药房，她想到曹教授是我国最好的中医大夫，那一定要配最好的草药，不然出了质量问题等于降低疗效。尽管同仁堂中药稍贵一点，可是如果在药的质量上出了问题，拉长病期真是得不偿失。

抓药、煎药、服药。那天，她完成所有这些规定动作之后，拿起两张处方做起了比较。两个处方大体相同，前方是14味药，后方是13味药，后方相较前方少了1味药。前方有瞿麦、茜草，而后撤掉这两味药换上赤芍。这些变化意义何在，说明什么？余某开始借助百度搜寻它们的功效与区别，以及可能产生的疗效。百度百科上是这样介绍瞿麦的：瞿麦，别名石竹子花、十样景花、洛阳花。利尿通淋，破血通经。用于热淋、血淋、石淋、小便不通、月经闭止等。常与滑石、车前子、萹蓄等同用。此外，它尚有活血通经的作用。茜草，主要指茜草的根和根茎。凉血，活血，祛瘀，通经。用

272

于吐血、衄血、崩漏下血、外伤出血、经闭瘀阻、关节痹痛、跌扑肿痛。单从百度的介绍看，茜草和瞿麦均有凉血、活血、祛瘀的功效。

余某想，这是针对自己的潜血+++来的。而赤芍是个什么作用呢？她继续百度：赤芍有清热凉血、活血祛瘀的功效。用于热入营血、温毒发斑、吐血衄血、目赤肿痛、肝郁胁痛、经闭痛经、癥瘕腹痛、跌扑损伤、痈肿疮疡。

余某是外行，她没有从百度中搜索到可以帮助她理解药效方面的知识，但有一点她似乎明白了：赤芍与瞿麦、茜草的作用应该大同小异，但是它们在整个处方的架构中究竟起什么作用，曹教授在这里想解决什么问题，绝非自己一个外行人能明白的。她对笔者讲："中药是讲究配伍的，往往前边四五味是主方，以经典名方为基础，后边三四味是体现加减，但不一定是可有可无的次药，它们之间相互搭配形成一种合理的架构，换啥不换啥，这里边的讲究很多。几味药就搭建起一个治病的空间，用错了可能无效，甚至会出现反作用，好比建楼抽掉了承重的立柱。"她想了想，笑着说，"打个不一定恰当的比方，古人'橘生淮南则为橘，生于淮北则为枳，叶徒相似，其实味不同'的说法就是这个道理。以曹教授的医术水平，他的用药一定是最精当的。"

余某的这番话让我有些意外，我没有想到她会用春秋时期晏子的这句非常富有哲理的话，来形容曹教授的用药思想和其中的奥秘。

我感觉到她的感激与思考，于是进一步了解她的治疗经历。

余某用两句话八个字做概括："不堪回首，不胜感激。"她说她那时因为这个病对许多事情的态度都发生了变化，由一个勤快的家庭主妇变成什么都不愿干不想干的懒婆娘，甚至不再注重外表与打扮，因为激素将她催生成一个大胖子，那种打击是常人难以想象的。还有对事业的进取心也都放弃了，可以说是身不由己呀。

"对比越强烈，体会就越深入。"她讲，"曹教授的妙手就在于，他会在十几味药之间进行调剂，而不是一味地增加药的数量。"讲到这里，她深深地吸了一口气，很严肃地继续说，"曹教授的药给我的第一个变化是消灭了尿中的白细胞。那是在过往七八年间经常低烧不退的病源，那些年动不动就发烧，住院就打点滴，什么身体能受得了呢？住过的几家大医院，都是'雨过地皮干'那种办法，每次几十瓶药点滴注入身体，自己也不知道这液体都进到哪儿去了，反正是很难过，还得搭上家人陪护。体温不高了，化验白细胞不高了，就出院了。可是不知道什么时候这个低烧又找到你了，就得再进医院。折腾来折腾去就会让你产生一种恐惧，啥时候是个头呀？怎么就治不了呀？还真的就治不了。"余某想了想，神情很认真地讲，"人家曹教授开的第一个药方，14 服，尿中白细胞就基本干掉了。看化验单，我自己都不敢相信，这怎么可能呢？这些中药也就十三四味，怎么就这么干脆利索消灭掉那么多的白细胞？曹教授这是用的什么'武器'？我一点都不夸大，后来反复一次，第二次就把这个白细胞导致的发烧连根拔掉了。这两个指标再没出现过超标的问题，也就是说，此后再没有发烧。"她停顿了一下，有些哽咽，眼眶里已蓄满泪水，"也就再没有去住过院。对，自从找到曹教授，我这十年再没有住过医院！"

"你知道不去住院意味着什么？"余某反问道。

"意味着什么？"我不禁也好奇起来。

"可能我这个话说得不够严谨，不是说不去医院，我总得去化验，总得去抓药，但真的再没有住过院！此前，我因为总去总去，每次都能看到听到一些令人心惊胆战的事情，总有些人在不经意间离开了这个世界，经常被这些负面东西包围，你的内心无法不被冲击不感到恐惧。真是天赐良医，我在最关键的时候遇到了曹教授！"

她徐徐道来，是那样的感人至深，不时会激动起来。"我当时成了一个大胖子。"她苦笑着，一脸的无奈，"每次找曹教授时总是在心里默念，都说曹教授神奇，他应该能治好我这个病吧？应该能治好。共产党员是无神论者，可是久病的折磨真的会让你很无奈地乞求上天的开恩保佑。"余某告诉笔者，"那时请假进京看病，单位领导和同事也理解，毕竟谁也不愿意得病。聊可自慰的是我的身体渐渐地开始往回'缩水'，不再是那么夸张地横着长了，曹教授让我停了激素。"

曹教授的药方外行看不懂，开始只觉得他开的药方特点是药味不多，每次都是十三四味，从不用奇药、贵药，让你四处奔波折腾买药，同样天数的用药，他的药价往往只占别人的药价的五分之一到三分之一。这是一个数量、质量与价格的对比，是最初最实际的印象。对于一个患者而言，不仅是付出费用多少的问题，还有一个身体能不能承受的问题。在这方面，曹教授是用药的高手，不知道他的初心是不是就考虑到患者的经济负担和身体承受能力，我没有问过他这个问题。但是这至少说明两个问题：一是他的用药或者是配伍是精准的，相互间的关联作用，集合起来形成的综合反应，他是了如指掌，心中有数而笔下出彩，一味多余的药都不用，这跟写文章有相似的地方，即多一句话甚至是多一个字都是废话。二是他的用药切入点恰到好处，借用物理学上的一句话就是，"如果给我一个支点，我将撬动起整个地球"，他的用药真是支点最佳，撬动力最大。

余某讲："就我而言，这个'支点'就是他用中草药快刀斩乱麻式地迅速有效地消灭了尿中的白细胞和细菌……"余某用了很长的时间讲那些年那些事，白细胞像一群看不见摸不着的敌人，时不时地袭击骚扰着她，而没完没了地住院点滴，将她折磨得死去活来……这是一位患者的倾诉，这是一个久病不愈病人的痛苦呻吟，我完全理解。

余某讲："曹教授是我的救星，此生认识他是我的福气。从外表上讲，因为不再服用激素，身材逐渐恢复，使我增强了信心和勇气。从身体的内在方面讲，我凉热各半的身体开始趋向一致，这是一个渐进的过程，并不像消灭白细胞那样立竿见影。我的手脚比常人更怕冷，久居东北哈尔滨，这是一个很要命的事儿。冬天气温过低，自己有这个毛病，在单位在家里都显得格格不入。家里好说，可以迁就你。在单位，时间一长，同事会觉得你这个人娇里娇气，直接影响到同事间的关系。"余某讲到这里很是感慨，"自从得了这个病，随之衍生出的许多问题都找上门来，会让你突然发现人生不易，得了肾病更难。我有时都会想，这还是在政府机关工作，如果是企业或工厂在野外作业，患上这个肾病怎么办呢？特别是男士，他们需要养家糊口，可你在施工现场不能出力，干不了重活儿，还这样怕冷，那这个饭碗可怎么端？"

余某用她略带嘶哑的嗓音继续说："我用曹教授的药方开始出现的惊喜是各项检验指标转为正常。然后是解决了双手双脚发凉怕冷、身体冷热各半、体内循环异常的问题。后来我就想，这些问题其实在其他地方都是相当麻烦，甚至有可能始终治不好，可是对于曹教授而言就轻而易举。后来我与我的发小说，什么叫高手？高手就是在一些疑难杂症面前，举重若轻，药到病除。"余某说，"你猜李某

276

咋说？'哎呀，你的这些病是有些怪，恐怕都是肾病派生出来的，还真不能太算疑难杂症。曹教授人家治的那些疑难杂症可是千奇百怪，有的是你想都想不到的，有的是十几年、几十年都治不好的怪病，人家曹教授都能手到病除。'"

"我的这个肾病不是一蹴而就，大约是用了 10 年时间。"余某说，"如果说那些杂症是短跑，那这个肾病的治疗过程就是马拉松了，是一个渐进的长跑过程。"她拿出有年有月有日的化验单给我看，"肌酐、潜血等指标告诉我，我患的肾病被曹教授治好了。"

"怎么会用这么长的时间？"我问，"你是说在曹教授这里就治了 10 年？"

"你说时间长，是吧？"她用一种审视的目光盯着我，好像在说，你是真不懂还是假不懂这个肾病，"肾病能治好，我认为那得亏了是曹教授，我的体会是肾病多数情况下是治不好的，能做到维持现状就是很了不起的事情了。这么说吧，如果不是来北京找曹教授，那我能不能活到现在真的难说。"她把眼睛瞪得老大，"我不是瞎说，这是我这么些年的切身体会。"

讲到这里，余某放慢了语调，开始平复情绪，她讲："我这个肾病的治疗过程是分阶段的，我个人总结是分两个阶段，当然我这个分段可能不符合曹教授的治疗实际。第一阶段：曹教授为我消灭尿中的白细胞和细菌，而且是去了根，基本没有出现反复，但此前并没有太在意的红细胞反倒是反反复复，折腾了很长一段时间。它跟++潜血有关。再次用药后，潜血由+++变成了++，红细胞自然减少，而++转到+，再从+实现无潜血，那红细胞自然就消失了。可是这个递减过程并不是这么说说就实现的。我常常想每次的递减或者是反复，其实都是这个系膜增生病灶产生的变化，肾系膜像一个筛子，

277

这个筛子出了漏点，自然要出血，要不然怎么叫系膜增生性肾小球肾炎呢？曹教授调度中草药，对疏漏进行'围点打援'，其实也跟古代打仗很相似。曹教授每次给我处方，是根据我的化验结果（我请求处方前至少化验一次尿常规，三个月做一次大生化），再通过问诊、摸脉、观看舌象……这些就好似打击敌人前要摸清敌情。曹教授在主方基本不变或不做大的调整时，主要是调配后四五味药，这后几味药，是精华，是关键，是根据服用前药产生的变化，应时应情应况采取的战术调整。这个过程大概用了五六年。"

"那么长时间吗？"我又一次感到意外，脱口问道。

她用一种奇怪的眼神望了望我，没有直接回答我的问询："同一时期的几位病友，都已经不在了，有几位因为肌酐升高持续不下，最后导致肾衰竭。还真没听说谁的肾病治好了。可以讲，急性的肾炎可以治愈，转至慢性肾炎恐怕只能是如影相随，摆脱不了啦。"

讲到这里，余某深深地吸了一口气，用一种轻松的语气说："我可以开诚布公地告诉你，曹教授给我治这个肾病，不仅仅是做了一件别的地方不大可能做到的事情，而且由于我后来都是通过微信求方，也为我和我的家庭成员带来了无法估量、无法计算的便利。一句话，不知省了多少事。"

"怎么可能呢？怎么可能通过微信就给你处方呢？"我故作惊讶，其实我早知道曹教授通过微信给亲朋与老患者治病有 5000 人之多。

"这个我不可能细讲给你听。"余某转动了一下眼珠，"这么说吧，这里除了省去火车飞机住店就餐等等一系列的费用支出，还免除了去医院到门诊的麻烦。"

"伴随着肾病，我当时还有血沉高、肌酐高、胆固醇和甘油三酯高等一大堆问题。"余某拿出两三个笔记本，随便翻了起来，"我断断续续做过一些不系统的记录。那时，虽说不是千疮百孔，也浑身是病，全身上下不是这儿痛就是那儿不舒服，没个好的地方。"说着说着，她给我读了起来，"2009 年 9 月 21 日，在哈医大做了一次大生化，肌酐 107.5（45~104），尿素氮正常。尿常规化验，潜血+++，白细胞+++。又开了半个月的中药，医生建议再做一个尿细菌培养，另外需要消炎，开了头孢克肟胶囊。另外停了降血脂的药，血脂又升了上来。胆固醇 7.79（3.35~5.71），甘油三酯 2.84（0.48~2.25），大夫建议我服瑞舒伐他汀钙片（可定）。"余某说，"最初我的问题很多，有些错综复杂。在解决了尿中红、白细胞、细菌、潜血之后，曹教授给我集中解决了肌酐超标的问题。当时我的肌酐指标最高达 160~170，超出上限的 50%左右。有的医生讲，肌酐是检测肾功能的重要指标，因为肌酐过高就得进行透析。幸运的是，我是曹教授的患者，基本是坐在哈尔滨甚至是在家里，把一次次求生与挽救简化到极致，悄然无声中，肌酐就回到了正常范围。"

她低头想了想，好像是进入回忆，好半晌，她抬起头，跟我讲："应该是 2019 年四五月份，肌酐降至 70 多，哈尔滨医大四院检测的上限是 87。后来，在哈医大另外两个附属医院和三亚的医院都做过检查，都在上限以下。"这时，她突然笑了起来，"开始我还以为是化验出现了差错，还专门去了化验窗口咨询，被人家奚落了几句。可是为了慎重起见，隔了两天还是去另一家医院重做了一次，确信无误，才放心了。这与当初曹教授给我消灭白细胞和细菌如出一辙，开始我不相信自己的眼睛，再后来是保险起见，又用第二次化验结果做一次确认。"

一方一药总有情，十年救治不忘恩。余某说："世间一切事物都不是孤立的。这 10 年来，曹院长给我提供了最好的药方和最好的治疗方式，肾病治好了，因为体能逐渐恢复，我恢复了正常工作与生活，退休前连职级的评定也没有耽误。好医生的救助可以带来多方多元的结果。否则，这个肾病不是送我去西天，也会让我终日卧床不起，同时期的病友已所剩无几了……"

告别余某，回家的路上，我的脑际不断地思考肾病这个问题。余某的经历深化了我对肾病的认识。几十年前发小的病逝，母亲每晚给我们兄妹烤鞋垫的画面，是那样清晰地浮现在眼前。如果说所有的疾病都是一道题，都考验医生的解题能力，那么肾病的复杂性堪称哥德巴赫猜想啦。

曹教授无疑是算出这个答案，破解肾病这道题的人。

然而，治病救人不是解题，医生面对的是人的疾病，关乎人的生命和健康！从这个层面上讲，医生职业的崇高与重要无与伦比。那么，曹教授这等水平的大医，我们有多少？有多少才能达到供需相对平衡的局面？那将会是怎样一个令人欢欣鼓舞的局面，多少病人可以化险为夷，多少生命能够得以挽救！这里有一个教书育人的问题，中医药在曹教授这里得到了高质量的传承，40 年来，曹教授培养了 100 多位博士生、博士后，他们活跃在全国各地，像曹老师这样不断地传出可歌可泣、救死扶伤的医案来，可谓江山代有才人出。

40 年来，在不同的时间点上，一批又一批的学生有序接过曹洪欣导师手上中医学传承的"接力棒"独立行医后，表现出异乎寻常的中医力量，他们一次又一次的临床实践唤醒了数百万患者对中医药的认知，那常常令人惊讶甚至是令他们瞠目结舌的意外疗效，在口口相传中，反复不断地印证着中医药的伟大，不断扩大着人们对中医药的认同。信誉和声望包围着他们，曹教授的弟子们开始像导师那样被越来越多患者围拢起来，在哈尔滨、吉林、沈阳、北京、上海、重庆、深圳、长沙、香港乃至纽约、首尔、新加坡……一个个起初并不被人们注意的医院或诊所，他们用特别的语言——医术叩开了人们的心智，抚慰着求医者的心灵，帮助人们找回了健康甚至是生命，使许多人如大梦初醒：中国中医药居然是这等神奇！为什么我们以前没发现？在当下，在现在，在中国的许多地方，还有曹教授的团队和其他一些力量在有意无意间书写着中医药的辉煌，将中医传承演绎得有声有色、非常精彩。这是近代以来很少见到的现象，中医药开始步入一个上升阶段、一个具有历史性的阶段。这是曹教授40多年来的理想、努力与贡献。从20世纪80年代起，他在导师黄柄山教授、张琪教授、傅世英教授等医学前辈的培养、提携、指引下，通过那30多万张巴掌大小的药方书写着中医药的历史，用自己对生命与疾病的认知理论，通过维护健康、抵御疾病的实践不断地丰富与发展着中华中医药文化，用方笺串起了历朝历代先祖圣贤的智慧和力量，在普天之下的病患身上谱写下一篇篇维护健康、夺回生命的凯歌，成为中医行业内外公认的大医。

他没有就此止步，而是将自己对生命与疾病的认知和理论、遣方用药的智慧与学识，无私地传授给门下各届研究生，培养出一批又一批德才兼备的优秀人才，将这么多的名医专家交给国家、社会，服务于人民，在"了解中医、享受中医、发展中医"的道路上把中华传统优秀文化歌唱得更加嘹亮，把中国中医药的代际传承汇集成史诗般的大合唱。

用老子的话讲，这是"一生二，二生三，三生万物"。而用现代语言解释，这是曹洪欣教授科学中医的不断分享，受益者是整个人类社会。

后　记

那个神奇的感觉，是我选择中医的起点。

选择永远是一门学问。人之所以区别于动物，创造出文明，正是因为人善于选择，并且坚持正确的选择，从而在一次次自然考验与疾病威胁下，砥砺前行，发展形成当今辉煌的人类文明。

人生只要足够长，选择必然多。而对于医疗模式以及医生的选择关乎人的健康，关系到生命的长短和生活质量。

这是1991年我患心肌炎出现重要转折之际，选择中医治疗并在服用曹洪欣博士所开的中药后得出的感悟。后来发现，这个感悟的不断深化和完善，在一个特定层面上决定了我生命的长短、健康状况的好坏与生活质量的高低。这绝非无的放矢、毫无根据。

那是32年前的事情，一个让我彻底崩溃的疾病——心肌炎，莫名其妙地袭击了我。一个生龙活虎的汉子在穿梭于新闻与文学两条战线不无得意时，心肌炎猝不及防地打倒了我。浑身乏力和气短、心慌在很短的时间里改变了我，我手无提篮之力，要命的是气息衔接不畅，上气不接下气，让我失去了正常的工作能力。病魔将我所有的计划与梦想打翻在地，我立马失去了生命的底气与在新闻和文学两条战线拼搏一场的锐志。后来我想明白了，想让人突然丧志，失去锐气，其实一次疾病就够了。

仰望没有电梯的宿舍，这个七楼怎么爬？那阵子，我真正体会到什么叫望楼兴叹。回家的气力都没了，还有激情完成采访吗？还能将素材写成文章吗？眼前一片灰暗，我所有的兴致与激情都不复存在。

哈尔滨市几家大医院的检查结果相互印证了，我患的这个病就是病毒性心肌炎。照理我住进的这家大医院应该对我的这个病有所帮助，至少应该缓解我的气息阻滞吧，身体没力的问题应该能有所改善吧，不然你一天给我点滴好几瓶液体有什么意义呢？令人失望的是，这一切都没有改变，反而越发严重。最令我不安的是，短短的一周里，护士小姐居然两次险些给我拿错药，幸亏我知道那个丹参注射液是紫红色的液体，如果拿白色的液体点给我，会是什么结果？新闻记者的职业让我看到和听到的负面事情太多，一个月后，我逃离了那家医院。

人若不死总会有救，恰是绝处逢生，迎来另一番风景。朋友给我指出一条路：找找曹洪欣博士，他的中医诊疗水平很高，药方效果很神奇。同样是平淡无奇的中草药，通过曹洪欣博士的灵活配伍，针对疾病变化的核心病机，精准无误地处方用药，可以达到调节、治疗、康复的效果。其处方用药是以人为本，对生命整体功能全面调节，突出了中医思维的灵活运用，体现出上工治病的中医智慧。

那是一次特别的诊疗，就在曹洪欣博士的家里。他给我诊脉，我怀着一颗平常心望着他的那张脸，如同往常面对一位采访对象。那一刻，我没有意识到也不可能预见到面前的这位将是未来中国的大医，是当代国医发展史上一位举足轻重的标志性人物，即将挽救我于深陷病苦的泥潭。那一刻，我仅仅是看到他厚厚的眼镜片后面一双善良的眼睛，有着和常人不同的眼神，仿佛可以发现生命的真谛以及病患灵魂深处对生命的渴望，这样的眼眸似乎可以洞察无以计数的疾病。事实上也的确如此，他的仁心医术挽救了无数生命，拯救了无数个家庭，给中国中医界和中国医学界提供了大量的成功范例和经验，相当多的医案值得学术界和理论界进一步探索，这些奠定了他在中国医学界不可替代的地位。譬如对冠心病、心肌炎等心血管疾病的突破性的成果，对肝病、肾病、糖尿病等慢性病以及被视为不治之症的系统性红斑狼疮、再生障碍性贫血等疑难病症的有效治疗，特别是对 SARS、新冠病毒感染等突发流行性疾病的精准把握，都表明了他对各类重大疾病深入的认知、精确的诊断以及灵活的临床辨证治疗能力。这样一位大医，时时观察着自然界的变化以及人体生命疾病的规律，将传统中医药灵活地运用于当今疾病的临床诊治中，从不拘泥固化，而是将古朴的方药与现代人体疾病有机地结合，符合当下民众对于生命健康的时代需求，使中医药的优势作用得到充分发挥。

在我这儿，所有的神奇和所有的故事，是从他递给我的那张处方开始的。那应该是 1991 年四五月间，在我失望地离开那家大医院之后。那是一张只有巴掌大小的处方笺，洪欣博士写下的是什么处方，是依据怎样的中医思维逻辑写就的，我全然不懂，当时不懂，现在也不太懂。我只是在很短的时间内懂得了中医药救了我的命，恢复了我的健康，使我可以正常生活工作。

中草药生长于自然，接受天地赋予之灵气，得到洪欣博士的灵活运用与组合配伍，条件俱全就发挥出了神奇的效果。经过原始的煎煮方法，融汇成一碗"琼浆"的汤药，我将它倒入嘴里，顺肠而下。意外的感觉出现了，多日沉积于气道的赘结荡涤而去，一股顶在胸口的郁闷之气似被强大的顺势而下的一种力量冲击消遁，多日难以张口说话的羁绊立马释开，我喘气的阻碍那一刻烟消云散，语言表达功能随之恢复了大部分。这种改变是那么突然，有如推开一扇窗，阳光立马投射而来。我猛然醒悟：中药的效果真灵，洪欣真是了不得的中医。

仅仅是那一碗汤药呀，其效果真是神奇到无以复加的地步！随之身子骨轻松多了，脑子也似乎又活跃了起来。在无比的惊奇之后，我并没有进一步思考，洪欣这药方为什么会这么灵？他当时作为中国较早的一批中医博士为此付出过哪些努力？

我把这些思考留到了30多年后的今天。当时喝下第一服汤药，我即刻做出一个后来让我自己都不好理解的决定：明天就去采写沈阳军区某集团军参谋长苏宁舍身救战友的英雄壮举。那时我没有想太多，忽略了心肌炎会死人的问题，也没有考虑这个病不能过度劳累的禁忌，甚至都没想下一步的治疗问题。第二天我带着洪欣博士开的中药和药罐去了苏宁烈士所在部队，一边煎服着汤药，一边采写苏宁烈士的英雄事迹。我执笔撰写的8000多字的长篇通讯《像雷锋那样做人 像焦裕禄那样做官》以通栏标题发表在1991年6月2日《人民日报》的第一版，时任党和国家的主要领导当天做出批示。

苏宁烈士的事迹由此在全国范围内引发一场宣传热潮，仅《人民日报》就在一个多月里用了十几个版面的篇幅做了专题报道，本人供职的中央电台更是倾注了大量的力量宣传先进典型。时任党和国家主要领导对苏宁这个典型高度重视，先后6次做出批示、指示和题词，中央军委授予苏宁同志"献身国防现代化的模范干部"称号，苏宁成为自张思德、董存瑞、黄继光、邱少云、雷锋之后全军连级以上单位悬挂肖像的10位英模之一。

那年，在哈尔滨机场贵宾室，苏宁烈士所在集团军军长柳凤举将军握住我们中央台台长的手，激动地说："我们集团军十分感谢中央台的宣传工作。"柳将军告诉台长，"没有毕国昌，就没有苏宁这个典型。"

柳凤举将军说这番话时，不可能知道我所以能完成这项主动揽在手上的宣传任务，是身后有曹洪欣博士的中医药支撑。没有中医药的神奇疗效，没有对中医药的绝对相信，别说成功完成那样一场全国范围内的宣传活动，就是我个人的采访都是不可能的。

若干年后，我跟柳凤举将军通电话。我告诉他，部队的同志只知道为我请功，把感谢信都报到了中组部，却不知道我的采访冲动和写作力量是来自我的一位中医朋友曹洪欣，是曹博士开的中药支撑了我的全部精气神，让我有力气、有信心在那场全国新闻大战中坚持了40多天，不仅成为主力，而且赢得满分。与其说是我经受了连续作战的考验，不如说是洪欣博士的中药使我一个病人经受住了超强度疲劳的考验。我对电话那边已是沈阳军区参谋长的柳凤举将军讲："如果让我借用您的话，那就是'没有曹洪欣博士就没有那段新闻'。"电话那边，柳凤举将军闻言，爽朗地大笑起来："老毕，这个事我们还真不知道，只知道你是拎着药罐子来部队采写英雄，我们集团军所有的官兵都非常感动呀……"

新闻背后的新闻或许更有可读性，更值得我们去思考。32年过去，那段写进中国新闻史的故事也会随着时间的流逝，消失于人们的记忆中，可洪欣的中药给我的深刻记忆犹如高炉流铁，那种感觉简直就是一种奔腾呼啸而至的倾泻。自那之后，每当我看到病榻之上有人上气不接下气地喘息时，自然而然地就会联想到那时的我，生命与生命之间往往存在着一种共鸣，让人感同身受，那不是一般的痛苦。而当那深褐色略带苦涩的药汤入胃顺肠而过，瞬间将那种上气不接下气的阻滞冲洗得一干二净，几个月来始终喘不过气的感觉一扫而光，那种重获生机的惊喜是难以用语言描述的。

当时，我的大脑反应是：这个中药有效，把握住了病症的关键，我的病有救了。

我的判断是对的，由此我庆幸选择的正确：放弃那家大医院，找曹洪欣博士诊治，喝他开的中药。

后来一位老同志跟我讲，仅凭一剂汤药就决定投入采写工作，精神可嘉，但不宜提倡。你的那个行动是冲动而鲁莽的，万一治不好呢，后果想过没有？后来得知周围真有人因此病而丧命。常言道"谋定而后动"，至少要观察一段时间再定夺吧。若干年后想想，也觉得自己真的有点傻。然而，在无可选择的情况下做出义无反顾的选择，没有任何犹豫地冲上了一线，凭着心中秉直诚实的信念与对中医药的信任，我最终坚持打赢了这场历史性的新闻战役。

药香绵延，华夏相传，古老的传统文明也正是得到中医药的保驾护航，方才绽放出一次次史诗般的奇迹。

我把我真实的感觉、中医药确切的疗效告诉身边的熟人，一批心肌炎患者在曹洪欣博士手上迅速得以治愈。后来得知洪欣那里被患者围得水泄不通，想挂他一个诊号得提前几天排位置，再后来得知曹教授治疗心肌炎的研究成果获国家科技进步二等奖，为国外政要诊病医术突出被授予勋章……

"曹教授是中国中医界的奇才，他对中医药有着深厚的感情、特殊的认知。"多少年后，一位他曾经的下属这样评价。时代造英雄，而英雄的选择是为了一个时代的进步可以全力以赴，牺牲自我，多少年如一日地坚守，也为一个时代的中医事业乃至人类文明发展留

287

下辉煌的一笔。中医学界对于他的任用也证明了这一点：1999 年 41 岁任黑龙江中医药大学校长；2003 年 45 岁调任中国中医研究院院长；2005 年建院 50 周年之际，中国中医研究院更名为中国中医科学院，曹洪欣就任中国中医科学院第一任院长……

有病就找洪欣医生，这是我最初的认知。现在看，那时的认知还是颇为浅薄。但这个简单明确的选择，让我这一生规避了许多的麻烦，绕过了太多的风险，简化了太多烦琐且无用的程序。洪欣医生对我的几次治疗，都是大道至简地取得最精准、最确切的效果。"大音希声，大象无形"，洪欣医生确实是大医精诚的典范。我曾在一篇文章里写道："曹洪欣是我的救命医生。"此生我得自中医的恩惠太多太多。

记忆应该是过往经历在灵魂深处打下的一个烙印，描绘出的一段生命的精彩。缘起于求医治病而相交结下的这份信任与情谊弥足珍贵。

30 多年过去，从壮年步入老年，其间病魔多次向我叩门，我每次都是在洪欣教授神奇的医术下化险为夷，接待我、为我治病疗疾的是中医药的顶级专家，不能不说这是一种特殊待遇。联想到洪欣教授作为中央保健专家，每时每刻都会奉命从事特别的医疗保健任务，我都会感到无比的自豪。我的自豪不仅在于这种高规格的待遇，也不仅是因为洪欣帮我删繁就简、直截了当地将临床所有不胜其烦的程序绕过去，更在于他总是一步到位地把确切的疗效给你。他为病患设身处地考虑，整体分析与灵活辨证，抓住疾病变化中的核心病机，诊治过程中平易近人，让每一位虔诚的求医者如沐春风。我几次突如其来的疾病都会在他的中药围剿下被迅速歼灭，而伴随其间的疼痛或瘙痒、不适与异样感觉都会在他的精准诊疗下得到一次

288

又一次的化解。比如突如其来的头痛、莫名而至的冷热不均的身热，再如无意中发现的脑干腔梗、悄然而至的糖尿病……在洪欣教授的处方笺之下，都败下阵去。

人非神仙，谁能无病？多年的劳作与耗损给人的身体留下岁月的痕迹，然而在中医药的维护下，有希望让生命的价值继续延续，让生活更美好，让更多的社会价值得到创造。疾病防治是人生必须要面对的现实，没有谁敢讲自己一辈子不去医院、不求医生。当你生了病，哪怕是一次感冒引发的高烧不退，都会有一个处置得当与不得当的问题。病好病坏，生死去留，往往就在于自己的选择。

在洪欣教授组织的"享受中医"微信群里，一位昵称为"小白"的群友于2022年9月4日17点56分发出这样一段话："曹院长真是仁心仁术，大医精诚。之前，我三四岁的小侄女久咳不愈，有痰，看了许多医生也不好。因为在广东不能来北京，曹院长给孩子远程看病，给我们开了药方，孩子喝了几天就好了。"小白的侄女绕过千山万水，省去了父母千辛万苦的陪护，避免了2000多公里的奔波，也规避了疫情防控期间各环节的防疫要求，喝上曹教授的几剂汤药，几天后就不咳嗽了。同样的事情，我的儿子也经历过一次。那是2017年1月13日，洪欣叔叔给开了一个14味药的药方，只服用5剂，儿子四五年不能治愈的咳嗽就得到根治，那是每年入秋不慎感冒就咳嗽不止的老毛病啊！

我庆幸认识了洪欣教授，甚至庆幸30多年前患上心肌炎，让我因病结识了洪欣教授。正是那次心肌炎，让我亲身体验到中医药的确切疗效，进而认识到中医药的神奇与伟大。这些年来我的生活与生命减少了太多的烦恼、太多的风险与太多的恐惧，留出了太多的快乐和轻松，也节省了太多太多的时间，从而为新闻与文学事业的发展贡献出更多的力量。中医药是一个捷径，是洪欣教授给我铺就的。

当我使用节省下来的时间书写出一点故事和感受时，我才真正意识到我对中医药的认识还仅仅停留在1991年初的那个时段上。在博大精深的中医药面前，在洪欣教授的慈心仁术面前，我感觉自己还是一个中医盲。当我将这堆文字呈送给洪欣教授时，顿感这种缺憾是难以弥补的，它带有根本性的缺陷。所以说，这是一部留有太多遗憾的作品。这种遗憾不仅仅是它的不全面，洪欣教授40多年里无以计数的经典医案被挂一漏万，即或是选入本书中的医案，由于我的外行以及写作能力所限，也多不尽如人意。好在这些医案都是真人真事，都是我们每一个人在某个年龄段上可能遇上的麻烦，洪欣教授的慈心仁术，可能让看到此书的读者获得某种启发，进而做出正确的选择或是获得某种帮助。这是洪欣教授和我本人都期待的一种效果，也是出版这本书的初心。

期望有人会因阅读此书得到某种启发，将中医的故事继续写下去，传承弘扬这种"生命至上""大医精诚"的崇高文化。这也是中医药传承和发展在另一个维度上的拓展，能够为更多人的健康带来福祉，这是我的真心期盼。

毕国昌

2022年9月6日于哈尔滨中医街百顺风华宅

图书在版编目（CIP）数据

大医之路／毕国昌著. -- 北京：中国文史出版社，
2024.2

ISBN 978-7-5205-4338-5

Ⅰ．①大… Ⅱ．①毕… Ⅲ．①纪实文学-中国-当代
Ⅳ．①I25

中国国家版本馆 CIP 数据核字（2023）第 186626 号

责任编辑：牟国煜

出版发行：中国文史出版社

社　　址：北京市海淀区西八里庄路 69 号院　邮编：100142

电　　话：010-81136606　81136602　81136603（发行部）

传　　真：010-81136655

印　　装：北京新华印刷有限公司

经　　销：全国新华书店

开　　本：720×1020　1/16

印　　张：18.75　　插页：4

字　　数：216 千字

版　　次：2024 年 2 月第 1 版

印　　次：2024 年 2 月第 1 次印刷

定　　价：68.00 元